MONSTER HOLE

FUSION FANTASTIC STORY

몬스터 홀

킹메이커 장편 소설

몬스터 홀 1

킹메이커 장편 소설

초판 1쇄 찍은 날 § 2014년 11월 11일
초판 1쇄 펴낸 날 § 2014년 11월 18일

지은이 § 킹메이커
펴낸이 § 서경석

편집부장 § 권태완
편집책임 § 한준만

펴낸곳 § 도서출판 청어람
등록번호 § 제387-1999-000006호
등록일자 § 1999. 5. 31
어람번호 § 제1-1978호

주소 § 경기도 부천시 원미구 부일로 483번길 40 서경B/D 3F (우) 420-822
전화 § 032-656-4452 팩스 § 032-656-4453
http://www.chungeoram.com
E-mail § chungeorambook@daum.net

© 킹메이커, 2014

ISBN 979-11-316-9280-6 04810
ISBN 979-11-316-9279-0 (세트)

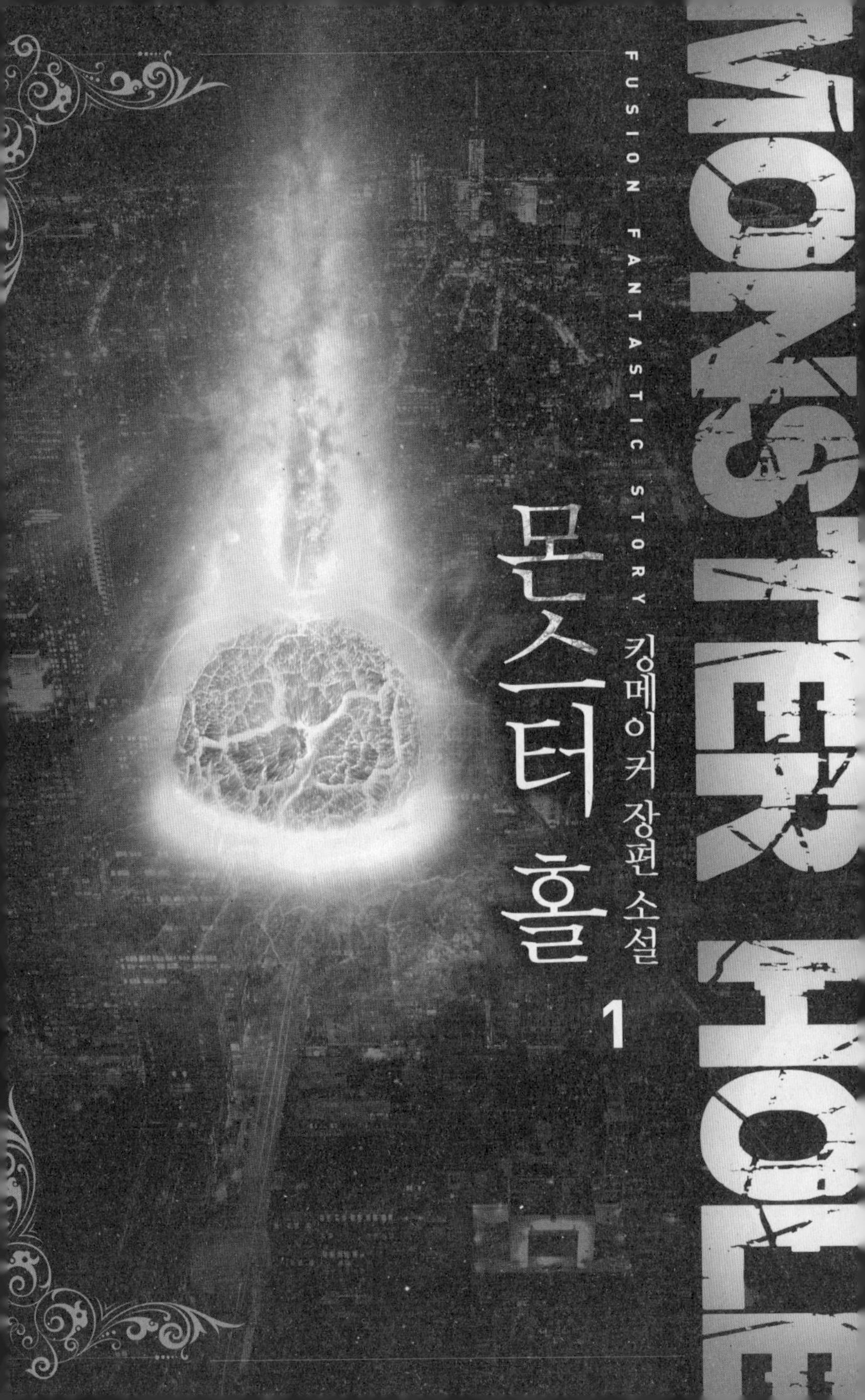
MONSTER HOLE
FUSION FANTASTIC STORY
킹메이커 장편 소설
몬스터 홀
1

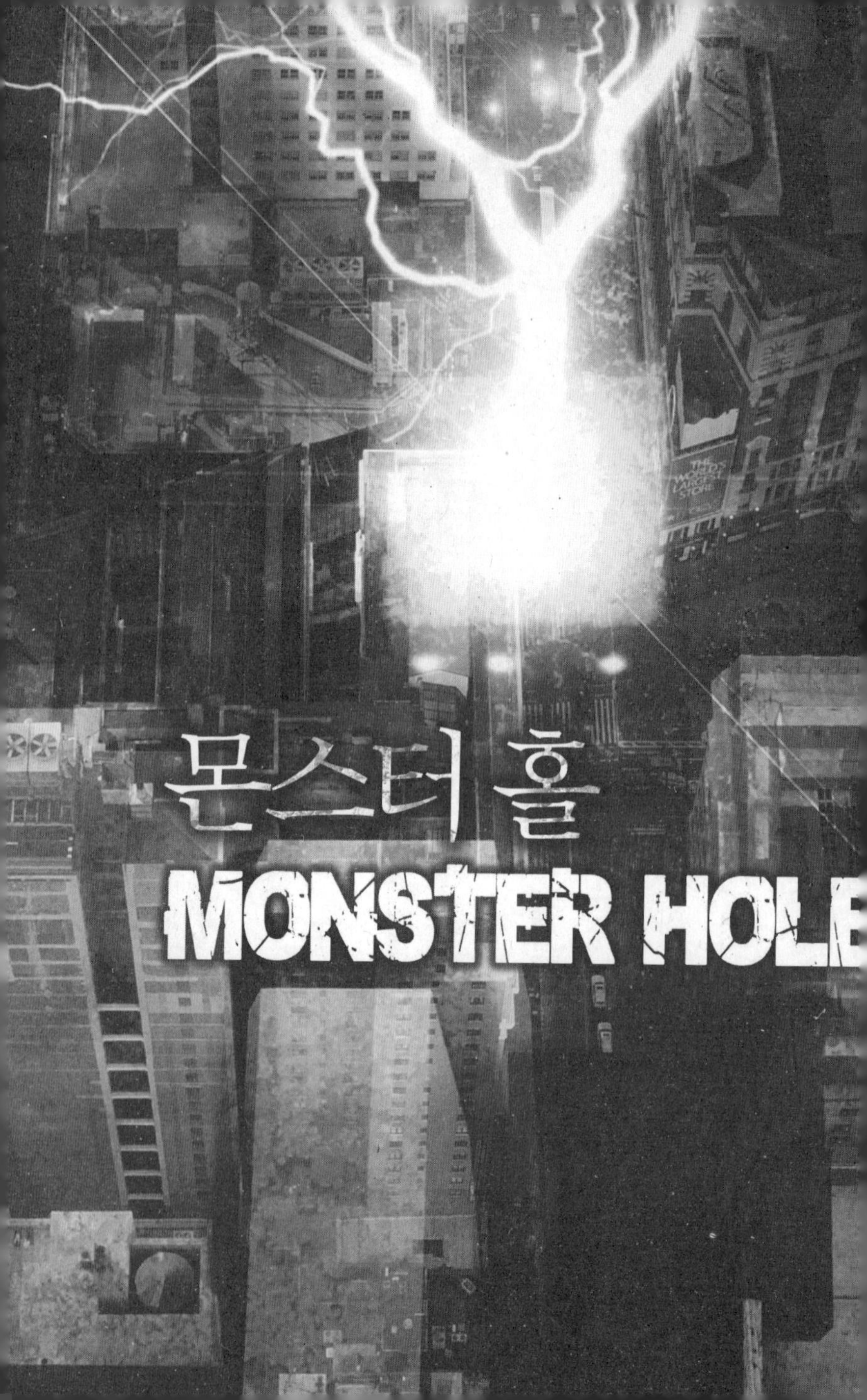
몬스터 홀
MONSTER HOLE

CONTENTS

프롤로그

MONSTER
HOLE

서기 2020년 4월 15일.

하늘은 맑고 차도에는 자동차들이 빠른 속도로 달리고 있었다. 인도에는 사랑하는 연인들이 지나가고 공원에는 나들이 나온 가족들로 가득 찬 행복한 오후였다.

―쿠르르룽!

그때였다.

여의도 공원 땅밑에서 커다란 울림이 들려오더니 빛이 지면에서 뿜어져 나왔다. 그리고 빛이 사라지면서 지면이 푹 가라앉았다.

"꺅!"

떨어지는 사람들의 비명, 그리고 구멍 속에 떨어지는 가족과 연인을 바라보는 이들의 비명으로 여의도 공원은 그야말로 공황 상태였다.

여의도 공원 한가운데 지름 50m의 거대한 싱크홀이 생겼다.

얼마나 지났을까. 쓰러졌던 사람들은 무엇에 이끌리듯이 싱크홀로 접근했다.

그들은 한 명씩 싱크홀로 뛰어들었다. 뛰어든 사람들은 깃털이 떨어지듯 천천히 떨어지더니 50m 아래의 바닥에 도착했다. 한 명씩 한 명씩 50명 정도가 떨어지자 바닥에서 이상한 문양이 빛났다.

그리고 바닥에 있던 사람들이 모두 사라졌다.

이런 현상은 비단 여의도에서만 일어난 일이 아니었다.

전 세계 곳곳에서 싱크홀이 생겨 사람들이 사라졌다.

서기 2020년 4월 15일.

이날은 훗날 사람들로부터 몬스터홀이 열린 날, 몬스터홀 데이라고 불렸다.

제1장
진입

"음. 잘생겼군. 나쁘지 않아."

성준은 화장실에서 거울을 보면서 고개를 끄덕였다.

키 175cm, 둥글둥글한 선한 인상의 얼굴, 살짝 살찐 몸매. 극히 평범한 30살의 모습이 있었다. 하지만 화장실 거울의 마법에 의해 성준의 눈에는 나름대로 매력이 있는 모습으로 비쳐졌다.

"오빠! 오버 그만하고 빨리 나와! 나 급해!"

"알았어."

성준은 여동생 지연의 한 소리에 바로 문을 열고 나왔다.

문앞에는 큰 키에 늘씬한 몸매의 미녀가 민소매 티에 핫팬츠를 입고 서 있었다.

이지적인 얼굴의 긴 생머리의 미녀는 그의 여.동.생.이었다.

"오빠는 안 멋있어. 절대 범생이야. 명심해!"

"음, 나의 멋을 시기하는 우민의 저주인가!"

이렇게 이야기하지만, 지연이의 객관적인 시야를 신뢰하는 성준으로서는 바로 제정신으로 돌아오게 되었다.

그도 그럴 것이, 어머니를 닮아 키 170cm의 늘씬한 미녀이고 학교 홍보 모델이었던 그녀는 방송국 기상캐스터로 활약하고 있어 미남미녀의 기준이 극히 객관적일 수밖에 없다.

성준의 가정은 회사를 퇴직하고 수위를 하시는 아버지, 가정주부인 어머니, 방송국 기상캐스터인 여동생, IT 업체에 다니는 성준으로 구성되어 있었다.

4년 전 성준 때문에 생긴 일로 인하여 6개월 만에 회사가 결국 부도 처리되고 아버지는 실업자가 되어 집안이 빚에 시달리게 되었다.

그동안 많이 힘들기도 했지만 온 가족이 힘을 합쳐서 이겨내고 있었다.

그런 가족이기에 성준도 가족에게 미안하고 고마워서 힘을 내고 있다.

"어서 앉아라. 너희 아빠는 아직 주무신단다."

부엌에서 식사를 차려주고 있는 강은주 여사는 50대의 나이에도 불구하고 멋진 중년 미인의 본보기를 보여주고 있었다.

극히 평범한 아버지를 닮은 성준으로서는 심히 억울할 수밖에는 없는 상황이었다.

"저희 나갈게요."

"엄마, 나갈게."

"세상이 어수선하니 모두 조심들 해라!"

식사하고 남매는 나란히 집을 나섰다.

하남시에 있는 24평형 아파트 단지에서 나와 남매는 각기 자신의 회사를 향하는 버스에 올라탔다.

"안녕~ 수고."

"그려, 너도 출근 잘해라. 길에 다닐 때 조심하고."

버스에 오르는 여동생을 따라 머리가 회전하는 정류장 남자들의 모습에 머리를 절레절레 흔들면서 성준 본인도 천호동 지하철로 향하는 버스에 올라탔다.

날씨가 조금씩 따듯해지고 있었다. 봄이 기지개를 켜고 있었다.

구로 IT 단지에 입주해 있는 성준의 회사는 IT업체로는 꽤 유명한 업체였다.

아케이드 게임 제작, pc메인보드 제작, 각종 외주 등으로 큰 회사로 성준도 프로젝트팀 하나에 소속되어 있었다.

"안녕하세요~!"

"성준 씨, 안뇽~"

"어서 와요."

사무실을 들어가면서 성준이 인사하자 먼저 출근했던 팀원들이 반갑게 맞아 주었다. 성준의 성격이 상당히 원만하고 다른 사람을 많이 도와줘서 팀원과의 관계가 좋은 편이었다.

성준이 옷걸이에 양복을 걸고 자리에 앉아 업무를 준비하자 건너편 자리에 있던 이희연 팀원과 앞자리에 있던 권성혁 선임이 옆에 와서 이야기했다.

"방송 봤어요? 어제 강릉에 싱크홀이 또 생겨서 우리나라에서도 벌써 싱크홀이 두 군데나 발생했다고 해요."

"실종 인원도 60명 이상이라지. 난리도 아니야."

3일 전부터 생기기 시작한 싱크홀 때문에 전 세계는 대혼란 중이었다.

한국만 해도 2개가, 전 세계적으로는 40개 정도의 싱크홀이 생겼다.

이미 사상자가 1,000명이 넘었고 실종자 수만 해도 벌써 2,000명 이상이었다.

"이러다가 전 세계가 구멍이 뻥뻥 뚫리려나."

"그것보다 구멍 속으로 실종되는 사람들이 문제죠."

"나도 방송으로 봤는데 무슨 좀비처럼 사람들이 뛰어내리던데!"

싱크홀이 생긴 주변에 설치된 CCTV에 잡힌 사람들의 낙하 모습에 방송을 본 많은 사람이 충격을 받았다. 사람들은 지옥의 입구니 인류멸망이니 대소란 중이었다.

"난 이번 주부터 성당 나갈 거예요."

"희연 씨, 무교 아니었어요?"

성준의 물음에 희연은 두 손 모아 기도하는 자세로 말했다.

"지옥에 가기 전에 매달릴 수 있는 종교가 필요한데 성당이 집에서 제일 가까워요."

"그런데 정말 없어진 사람들은 지옥으로 떨어진 걸까요?"

대각선 자리의 직원이 대화에 참여했다.

"나는 다른 차원으로 이동되었다고 봐."

"나는 먼 우주의 다른 행성으로."

"나는 시간 여행."

출근하는 사람들이 대화에 참여하면서 이야기하는 인원이 점점 늘어났다.

어느덧 사람들은 커피를 들고 다과를 나누는 분위기가 되었다.

"모두 모여서 무슨 이야기하고 있어요?"

"오~ 보람 씨, 안녕!"

"어서 와요. 보람 씨."

"잘 왔어, 보람 씨."

165의 키에 긴 생머리를 한 청초한 미녀가 수줍은 목소리로 이야기하자 남자직원들이 서로 앞다퉈 인사했다. 물론 성준도 그중에 한 명이었다.

"싱크홀 이야기였어요."

"거기 떨어진 사람들은 괜찮을지 모르겠어요."

"보람 씨는 역시 사람들 걱정부터 하네요."

남자직원들은 역시 보람 씨… 라면서 고개를 끄덕인다.

"이 남자들이 오버는……."

성준 옆에 있던 희연의 구시렁거리는 소리에 성준은 쓴웃음을 지었다.

"모두 잡담은 그만하고 업무 준비 부탁합니다."

"이크!"

어느새 들어온 길승태 팀장의 한마디에 우르르 모여서 잡담하던 직원들이 바삐 자기 자리에 앉았다.

"희연 씨, 어제 보고서 다 됐으면 결재 올려주세요."

"네~!"

길 팀장의 한마디에 구시렁거리던 희연은 사라지고 눈이 하트 모양으로 변한 희연이 등장해 번개같이 보고서를 길 팀장에게 내밀었다.

키 185에 늘씬한 몸매에 얼굴도 잘생긴 길승태 팀장은 입사한 지 이제 2년째인데 팀장을 달았다.

회사 사장님 아들로 임원이 되기 위해 초고속 승진 중이었다. 서울대 경영학과 졸업에 성격도 좋고 능력도 남달라 여기저기 오라는 데가 많은데, 아버지 회사를 물려받겠다고 회사 업무를 배우는 중이었다.

"히히~ 칭찬받았다. 성준 씨, 고마워요."

"네. 잘됐네요."

'휴~ 조금만 더 참자.'

결재를 받고 히쭉히쭉 웃으면서 성준 옆을 지나가던 희연은 성준에게 고맙다는 한마디 말을 남기고 자기 자리로 돌아갔다. 방금 결재받은 서류는 어제 희연이의 부탁으로 성준이 야근하면서 처리한 내용이었다.

회사 분위기가 안정화되고 업무시간이 정신없이 지나가면서 퇴근 시간이 되었다.

"모두 오늘 회식 알죠? 사회 분위기가 좋지 않지만 이럴 때일수록 단합해야 하니까 빠지지 말고 참석하세요."

"네~!"

길 팀장의 한마디에 모두 한목소리로 대답했다.

전체 팀원 중에 약속이 있던 1명을 제외한 나머지 인원은 근처 불고기 집에 모여서 저녁 회식을 하게 되었다.

"모두 건배."

"와~!"

다들 불고기로 배를 채우면서 즐거워했다.

길 팀장은 사장님 아들이란 배경으로 팀 회식을 법인카드로 지르는 배포를 보여줬고, 팀원 모두는 환호성으로 화답했다.

"성준이, 네가 사람 좋은 건 아는데 말이야. 그렇게 맨날 주위 사람 좋은 일만 시키면 호구 소리 듣는 거야~!"

"예, 예."

'인간아, 네가 덤터기 씌우는 건 제일 심하잖아. 성질 대로 하면 그냥.'

권승혁 선임이 술에 취해 나름 조언한다면서 하는 이야기에 성준은 속으로 투덜거렸다.

성준은 사람 좋은 모습으로 주위를 대하고 있지만, 본심은 그렇지 않았다. 나름 직선적인 성격이고 받아 칠 줄도 아는 성격이었지만 그 성격 덕분에 사고가 크게 나서 집안에 큰 손해를 끼쳤다. 반성하는 의미로 참고 또 참는 중이었다.

그래서 성준은 이 회사에서는 속마음을 숨기고 순둥이로 살아가고 있었다.

방금 이야기한 권 선임은 팀원 중에 제일 많은 나이로, 과장급이나 팀장급으로 올라갔어야 하지만 능력 부족으로 아직도 팀원으로 오늘내일하고 있었다. 그리고 그 부족한 능력을 성준에게 얹혀서 살아가고 있었다.

초기에는 어느 정도 성준의 눈치도 봤지만, 점점 시간이 지나면서 당연하다고 생각하기 시작했고 얼마 전부터는 정말 호구 취급이었다.

다른 직원도 마찬가지였다. 처음에는 착한 팀원, 좋은 사람 취급이더니 이제는 호구 취급을 하기 시작한 것이다.

성준도 벌써 3년 차고 알 거 다 아는 직장인이다. 성격을 다 죽였다지만 호구 취급을 그냥 참으면서 다닐 생각은 전혀 없었다.

이미 성준도 회사에서 마음이 떠났지만, 집안의 빚을 다 갚을 때까지 버티는 중이었다.

'빚 다 갚는데 이제 석 달 남았다. 다 갚으면 바로 안녕이

다. 이 인간들아.'

처음에는 입사해서는 성질만 죽이면 되겠지 했지만, 사회 초년생의 딱딱한 대응으로는 사회생활 못 한다는 주의를 받게 되었다.

그래서 본인의 사고로 이루어진 집안 빚만 다 갚을 때까지 아예 예스맨으로 생활하기 시작했다. 성질을 못 참아 벌벌 떨릴 때도 있었고 한 대 치려고 뒤통수를 노려볼 때도 있었지만, 가족에게 미안해서 참고 또 참았다.

성준이 한숨을 내쉬면서 주위를 둘러보았다.

옆에서 계속 성준을 붙잡고 쓸데없는 조언을 하는 권 선임, 그 옆에 뭉쳐서 쑥덕거리고 있는 여직원들, 그 여직원들 앞에서 하하 웃으면서 이야기하고 있는 팀장, 그리고 남자 직원 사이에서 이야기 나누고 있는 팀 공식 미녀 강보람 팀원.

즐겁게 회식을 즐기고 있는 팀원들이었다.

고깃집은 자리가 많이 비어 보였다. 싱크홀의 여파인지 가게는 절반도 차지 않았다. 성준네 팀원과 반대쪽에 군대 휴가 나온 것 같은 사람들, 그리고 파릇파릇한 대학생들이 대각선으로 보였다.

노랫소리에 밖을 내다보니 건장한 덩치에 문신을 새긴 남자 다섯 명이 각자 여자를 끼고 고래고래 노래를 부르면서 인도를 지나가고 있었다. 금요일 저녁인데도 차도에는 차가 얼마 없고 인도에도 사람이 많지 않았다.

'한가하구나……'

술김에 멍하니 그런 생각을 하는 성준이었다.

그리고 그 순간, 밖의 도로에서 빛이 뿜어져 나왔다.

빵빵!

꽈꽈꽝!

"까!"

순간 도로는 아수라장이 되었다.

빛이 그치면서 4차선 도로 한복판이 움푹 파이고 차들이 구멍에 빠져 버렸다. 급브레이크를 밟은 차들이 연쇄 충돌을 일으켰다.

잠시 뒤, 사고의 시끄러운 소음을 뒤로하고 사람들이 일어섰다.

빛이 지나가고 성준은 사고가 마비됐다. 단지 강렬한 유혹이 온몸과 마음을 지배했다.

[그곳으로 가야 한다.]

이 명제만이 머릿속에 가득했다. 성준은 자리에서 일어나 신발도 신지 않고 열린 식당 문을 지나 인도를 거쳐 도로 한복판에 뻥 뚫린 구덩이 앞에 섰다.

그 주위에는 회사의 팀원들, 아까의 군인들, 문신의 건달들, 학생들이 모두 있었다. 성준은 구덩이로 뛰어내렸다.

천천히 낙하하는 몸.

바닥에 발이 닿는 것이 느껴졌다.

그리고 성준은 의식을 잃었다.

*   *   *

성준은 눈을 떴다.

상당히 높은 동굴 천장이 보였다.

어둡지는 않았다. 군데군데 박혀 있는 돌이 빛을 내고 있다.

바닥에 있는 문양에서도 빛이 나고 있다.

성준은 정신을 차리고 주위를 둘러봤다. 그가 정신 차린 곳은 학교 강당만 한 큰 홀이었다.

"엉엉엉~!"

"핸드폰이 안 켜져!"

"이런 십X, 납치당한 건가!"

주위에는 혼란스러워하는 사람들이 있었다.

성준 주위에는 회식하던 10명의 회사 팀원이 있었고 바로 앞에는 대학생들이 보였다. 여학생들은 서로 꼭 껴안고 남학생들은 그녀들을 보호하는 모습이었다.

그리고 벽 쪽으로 온몸에 문신한 건달들이 야한 옷을 입은 여자들과 앉아서 주위를 날카롭게 쳐다보고 있었다. 군인들은 바닥을 보면서 서로 쑥덕이고 있었다.

그 외에도 몇몇 사람이 군데군데 서서 주위를 둘러보거나 울고 있었다.

"어떻게 된 건지 혹시 아시는 분 있어요?"

보람이 울먹이면서 이야기하자 그 와중에도 남자직원들이 바로 정신을 차리고 이야기해 주었다.

"싱크홀이었지!"

"맞아. 기절하기 전에 다들 무언가에 홀려 구멍으로 뛰어들었으니까 싱크홀에서 실종된 사람들하고 같은 경우야."

"납치나 그런 것은 아닌 거구먼. 이건 더 심각한데. 싱크홀에서 실종된 사람 중에 돌아온 사람은 없었다는데……."

남자들의 이야기에 여자들은 바로 공황에 빠졌다.

"그럼 우리 죽는 거예요?"

"엉엉. 안돼요… 엉엉."

여자 팀원들이 훌쩍거리기 시작하자 사방에서 울음소리가 들렸다.

"걱정하지 마세요. 우리는 분명히 돌아갈 수 있어요. 어차피 싱크홀 생긴 지 3일밖에는 안 됐잖아요. 돌아갈 수 있을 겁니다. 먼저 실종된 사람들도 이제 모두 돌아올 거예요."

길 팀장의 단호한 한마디에 여직원들은 정신을 차렸고 어떤 여직원은 역시 팀장님 하면서 눈이 초롱초롱해졌다.

길 팀장은 주위를 모은 후 IT 업체 팀장답게 바로 정보를 취합했다.

"우선 정보를 모아 봅시다. 혹시 기절하지 않았던 사람 있었나요!"

모든 팀원이 고개를 흔들었다.

"그럼 아까 핸드폰이 안 된다는 이야기를 들었는데 모두 핸드폰을 확인해 봅시다."

그 이야기에 모두 핸드폰을 열어 화면을 확인한 후에 또다시 고개를 흔들었다.

그런데 팀장이 계속 이야기하자 주위의 사람들도 모두 팀장에게 집중하는지 조용해졌고 모두 팀장의 말에 따라 행동했다. 상당한 카리스마였다.

"흠… 혹시 다른 특이사항 있으신 분 있나요?"

"제 시계가 작동이 안 돼요."

4년 차 김 대리가 손을 들더니 말했다.

"전자 제품 있으신 분 확인해 주세요. 전자 제품 중 작동되는 게 있는 사람!"

그러자 모두 전자패드, 시계, MP3 등을 확인했지만 작동되는 제품은 하나도 없었다.

"EMP라도 맞았나……."

"EMP가 뭐죠?"

보람의 말에 김 대리가 대답했다.

"전자기파를 발생시키는 무기야. 모든 전자 제품을 파괴하지."

"그럼 전자 제품은 모두 작동이 안 되고… 또 다른 특이사항 있으신 분?"

길 팀장의 말에 모두 물건 등을 확인했다.

“앗. 이게 뭐야!”

갑자기 건달들하고 있던 여자 중 한 명이 소리쳤다.

“팔에 이상한 문양이 생겼어요!”

“어, 정말. 이게 뭐지?”

성준도 깜짝 놀라 팔을 봤다.

손목의 아래쪽에 검은색의 문양이 나타났다.

태어나서 처음 보는 문양이었다.

그런데 성준은 그 문양을 읽을 수 있었다.

ㄱ

ㅁ

ㄱㅁㅁ

큰 문양이 하나 쓰여 있고 아래로 작은 문양이 두 개가 있었다. 그런데 성준은 그 문양이 숫자라는 것을 알 수 있었고 그 숫자 값까지 아라비아 숫자로 얼마인지 알 수 있었다.

서로 간에 소란스러운 확인 후 알 수 있었던 것은, 자신의 문양만 보이고 다른 사람의 것은 안 보인다는 것이다. 그리고 그 문양은 모든 사람이 같았다.

팔에 문양(숫자)이 나타나자 분위기는 새로운 무언가를 탐험하는 분위기로 변하기 시작했다. 아직도 두려워하는 사람도 꽤 있지만, 남자 중 상당수가 낯선 기대를 하기 시작했다.

“이건 비밀번호야!”

"종족을 나타내는 표시일까?"

"탈출할 수 있는 퀴즈!"

문양을 신기해하면서 이야기하는 사람이 있는가 하면 다른 생각을 하는 사람도 있었다.

"어떻게 하면 사람 피부에 이런 표시를 나타내게 하죠?"

"뭔가 시술받았나……."

"거기다 어떻게 이걸 우리가 읽을 수 있죠?"

길 팀장이나 권 선임처럼 심각하게 생각하는 사람도 있었다.

"잠깐. 설마… 성준 씨, 일본어 못 하죠?"

"아~ 네, 뭐……."

길 팀장의 말에 성준은 떨떠름하게 말했다.

"いま、なんじですか?"

성준은 바로 대답했다.

"시계 망가졌잖아요? 근데 왜 시간을 물어봐요?"

"……!"

주변에 있던 모든 사람이 놀라고 성준도 말해놓고 놀랐다.

분명히 일본어로 들렸는데 무슨 말인지 이해가 되는 것이었다.

주변이 난리가 났다.

각종 언어가 하늘에 쏘아졌다. 불어, 영어, 프랑스어, 힌두어… 갑자기 학생들은 등에 멨던 가방에서 책을 꺼내 들었다.

"선생님… 원서를 읽을 수 있어요."

학생 하나가 원서를 껴안고 엉엉 울면서 말했다.

서로가 알고 있는 각종 언어를 모두 듣고 읽을 수가 있었다.

그 사실을 알게 되자 슬픔에 잠겨 있던 사람, 공황에 빠졌던 사람 중 많은 사람이 눈을 번쩍 빛냈다.

"절대 살아 나간다!"

"다시 재수를!"

"흐흐. 통역사만 해도 얼마야~"

좋아하던 사람들은 하나둘씩 홀 한쪽에 뚫려 있는 동굴로 시선을 돌렸다.

이 홀은 강당 크기의 반원 모양이었고 사방이 막혀 있었지만 단 한군데는 지름 4m 정도의 구멍이 뚫려 있었다. 그전까지만 해도 모두 외면했었는데 공황이 가라앉자 그곳으로 시선을 돌렸다.

구멍은 길게 100m 정도 쭉 직진하다가 벽에 막혀 있었는데 마찬가지로 빛나는 돌이 듬성듬성 박혀 있어서 크게 어둡지는 않았다.

사람들은 그룹별로 나뉘어 작은 소리로 이야기하면서 곁눈질로 다른 그룹과 동굴을 바라봤다.

"분위기가 저기를 가봐야 할 것 같은 분위기인데."

"누군가 나서야 하는데 말이죠."

"겨우 공황이 가라앉았지만 누가 먼저 나서겠습니까?"

성준의 그룹도 작게 이야기하면서 눈치를 봤다. 길 팀장은 뭔가 고민스러운 모양으로 팔을 보고 있었고 보람은 두 무릎을 세우고 앉아서 주위를 둘러보다 길 팀장을 보거나 했다.

다른 팀원도 소곤소곤 이야기를 나누면서 가끔 동굴을 봤다.

"성준아, 너는 어떻게 생각해?"

"뭘요?"

"저기 동굴을 들어가는 거 말이야!"

"무서워서 쉽지 않을 것 같은데요."

성준은 권 선임의 말에 무난하게 대답했다.

성준이 깨어난 지 1시간 정도가 지났다.

한쪽에서 진지하게 이야기하던 군인 그룹이 일어섰다.

"아무래도 저희가 정찰을 나서는 것이 맞을 것 같습니다."

"우선 저희가 저 앞의 모퉁이까지 확인하고 이상 없으면 조금씩 전진하면서 확인해 보겠습니다."

군인 중 혼자 있던 병장이 그렇게 이야기하자 길 팀장이 손뼉을 치기 시작했다.

"짝짝짝!"

"와와~"

"멋져요."

길 팀장의 박수는 점점 퍼졌고 여자들의 호응도 커졌다.

그 모습에 군인들의 긴장이 좀 풀리고 좀 의기양양하기까지 했다.

병장 한 명, 상병 두 명, 일병 세 명, 이병 한 명으로 이루어진 군인 그룹은 강원도 어떤 사단 축구대회에서 우승한 소대의 2차 휴가 팀원이었다. 선임인 유 병장과 상병 둘의 유흥에 걸려서 휴가 때에 집에도 바로 못 가고 이리저리 끌려다니다가 구로까지 와서 한잔하고 찜질방을 가려는 상황이었다.

마초적인 성격의 유 병장은 이런 낯선 상황 때문에 생긴 민간 여성의 두려움을 가만히 둘 수가 없었다. 그래서 소대원들을 쪼이고 달래서 이렇게 정찰을 가게 되었다.

그들은 터널의 입구에 접근했다. 지름 4m 정도로 네 사람이 나란히 들어갈 수 있을 정도로 넓지만, 깊이가 아주 긴 것이 묘하게 두려움을 자아냈다.

그들은 입구에 모여 잠깐 회의를 하고 우선 일병 한 명과 상병 한 명이 앞에 서서 전진하고 한 4m 뒤에 이병, 일병 한 명과 상병 한 명, 다시 4m 정도 뒤에 병장과 일병 한 명이 전진했다.

그들은 터널을 진입해서 천천히 나아갔다.

남은 사람들은 터널이 잘 보이는 자리로 이동해서 그들이 나아가는 모습을 주먹을 꼭 쥐고 지켜보았다.

"유 병장님, 이거 살 떨리는데요."

중간에 가던 공 상병이 뒤에 유 병장을 보고 한마디 했다.

"어차피 좀 시간이 지나면 군인인 우리가 움직여야 하는 상황이야. 먼저 선수 쳐서 움직이면 그나마 영웅 되는 거지."

유 병장도 나름대로 머리를 쓴 상황이었다.

어차피 군인인 자신들이 정찰로 몰릴 것이 뻔한 상황이었다. 직업군인이 아니라고 우길 수도 있겠지만, 그 말에 호응해 줄 만한 사람은 전혀 보이지 않았다.

"유 병장님, 여기서 양쪽으로 갈라지는데요?"

조용조용 이야기하면서 전진한 그들은 벌써 코너 지점까지 왔다.

그들은 주변을 살펴봤다.

양쪽으로 갈림길이 나 있었는데, 길은 원만한 곡선을 그리며 안쪽으로 휘어져 있었다.

"한 20m 앞도 가려져서 안 보이네."

"왼쪽과 오른쪽 둘 다 안쪽으로 길이 나 있으니 앞쪽에서 만날까요?"

"어느 쪽으로 갈까요?"

전방을 담당하던 상병의 말에 유 병장은 벽에 손을 짚으면서 말했다.

"오른쪽으로 가자."

"이 이병은 여기서 대기."

그들은 막내를 이 교차 지점에 세워놓고 다시 전진하기 시작했다.

시간이 지나갔다.

"너무 깊이 들어가는 것 아닐까요?"

"벌써 20분이 지났어요."

"저 앞에 서 있던 군인도 10분 전부터 안보이고요."

남아 있는 사람들은 귀환이 너무 늦는 군인 때문에 걱정이
이만저만이 아니었다.

"어떻게 하죠?"

"우선 저 앞에 보이는 곳까지만 누가 가서 확인하죠."

길 팀장이 제안했다.

"누가 가는데요?"

학생 중에 꽤 예쁜 여학생 한 명이 물었다.

"음… 이야기를 우리가 꺼냈으니까 저희 중의 한 명이 가
겠습니다. 성준 씨, 부탁할게요. 믿을 만한 분이 성준 씨밖에
는 없네요."

"에!"

"맞아. 성준 씨가 그래도 남자 중에 제일 믿음직해요."

"그래그래."

길 팀장의 한마디에 팀원 모두가 고개를 끄덕였다.

'하… 여기서까지 이 짓을 해야 하나!'

"성준 씨, 부탁할게요."

"네, 알겠습니다. 제가 가죠."

성준은 보람의 부탁에 그만 고개를 끄덕였다.

그리고 그는 자리에서 일어나 터널로 향했다.

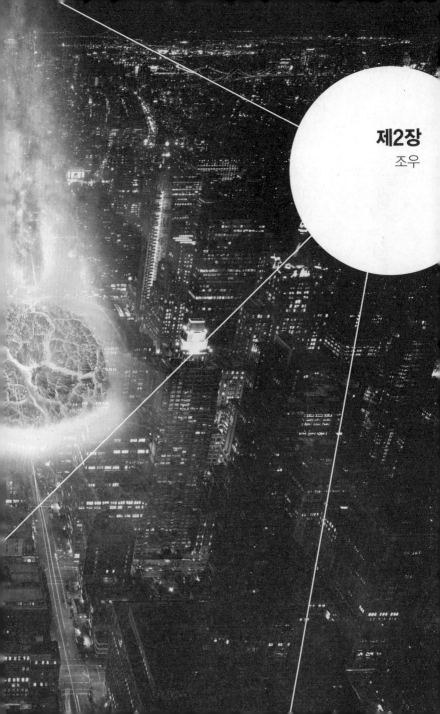

제2장
조우

성준은 동굴의 입구에 서서 뒤를 돌아보았다.

남은 사람들이 성준을 바라보았다.

회사 팀원 중 몇은 미안한지 눈이 마주치자 고개를 돌렸다.

'호구 노릇을 계속하니 습관이 된 걸지도⋯⋯.'

성준은 한숨을 내쉬고는 동굴로 들어섰다.

동굴은 신기하게도 거의 직선으로 파여서 100미터 앞까지 바로 보였다.

동굴은 거칠게 뚫려 버린 듯한 느낌으로 벽에는 돌이 날카롭게 나 있었다.

바닥은 그래도 어느 정도 평평한 돌로 되어 있어서 인위적인 느낌이었다.

벽에는 빛나는 돌이 드문드문 보였다. 성준이 손으로 쓸어보니 차가웠다.

조심조심 코너까지 도착했다.

그곳은 좌우로 길이 나 있었는데 길이 굽어져서 멀리까지 보이지 않았다.

성준이 바닥을 좌우로 확인하니 발자국이 흐리게 오른쪽으로 나 있었다.

"흠, 어쩔까나."

성준은 조금 더 들어가 보기로 했다. 남은 사람들을 향해 손을 크게 흔들어서 더 들어간다고 보여주고 오른쪽 길로 좀 더 들어가기 시작했다.

길은 크게 빙 둘러 이어졌다. 성준은 더 긴장하고 아주 천천히 발뒤꿈치에 몸을 지탱하며 전진했다. 그렇게 한 100미터를 전진하니 다시 조그마한 광장 같은 공간이 보이기 시작했다.

성준이 조심스럽게 광장과 이어진 동굴의 입구에서 조금만 고개를 내밀고 주위를 살펴봤다.

처음 정신을 차린 지역의 반 정도 되는 공간에 좌우사방으로 크지 않은 통로가 있었다.

이곳은 동굴보다 빛나는 돌의 수가 상당히 적어 어두침침한 상태였다.

광장의 가운데에는 작은 둔덕처럼 보일 정도로 무엇인가 많이 쌓여 있었다.

성준이 조심스럽게 광장의 중심으로 나아갔다.

"헉."

어느덧 어둠이 눈에 익자 성준은 깜짝 놀랐다. 광장에 쌓여 있던 것은 수많은 뼈였다.

성준은 바닥에 털썩 주저앉아 뒤로 비척비척 물러났다.

"크르르르……."

뒤쪽에서 짐승의 으르렁거림이 들렸다.

성준은 온몸이 경직되었다.

"크르릉."

으르렁거리는 소리는 점점 다가왔다.

어느덧 그 소리는 성준의 머리 위에서 울렸다.

그리고 성준의 어깨에 끈적끈적한 물이, 아마도 침이 떨어졌다.

'움직여야 해. 잡아먹힌다. 제발 다리야 움직여라.'

성준은 꼼짝 못하는 몸을 움직이려고 노력했지만 몸은 성준을 배반했다.

이번 먹이는 이상했다. 조금 전의 싱싱하게 움직이던 먹이들은 맛도 상당히 좋았는데 이번 먹이는 전혀 움직이지 않으니 먹어도 될지 알 수가 없었다. 얼마 전의 식사 때문에 배가 그리 고프지 않아서 좀 더 알아보려고 먹이를 앞발로 툭 쳐봤다.

"악!"

성준은 어깨에 강력한 충격을 받고 옆으로 쭉 밀려나면서 굴렀다.

덕분에 온몸의 경직이 풀렸다.

'옆에 통로!'

성준은 아픈 어깨를 무시하고 벌떡 일어나 자신이 밀려난 쪽에 있는 좌측 통로로 미친 듯이 달려갔다.

"나 안 죽어! 절대 안 죽어!"

성준은 고래고래 소리 지르면서 통로로 뛰어들었다.

"크엉—!"

그 뒤로 성준의 고함에 깜짝 놀랐던 짐승은 포효를 내지르면서 성준을 쫓았다.

성준은 미친 듯이 달렸다. 뒤에 쫓아오는 짐승의 숨소리를 들으면서 젖 먹던 힘까지 다해 달렸다.

뒤로 지나가는 벽들, 넘어질 듯 휘청하면서도 정말 성준 본인이 생각하기에 태어나서 제일 빨리 달린 것 같았다.

그리고 얼마 지나지 않아 달리기는 끝이 났다.

성준은 멈췄다. 눈앞에 벽이 있었다. 막다른 길이었다.

"하하하……."

성준은 허탈한 음성을 흘리면서 몸을 돌렸다.

눈앞에는 어슬렁거리는 짐승이 있었다. 검은색의 윤기 나는 털을 가진 3미터가 넘는 눈이 3개 달린 표범이었다.

짐승은 그리 배고프지 않아서 알아서 식사 장소로 가는 성준을 천천히 쫓아온 상태였다.

"제길, 장난감 취급이냐."

짐승은 서서히 성준에게 다가갔다.

성준은 덜덜 떨리는 팔을 다른 쪽 손으로 움켜잡고 뒤로 점점 물러났다.

그러다가 군인 시체에 발이 걸렸다.

'지금.'

짐승이 움찔한 사이 시체에 걸려 뒤로 구르던 성준은 몸을 튕겨서 조금 전 보았던 벽과 바닥 사이의 틈에 뛰어들었다.

겨우 사람 몸이 들어갈 만한 틈이었다.

"어홍!"

짐승은 미친 듯이 달려와 앞발에 발톱을 가득 세워 성준을 내려쳤다.

간발의 차였다. 성준이 예상대로 이 틈의 깊이는 상당히 깊었다. 겨우 짐승의 앞발을 피해 틈으로 파고들어 안쪽으로 들어가니 성준이 조금이나마 몸을 놀릴 공간이 생겼다.

성준은 몸을 돌려 밀고 들어온 출구를 바라보았다. 그곳에는 입에서 침을 흘리면서 성준을 노려보고 있는 짐승의 얼굴이 있었다.

"노려보면 어쩔 건데, 엿이나 먹어라."

성준은 가운뎃손가락을 위로 올렸다.

"크르르르릉~"

짐승은 앞발을 틈 사이에 넣어 휘둘러보기도 하고 노려보면서 크게 포효하기도 했다. 그리고 조금 뒤로 가서 배를 깔고 앉아 틈을 노려봤다.

성준은 폭주하는 엔진 같은 심장박동을 줄이기 위해 심호흡을 했다.

"조금 기다려 보자. 뒤에 사람들이 오면 뭔가 수가 나오겠지."

성준은 계속 심호흡을 하면서 생각에 잠겼다.

'아, 또 이 감각 때문에 살아남았나······.'

성준에게는 한 가지 특기가 있었다. 어렸을 때부터 있던 특기로, 급격한 긴장 상태가 되면 시야에 잡힌 사물을 거의 사진처럼 인식하고 각각 사물에 대해 객관적으로 파악할 수가 있었다.

그래서 군대 시절에도 살아나올 수가 있었고 4년 전의 교통사고에서도 목숨을 부지할 수가 있었다. 조금 전 이쪽 통로를 발견하고 뛰어든 것과 구르면서 녹슨 칼을 손에 쥔 것도 이 특기 덕분이었다.

성준이 모퉁이에서 사라진 지 30분이 지나자 남은 사람들은 다시 두려움에 휩싸였다.

벌써 2번이나 시도한 인원이 모두 돌아오지 못한 것이었다.

사람들은 그룹별로 뭉쳐서 주위를 둘러보고 여자 중 일부는 다시 훌쩍이기 시작했다.

시간이 지나자 한두 명씩 졸거나 잠들기 시작했다. 그렇게 시간이 흘렀다.

"깜박 졸았나."

성준은 정신을 차리고 앞을 바라봤다.

틈의 밖에는 세눈박이 표범 괴물이 고개를 숙이고 무언가 먹는 것 같았다.

"상당히 잔 모양인데… 피곤이 많이 풀렸네. 그런데 이런 불편한 데서 자도 피곤이 풀리나?"

성준은 상당히 좋아진 몸 상태에 고개를 갸우뚱했다.

"뭐, 좋은 게 좋은 거지. 그럼 이제 어떻게 하나. 마냥 기다려야 하려나……."

자기 전 감각이 활성화된 덕분에 오히려 긴장이 풀린 성준은 난감한 표정으로 세눈박이 표범 괴물을 바라봤다.

졸거나 잤던 사람들이 하나둘씩 정신을 차리자 사람들은 물티슈를 꺼내 얼굴과 손발을 닦으면서 정신을 차렸다.

"이대로 있을 수는 없어요. 좀 더 지나면 탈수증으로 움직이기 힘들어지기 시작할 거예요."

예쁘장한 얼굴의 여학생이 나서서 당차게 이야기했다.

"그럼 어떻게 하자는 말인가?"

구석에서 따로 있던 장년의 회사원이 바로 대거리를 했다.

"뭔가 이야기를 나눠서 방법을 찾아봐야죠."

"학생 말이 맞습니다. 이대로 있어서는 안 됩니다. 제가 우선 말문을 열죠."

길 팀장이 먼저 나서서 이야기를 진행했다. 학생이 이야기할 때부터 시선을 주기 시작한 사람들은 길 팀장의 이야기에 집중했다. 은연중에 길 팀장이 모두를 이끌기 시작했다.

"제가 잠들기 전에 주위를 좀 둘러봤습니다. 벽을 모두 눌러보고 바닥도 두드려 보고 했지만 다른 통로는 없는 것 같았습니다. 현재까지 제가 확인한 바로는 앞쪽에 동굴이 단 하나의 출구 같습니다."

그 말에 대다수는 고개를 끄덕였다.

"저도 그 말에 동의해요. 하지만 앞서 간 사람들이 모두 못 돌아왔잖아요."

아까의 여학생이 길 팀장 이야기에 동의했다.

"혹시 모두 죽지 않았는데 앞으로 계속 앞으로 가고 있을지도 모르잖아요? 돌아오지 못하는 길이라던가……."

"돌아오지 못하는 길이라뇨?"

"아래쪽으로 높은 턱이 있어서 내려갔다가 올라오지 못하는 길 같은 거요."

"그럴 수도 있네요."

길 팀장과 여학생이 주거니 받거니 이야기했다.

"그럼 역시 저 통로로 나갈 방법을 찾아야겠네요."

그렇게 사람들은 토의를 해서 의견을 모았다.

10명의 사람이 나아가면서 시야에 보이는 멀지 않은 곳에 한 명씩 남겨놓아서 이야기를 전달하기로 한 것이다.

"현재 남아 있는 인원이 32명이고 다행히 미성년자는 없어 보이니까 모두 제비뽑기를 하죠."

길 팀장의 모든 인원이 제비를 뽑자는 말에 즉각적인 반대가 나왔다.

"여자는 안 하면 안 될까요. 위험한 일이 생기면 오히려 방해가 돼서 피해를 줄 수 있어요."

여학생 중 한 명이 손을 번쩍 들며 이야기했다.

나름대로 그럴듯한 핑계를 이야기한 것이었다.

"맞아요."

"맞아요."

여기저기서 여자들의 호응이 일어났다.

말을 꺼낸 길 팀장의 얼굴에 난감한 표정이 나타났다.

나름 여자를 위한다는 인상 덕분에 자신에게 피해가 와도 이러지도 저러지도 못하는 상황이었다.

"시끄러워! 닥치지 못해, 이 가시나들이! 여기서 니들이 뒤꽁무니를 빼면 남자도 남자끼리만 나가 버리면 되냐!"

갑자기 구석에 있던 건달 중 가운데 있는 건달이 벌떡 일어서서 소리를 빽 질렀다.

그러자 여기저기서 목소리를 높이던 여자들은 일제히 입을 닫았다.

시간이 지나자 이곳에 힘의 논리가 생기기 시작한 것이다.

모두 조용해지자 길 팀장이 나서서 분위기를 중재했다.

"모두 너무 날카로워진 것 같아요. 좀 진정하고요."

"우선 제비뽑기를 하고 그 뒤에 나오는 문제점이 있으면 조정하죠."

권 선임이 본인의 수첩을 찢어서 32개의 조각으로 나눈 후 10개에 1번부터 10번까지 번호를 적고 접어서 학생 중 한 명의 비니 모자에 넣었다.

그리고 한 명씩 돌아가면서 제비를 뽑았다.

"휴~"

"아, 안돼!"

열어보지 못하고 발만 동동 구르는 사람, 열어보고 안도의 한숨을 내쉬는 사람, 내용을 보고 나서 머리를 쥐어뜯는 사람 등 여러 가지 인간 군상이 보였다.

10명이 모두 정해졌다.

길 팀장 팀원 중에 남자직원 2명, 이전에 소리쳤던 건달과 다른 한 명, 여자 1명, 길 팀장과 말을 나누었던 예쁘장한 여학생과 다른 여학생 1명, 남학생 1명, 그리고 따로 있던 중년 남성 2명으로 결정됐다.

그중에 끝까지 안 가겠다고 접근하는 모든 사람을 손톱으로 긁고 난리를 피운 여학생 한 명을 제외하고 나머지 사람들이 길을 나섰다.

우선 동굴 입구를 지나 갈림길에 도착했다. 그곳에서 1번을 뽑은 건달과 같이 있던 야한 여자가 자리를 지키고 나머지 8명이 조심스럽게 오른쪽 길로 전진하기 시작했다.

식사를 하던 세눈박이 표범 괴물이 고개를 번쩍 들었다. 아까 뼈가 쌓여 있던 광장을 보다가 다시 성준이 피해 있는 틈을 노려봤다. 고민하는 것 같았다. 그러더니 몸을 일으켜 광장 쪽으로 걸음을 옮기기 시작했다.

결국 한 명씩 중간에 남기면서 뼈가 쌓여 있는 광장으로 네 명의 사람이 도착했다. 여학생 한 명과 건달 두 명, 중년 남성한 명이었다.

"제길. 분위기 죽이는데……."

"형님, 아무래도 돌아가는 게 좋을 것 같은데요."

뼈가 있는 중앙에 도착한 건달들이 긴장으로 식은땀을 흘리며 이야기했다.

"아. 아……."

중년 남자가 뭔가 목쉬는 소리를 내더니 바로 뒤를 돌아서 달아나기 시작했다.

"아저씨. 같이 움직여야죠!"

여학생의 말도 무시하고 다시 입구로 달려갔다.

퍽!

달려가던 남성의 몸이 일순간 반으로 접혀 벽으로 날아갔다.

어안이 벙벙한 사람들 앞에 세눈박이 표범 괴물이 착지했다.

"크르르릉."

중년 남성을 부르던 여학생은 털썩 앉아 손도 못 내리고 있었고 건달들은 덜덜 떨며 뒤로 물러나기 시작했다.

"젠장, 표범인가? 동물의 왕국이냐."

"눈이 세 개인데요. 동물이 아니라 괴물인 것 같은데요!"

무언가 실없는 이야기를 나누면서 건달들은 덜덜 떠는 몸으로 세눈박이 표범 괴물을 바라봤다.

"크왕!"

소리와 동시에 번쩍 뛰더니 건달들을 덮쳤다.

두 건달 중 젊은 쪽은 바로 앞발에 한 대 맞고 튕겨져 나갔고 형님 쪽은 표범 괴물에 깔아뭉개졌다.

괴물은 발로 건달의 배를 누르고 입을 벌려 얼굴을 물 생각인지 고개를 내렸다.

'제길, 여기서 죽나.'

그때였다. 고개를 숙이던 표범 괴물의 머리에서 뭔가 튀어나오더니 움찔거리던 표범이 갑자기 몸에 힘을 빼며 건달의 위로 쓰러졌다.

"뭐, 뭐냐!"

"헉헉. 뭐긴. 산 거지요 헉헉."

건달의 눈에 표범의 뒷머리에 칼을 박고 숨을 헉헉거리는 성준이 보였다.

성준은 표범 괴물의 머리에서 칼을 뽑았다.

세눈박이 표범 괴물이 광장으로 걸음을 옮길 때 성준은 이대로 있을지 표범을 따라가 기회를 노릴지 고민했었다.

'괴물이 광장으로 간다는 것은 사람들이 그리로 온다는 이야기가 아닐까? 뒷사람들도 무기가 없으니 이 괴물을 잡을 방법이 없을 테고… 도와주어야 하나!'

성준은 손에 쥔 장검을 내려다보면서 한마디 투덜거리고 틈을 빠져나갔다.

"제길. 호구 짓은 아니겠지."

세눈박이 표범 괴물은 벌써 멀리 가고 있었다. 성준도 몸을 낮추고 조심조심 따라갔다.

성준이 광장에 도착했을 때 세눈박이 표범 괴물은 건달들과 여학생 앞에서 으르렁거리고 있었다.

성준의 심장이 긴장으로 심박수가 가파르게 올랐다. 성준의 두 눈은 모든 상황을 사진처럼 찍었다.

―벽에 부딪힌 채 쓰러진 사람. 허리가 끊어지고 피가 많이 흘러 죽은 것 같음.

―문신 청년 두 명, 공포로 온몸이 경직.

―여학생 패닉 상태.

―괴물은 도약 준비 상태. 나를 파악하지 못한 것처럼 보임.

잠시 뒤 괴물의 근육이 경직되었다.

―괴물의 도약, 바로 지금!

성준은 칼을 양손으로 들고 건달을 향해 달려갔다.

달려가면서 감각을 활성화해서 표범의 약점을 찾아내고 찌를 타이밍을 잡았다.

그리고 건달의 머리를 먹어 치우려던 세눈박이 표범 괴물의 머리를 칼로 내려찍을 수가 있었다.

"너무 많이 사용했나. 제길, 여파가!"

성준은 칼을 뽑고 뒤로 엉덩방아를 찧고 머리를 감싸 쥐었다. 머리가 띵하고 어지러웠다.

'여기서 기절하면 안 된다. 아직 참아 내야 돼.'

성준은 정신을 차리기 위해 노력했다.

"제길, 이놈 좀 치워줘!"

세눈박이 표범의 시체에 깔려 있는 건달이 도와달라고 소리쳤다.

건달은 사체를 밀어내려고 애쓰고 있었다. 성준이 머리를 흔들고 도와주기 위해 다가가는데, 어느 순간 눈앞에서 사체가 검은 연기로 변해가기 시작했다.

어느덧 사체가 완전히 사라졌다. 연기는 성준의 몸으로 대부분 흡수되고 건달의 몸속으로도, 여학생의 몸으로도 조금씩 흡수가 되었다.

"······!"

세 명은 깜짝 놀랐다. 특히 여학생은 몸의 이곳저곳을 보고 부산을 떨었다.

성준과 건달은 서로 어리둥절하면서 쳐다봤다.

"아, 경수 녀석은 어떻게 됐지?"

건달은 옆에 있던 다른 건달이 갑자기 생각났는지 주위를 찾았다.

"아. 경수야!"

건달은 벌떡 일어서서 오른쪽으로 달려갔다. 그곳에는 피가 낭자한 사람이 쓰러져 있었다.

또르르르······.

건달이 일어서자 건달의 배 위에서 구슬 하나가 성준의 앞으로 굴러왔다.

"이게 뭐지?"

성준은 구슬을 들어보았다. 구슬은 커다란 알사탕만 한 크기에 구슬처럼 투명했는데 그 안에 검은색의 안개가 뭉쳐서 움직이고 있었다.

"제길, 경수야."

비통에 젖은 목소리에 성준은 보고 있던 구슬을 주머니에 넣고 건달이 있는 곳으로 갔다.

건달은 쓰러져 있는 사람 앞에서 울고 있었다.

쓰러져 있는 사람은 머리의 안쪽이 움푹 파여 있었다. 목은 기형적으로 꺾여 있었고 바닥에는 피가 낭자했다. 건달은 이미 숨이 끊어져 있었다.

성준은 고개를 들어 주위를 둘러봤다. 아까 그 자리에는 여학생이 멍하게 앉아 있었고 벽에는 허리가 끊어진 시체가 기대어 있었다.

성준이 어지러움과 두통이 있는 상태에서 그제야 긴장이 풀어지는 것을 느꼈다. 그리고 배 속에서 음식물이 넘어오기 시작했다.

성준은 구석으로 달려가 토하기 시작했다.

한참 동안 토한 성준은 정신을 차렸다.

그리고 우선 눈물을 닦고 있는 여학생에게 다가갔다.

"괜찮아요?"

여학생은 눈물을 닦고 성준을 보더니 깜짝 놀랐다.

"살아계셨네요!"

"아, 네."

"다들 아저씨가 죽은 걸로 알고 있었어요."

성준은 고개를 끄덕였다. 자신이 출발한 지 벌써 한참이다. 죽었을 것이라고 생각해도 무리가 아니었다.

"아까 그 괴물한테 쫓기다가 벽 틈새로 피했어요. 그곳에서 여태 버텼지요."

"와, 대단해요."

"대단하긴."

성준은 손을 흔들었다.

"자, 일어날 수 있겠어요?"

성준은 여학생에게 손을 내밀었다.

"잠시만요."

여학생은 팔을 땅에 디디고 몸을 일으키다가 풀썩 다시 앉아 버렸다.

"하하… 다리가 풀려 버렸네요."

여학생은 다리를 꾹꾹 주무르더니 성준의 손을 잡고 자리에서 일어났다.

"고마워요."

"뭘요."

"아, 제 이름은 하은이에요, 연하은. 연계대학교 불문과 2학년이에요."

"네. 저는 최성준입니다. 직장인이고요."

두 명은 손을 잡은 상태로 통성명을 하게 되었다.

하은은 정신을 차리더니 억지로 씩씩한 모습을 돌아갔다. 예쁘장하고 가녀린 모습의 학생인데 생긴 모습과는 다르게 이런 피비린내 나는 상황에서 정신을 차리려고 노력하고 있었다.

'흠, 이학생도 평범하지는 않은데? 나야 능력 문제로 공포 관련 부분이 좀 마비되었지만…….'

성준은 그런 하은의 모습을 신기하게 바라봤다.

"염병할! 구해줘서 고맙수. 내 이름은 호영이오."

하은과 이야기를 나눈 후 건달에게로 가서 위로하며 통성명을 했다.

"제길, 이런 곳에서 죽을 놈이 아닌데."

호영이라는 건달은 사체의 목을 펴고 가지런히 눕혔다. 그리고 잠시 바라보더니 자신의 점퍼를 벗어 시체의 얼굴을 덮어주었다.

호영은 성준을 보고 어떻게 살아났는지 물어보았다.

"아, 이 왼쪽 통로로 가면 이 괴물의 식사 장소 같은 곳이 있어요. 그쪽으로 괴물에게 쫓겨서 달아나다가 막다른 곳까지 몰렸는데 벽 사이에 깊은 틈이 있어서 거기서 여태 피해 있었어요."

"혹시 먼저 이쪽으로 온 군인 분들은 못 보셨나요?"

"봤어요. 통로 안쪽에 여기 정도는 안 되지만 뼈가 많이 있는 곳이 있는데 그곳에서 봤어요."

"아~"

하은은 성준에 대답에 입을 손으로 가리고 앓는 소리를 냈다.

"제길. 그런데 정말 대단합디다. 군인도 다 죽고 나와 동생도 전혀 감당 못 했는데 그놈을 잡다니요."

"정말이에요. 나는 액션영화 한 장면인 줄 알았어요!"

"뒤치기로 잡았는데요, 뭘. 거기다가 이것도 있었고요."

성준은 호영과 하은의 칭찬에 고개를 흔들며 손에 아직까지 쥐고 있던 장검을 보여줬다.

장검은 낡은 모습을 했지만, 날은 아직도 날카로워 보였다.

"칼이구만. 어디서 구했죠?"

"저 통로 안쪽 뼈가 있는 곳에 꽤 있어요. 아마 여기 뼈 무더기도 잘 찾아보면 있을지 몰라요."

"그렇구만."

"그런데 다른 사람들은 아직 처음 자리에 있나요? 몇 명 안 왔네요."

"어? 입구 쪽에 한 명이 있을 텐데요? 어라, 없네?"

"다 도망쳤구만."

성준의 궁금증을 호영과 하은이 풀어줬다.

성준이 복귀하지 않자 다시 터널을 탐사하기로 한 이야기와 눈에 보이는 일정 거리마다 사람이 서기로 하고 남은 인원이 광장으로 들어온 사정을 말했다.

"어머? 여기 숫자가 바뀌었어요!"

이야기가 끝날 때쯤 하은이 자신의 팔목 안쪽을 보고 놀라 이야기했다.

"중간의 숫자가 0에서 1로 바뀌었어요."

"어? 나는 2로 바뀌었는데."

성준도 자신의 팔을 확인했다. 문양이 보였다. 바로 숫자로 인식되었다.

1

12

100

성준도 바뀌었다. 그것도 많이 바뀌었다.

"저도 바뀌었네요. 12로요."

"아, 맞다! 아까 짐승을 죽였을 때 검은 연기가 돼서 우리한테 들어왔잖아요. 그 양인가 보다. 성준 씨한테 많이 들어갔잖아요."

성준의 이야기에 하은이 자신의 추측을 이야기했다.

"이거 완전 마법의 나라냐. 젠장, 쭉쭉 빵빵 마녀나 나타날 것이지."

호영은 투덜거렸다.

"그럼 돌아가서 사람들에게 여기 상황을 알려주죠."

잠시 뒤에 성준이 돌아갈 것을 제안했다.

"저, 근데 여기는 이제 안전한 걸까요? 안 가본 동굴이 두 군데나 더 있는데……."

하은의 말에 모두의 눈은 앞쪽의 동굴과 우측의 동굴을 각각 바라봤다.

"아무래도 안전하다고 보장할 순 없겠는데요."

그들은 성준이 나왔던 통로로 들어갔다. 길은 구불구불 굽이쳤다. 한 50미터 정도 들어가니 여기저기 뼈와 해골, 그리고 장검, 단검, 철퇴 같은 물건이 보였다.

여기저기 물려 신체 일부분이 사라진 군인들의 모습도 보였다.

"제길, 여기에 다 있구만. 군인이라도 총이 없으니 결국 일반인이랑 다른 점이 없구만."

"저기… 여기 있는 칼 같은 것 가져가도 되죠?"

하은은 시체를 일부러 외면하면서 칼이나 단검 등을 주웠다. 그 모습을 지켜본 남자들도 주섬주섬 무기를 주워들었다.

"그런데 이상한데요? 이 칼이나 단검은 꽤 옛날 것처럼 되게 낡았어요. 총 같은 거는 하나도 없어요."

"그럼 이 해골들 옛날 사람들인가."

하은의 말에 호영은 덤덤하게 대꾸했다.

"뭐, 다른 세상 사람일지도 모르죠. 판타지 세계라든가."

성준은 어제 회사 직원하고 한 이야기가 생각나 말했다. 성준은 어제가 한 달 전처럼 생각되었다.

"근데 어디에 피했던 거예요?"

"저쪽 아래에 있는 틈."

성준은 어두운 구석에 있는 자신이 피한 틈을 가리켰다.

"와, 어떻게 발견했어요? 거기는 빛나는 돌도 없어서 잘 안 보이는데!"

"운 좋게 발견해서 살았지요."

하은의 질문에 성준은 자신의 능력을 이야기할 수도 없어 운 탓으로 돌렸다.

세 명은 의식적으로 시체를 외면하고 서너 개의 무기를 챙겨 조심조심 광장에 돌아갔다.

광장은 좀 전 그대로의 모습이었다.

"그런데 그 짐승은 어떻게 죽자마자 검은 연기로 변했을까요?"

"뭐, 말 안 되는 것이 하나둘인가요? 우선 살아서 돌아가고 그 뒤에 생각하죠."

"그럼 이제 돌아가죠."

하은의 말에 세 명은 처음의 광장으로 발을 옮겼다.

사람들은 모두 겁에 질려 있었다.

짐승을 직접 보고 도망쳐 온 대학생의 이야기와 중간중간 서 있던 사람 중에 몇몇이 짐승의 소리를 들었던 것을 이야기한 것이다.

사람들은 터널의 입구와 반대되는 벽에 모두 등을 기대고 앉아 덜덜 떨고 있었다.

"다 죽을 거야, 다 죽을 거야, 다 죽을 거야……."

짐승을 직접 본 대학생은 계속해서 웅얼거렸다.

"거기 닥치지 못해! 겁나 죽겠는데 조용히 좀 해!"

권 선임이 버럭 소리쳤다.

남은 건달한테 같이 온 여자들이 꼭 안겨 있었고 여학생들은 서로 끌어안고 훌쩍였다.

이렇게 모두 덜덜 떨고만 있을 때였다.

"저기 누가 오는데요?"

모두 깜짝 놀라 터널을 바라봤다. 그곳에는 3명의 사람이 뭔가 가득 들고 오고 있었다.

"어? 하은이다. 하은이가 살아 있어!"

학생들의 환호성이 일어났고.

"형님!"

건달과 여자들은 모두 일어나 통로로 뛰어갔다.

"설마 성준 씨?"

"성준 씨는 죽었잖아!"

성준의 팀 동료들은 성준을 그들끼리 말로 시체를 만들어 놓았었기 때문에 다시 살아서 나타난 성준을 보고 어안이 벙벙했다.

성준과 하은, 호영은 사람들에게 상황을 이야기해 주었다.

이야기를 들은 사람들은 놀라기도 하고 감탄하기도 했다. 성준의 회사 동료들은 성준의 활약상에 이해가 안 된다는 듯이 고개를 갸우뚱했다. 그들이 알고 있던 성준은 순하고 착하고 어수룩한 사람이었기 때문이었다.

"하하. 정신이 잠깐 가출했었나 봐요. 제정신이 아니었죠, 뭐. 하하하!"

성준은 실없는 웃음으로 팀원들의 의심을 넘겼고 그런 성준을 하은은 묘한 얼굴로 쳐다봤다.

"그럼 이제 안전한 거예요?"

보람이 성준에게 물어보았다.

"아직 모르죠. 그 괴물이 나온 곳 말고 다른 곳에 어떤 괴물이 있는지도 모르고요."

성준이 대답하려고 하려는데 길 팀장이 나서서 보람에게 대답했다.

호영은 가져온 무기를 자신의 동료 건달에게 나누어 주

었다.

그 모습을 본 권 선임은 성준에게 이야기했다.

"그거 무기, 우리도 나누어 갖자."

"그러세요. 그러려고 가져 왔어요."

그 말을 들은 남자팀원들은 우르르 성준이 가져온 무기를 나누어 가졌다.

길 팀장과 권 선임은 장검을, 그리고 남자직원 둘이 단검과 쇠봉을 들었다.

무기를 나누어 가진 팀원들은 남은 무기가 없자 성준의 눈치를 봤다.

"괜찮아요. 여기까지 들고 와서 더 들 힘도 없어요."

"그렇지! 우리가 책임질게 걱정 마."

성준이 자신이 들고 있는 무기까지 양보하자 팀원들은 그럼 그렇지 하며 무기를 들고 기뻐했다.

그런 남자직원들한테 여직원들이 달라붙어 보여 달라고 하며 이야기를 나누었다.

"혹시 더 없어?"

"그곳에 가면 못 들고 온 게 몇 개 더 있어요."

"그래."

무기를 지급받지 못한 사람들은 빨리 가서 무기를 가져오자고 사람들을 선동했다.

"혹시 모르니까 모두 무장할 수 있게 빨리 가죠."

"그래요 많이 무장할수록 더 안전해 지니까요."

"괴물도 잡았다고 하니 모두 같이 가죠. 무기도 들었으니까 괜찮을 거예요."

"남은 사람들이 더 위험할 테니 모두 가죠."

이런 식으로 사람들이 너도나도 가자고 이야기했다. 결국 모두 같이 아까의 장소로 가는 것으로 결정되었다.

"그럼 무기를 가진 사람이 앞으로 나서서 길을 엽시다. 무기를 가진 사람 모두 앞으로 나와요."

"네?"

"네?"

급하게 성준이 가져온 무기를 빼앗은 것에 기뻐하던 남자 팀원들은 얼굴빛이 바뀌었다.

예상과 다르게 위험에 뛰어들게 되자 무기를 다른 사람 주기도 그렇고 해서 어어 하는 사이에 앞으로 나서게 되었다.

성준은 뒤에서 씩 웃었다.

*　　　*　　　*

칼을 들고 앞장서는 호영의 옆으로 호영의 동료들이 같이 섰다. 호영과 같이 다니는 건달 그룹은 동료가 죽었다는 말에 한마디씩 욕설을 하더니 무기를 하나씩 받고 눈에서 빛이 났다.

모두들 자신감을 회복한 것 같았다.

그 뒤로 무기를 들은 남학생과 길 팀장 외 남자팀원들이 엉

거주춤한 모습으로 뒤를 따랐다.

그리고 뒤에는 무기를 든 하은이와 다른 사람들이 우르르 따라가고 있었다.

"왜 다른 사람들에게 다 나누어줬어요?"

하은은 아까의 싸움에서 놀라운 모습을 보여준 성준이 무기를 다른 사람들에게 모두 나누어 준 게 이해가 가지 않았다.

"아까는 거의 우연이었어요. 그리고 봐요, 팔 떨리는 것. 너무 긴장했는지 팔다리가 말을 잘 안 들어요."

성준은 아직도 잘게 떨리는 팔을 가리키며 몸이 말을 잘 안 든다는 이유를 들어서 대답했다. 실제로 지금 성준은 온몸과 정신에 부하가 온 상태였다. 감각의 활성화를 몇 초라도 더 썼으면 십중팔구는 그 자리에서 기절이었다.

'힘들기는 하지만 그래도 버틸 정도는 되는데? 머리 통증도 기절할 정도는 아닌 것 같고.'

성준은 고개를 갸우뚱하다가 고개를 끄덕였다.

'좋은 게 좋은 거지 뭐.'

짐승을 만났던 광장에 도착했다.

시체를 보고 놀란 어떤 사람들은 토하고 여자 중에는 기절한 사람도 있었다. 그래도 어떻게든 수습이 되어서 성준이 숨었던 통로로 들어와 각기 무기를 챙겼다.

몇몇 사람은 군인의 시체가 있다는 말에 아예 접근도 하지 않았다.

사람들은 다시 짐승을 만났던 중간 광장에 모였다.

남자들은 거의 무기를 들었다. 하은도 자신의 무기를 남학생에게 주었다.

무기가 없는 사람들은 긴 뼈라도 들고 있었다. 하은을 포함한 몇몇 여자는 뼈라도 들고 있었지만 아직도 많은 여자가 아무것도 들지 않고 그냥 무리를 지어서 서 있었다.

성준도 뼈 무더기에서 끝이 깨져서 날카로운 긴 뼈 두 개를 구해 챙겨두었다.

"칼이라도 가지고 있으니 안심이 되네."

권 선임은 다시 긴장이 풀렸는지 성준을 귀찮게 했다. 성준은 건성으로 대답했다. 그러자 권 선임은 푸념했다.

"아, 목마르고 배고프다. 벌써 한참을 아무것도 안 먹었어."

이곳으로 넘어올 때 가방에 생수를 가지고 온 사람도 몇 명이 있어서 나누어 먹었지만 얼마 전에 다 먹어 버렸다.

"이대로 있으면 수분 부족으로 큰일 납니다. 빨리 여기를 벗어나든가 식수를 구할 수 있는 방법을 찾아야 합니다."

전체 분위기가 조금 안정감을 찾게 되자 길 팀장이 다시 나서서 이야기를 진행했다. 호영이 나설 수 있었지만 무슨 이유에서인지 성준을 힐끗 보더니 오히려 동생들을 제지했다.

"지금 여기는 동굴이 네 방향으로 나 있습니다. 한 곳은 우리가 온 곳이고 한 곳은 방금 다녀 온 곳입니다. 두 방향이 남았는데 어디로 가볼까요?"

"여기 말고 아까 갈림길에서 반대 방향의 길도 있었잖아요?"

하은이 길 팀장의 말에 의견을 제시했다. 길 팀장은 하은을 힐끗 보더니 다시 반론을 제기했다.

"다시 돌아가기도 힘들고 우선 여기까지 왔으니 여기서부터 살펴보죠. 무기도 나왔고 괴물도 이 무기로 충분히 죽일 수 있는 것 같으니까요. 전혀 모르는 지역을 다시 처음부터 확인하기에는 위험할 것 같아요."

길 팀장의 이야기는 다수의 호응을 얻었다.

"그럼 계속 말하겠습니다. 하나는 무기가 있던 곳처럼 작은 동굴이고 다른 동굴은 상당히 큰 동굴인데 우선 작은 동굴부터 확인하는 게 좋을 것 같습니다."

사람들은 길 팀장에 말에 찬성해서 우선 작은 동굴로 가보기로 했다.

현재 있는 광장을 베이스캠프로 삼았다. 광장의 시체를 군인의 시체가 있는 곳으로 치워두고 다음 통로를 확인할 사람을 뽑기로 했다.

"무기를 들고 있는 사람으로 뽑죠!"

무기나 뼈 같은 것을 아무것도 안 들고 있는 여학생이 손을 번쩍 들더니 이야기했다.

"그런 게 어디 있어. 다 뽑아야지."

길 팀장과 권 선임이 눈을 맞추더니 권 선임이 그 이야기에 어깃장을 놓았다. 악역을 맡기로 아예 작정한 것 같았다.

"그럼 중간으로 무기와 다른 것. 뭐 뼈다귀 같은 것을 들은 사람을 포함해서 뽑기로 하죠."

길 팀장이 나름 중간의 의견을 내었다.

"그러지 말고 지원을 받고 뽑힌 사람은 안 뽑힌 사람의 무기를 가지도록 하지. 모자라면 제비를 뽑아서 무기를 받으면 되고."

호영이 한마디 하자 무기를 들지 않는 사람들은 모두 찬성하며 다수결로 결정되었다. 길 팀장은 인상을 찡그렸지만 어쩔 수 없다는 듯이 찬성했다.

그리고 지원을 받아 다시 여섯 명이 추려졌다. 통로가 작아서 많은 사람이 가면 오히려 불편하다는 이유였다.

호영의 동료 네 명과 무기를 구하려고 하던 30대 직장인 한 명, 그리고 성준이었다. 성준은 나서지 않으려고 했으나 호영과 하은이 빤히 바라봐서 방법이 없었다.

"꼭 다시 돌려줘야 해!"

"네. 알겠어요."

권 선임은 성준에게 장검을 주면서 두 번 세 번 다짐을 시켰다. 어차피 성준이 쓰던 칼이었는데 그새 자기 것이라고 유세를 떨었다.

무기를 잡은 손을 억지로 떼어내서야 돌려받을 수 있었다.

"자, 가자."

호영의 출발신호에 인원은 작은 통로로 진입했다. 호영이 제일 앞에 서고 그 뒤에 그의 동료들, 직장인, 마지막으로 성준이 따라갔다.

그들은 한참을 내려갔다. 구불구불한 길이 아래쪽으로 이어져 있었다. 주변의 박혀 있는 빛나는 돌만이 어둠을 밝혀주었다.

"이거 상당히 깊은데요, 형님? 벌써 20분 이상 내려온 것 같아요."

심심한지 호영의 동료 중 한 명이 호영에게 말을 붙였다.

"시계가 망가져서 시간을 알 수가 없으니, 원."

앞쪽에서 무슨 소리가 들리기 시작했다.

"무슨 소리가 들리는데요?"

"어, 나도 들었다."

모두 무기를 들고 긴장한 모습으로 조금씩 다가갔다.

그렇게 5분 정도 더 내려가니 전혀 예상치 못한 광경이 눈앞에 펼쳐졌다.

벽의 틈에서 뿜어져 나오는 물이 개울처럼 흐르고 있었다. 바닥에 모인 물은 상당히 큰 웅덩이를 이루고 있었다.

"물이다!"

"와~"

호영과 동료는 바로 달려들었다.

"잠깐만요! 마실 수 없는 물일 수도 있어요. 확인해 봐야 해요."

조금 늦게 정신 차리고 성준이 말려보았지만 이미 호영과 동료들은 물에 머리를 대고 마시는 중이었다.

성준과 다른 한 명은 고개를 절레절레 흔들고 주위를 둘러 봤다. 주위에 이상이 없자 웅덩이 주위에 있는 돌에 엉덩이를 붙이고 앉아 호영에게 걱정스럽게 물어봤다.

"괜찮아요? 배는 안 아프고요?"

"와, 물맛이 꿀맛이다. 정말 시원해."

"이거 끝내주는데요? 이 정도면 약수예요."

물을 마신 사람들의 이야기에 '에라, 모르겠다' 하고 성준 도 물을 떠서 마시기 시작했다.

남은 사람들은 기력이 많이 떨어져서 다들 바닥에 앉아 늘 어져 있었다.

"저기, 누가 감시하고 그래야 하는 것 아닌가요? 여기가 안 전하다고 확실히 정해지지도 않았는데요."

"다들 주의를 기울이고 있으니까 괜찮을 겁니다. 저도 경 계하고 있고요."

하은의 말에 길 팀장은 바로 대답했다. 길 팀장도 정신을 차렸는지 예쁜 하은의 얼굴에 바로 사근사근하게 대답하기 시작했다.

"그런데 그 짐승이 정말 죽으니까 사라진 것 맞습니까?"

"네. 성준 씨하고 저하고 호영 씨하고 다 봤어요."

"성준 씨가 그 짐승을 죽였다는 것도 그렇고 시체가 사라 졌다는 것도 그렇고 좀처럼 믿기가 힘들어서요."

하은은 성준이 저 사람들한테 왜 그런 취급을 받는지 이해하기가 힘들었다. 첫인상이야 살이 좀 찐 순한 인상이라서 그런가 보다 했지만, 짐승을 죽일 때의 강렬한 인상은 그런 첫인상을 완전히 없애 버리고 강렬한 기억으로 남아 있었다.

그래서 그런지 말이 퉁명스럽게 나왔다.

"성준 씨를 못 믿는 것이야 댁의 사정이고요. 시체가 사라졌다는 건 금방 증명할 수 있는데요."

"네?"

하은은 일어나며 정면의 큰 통로를 가리켰다. 그곳에서 도마뱀같이 생긴 괴물이 하나둘씩 나타나고 있었다. 그것들은 일어서면 사람 정도 될 것 같은 크기에, 눈에는 이상한 붉은 빛이 나고 머리에 뿔이 하나 달려 있었다. 피부에는 비늘이 붙어 있어서 무슨 갑옷처럼 보였다.

네발로 기어오던 그 괴물들은 총 네 마리가 되자 나란히 서서 동시에 소리를 내뿜었다.

"크루루룩!"

"모두 무기를 들어요!"

다들 어쩔 줄 몰라 하고 있을 때 길 팀장이 소리쳤다. 그러자 무기를 들고 있던 사람들은 정신을 차리고 칼이나 봉 등을 꼭 쥐고 앞을 바라봤다.

"우리도 무기가 있으면 충분히 상대할 수 있어요!"

길 팀장의 외침에 다들 기운을 회복하고 침을 꿀꺽 삼켰다.

그때였다.

"죽어!"

40대 후반의 아저씨가 도마뱀 괴물이 다가오는 긴장감을 이기지 못하고 괴물에게 달려들었다.

콰각!

손에 들고 있는 쇠봉을 내려쳤지만 허무하리만치 쉽게 쇠봉은 손에서 튕겨져 나갔다.

도마뱀 괴물은 고개를 번쩍 들더니 그대로 아저씨의 다리를 물어버렸다.

"으악!"

다리를 물린 아저씨가 비명을 지르면서 넘어졌다. 다리에서 피가 뿜어지자 여자들은 비명을 질렀다. 도마뱀 괴물은 앞의 사람들에게 달려들었다.

사람들은 뿔뿔이 흩어져서 도망갔다. 대부분의 사람은 처음 도착했던 광장으로 뒤도 돌아보지 않고 달렸고 아무 생각 없이 가까운 통로로 달려가는 사람도 있었다.

하은은 바로 친구들을 이끌고 성준이 들어간 통로로 달려갔다.

그리고 도마뱀 괴물은 더 늘어나서 먹이를 뜯어먹는 괴물을 제외한 도마뱀 괴물들이 사람을 쫓아 각자 통로로 뛰어들었다.

성준은 귀에 손을 올렸다.

"무슨 소리가 들린 것 같은데요?"

맛있게 물을 마신 그들은 물을 보관할 만한 용기를 가지러
다시 광장으로 돌아가고 있었다.

"비명 소리 같은데?"

"예. 저도 들었습니다."

호영과 다른 사람의 말에 사람들은 서로 얼굴을 마주 보더
니 무기를 쥐고 뛰기 시작했다.

"빨리 뛰어!"

하은은 열심히 달려가면서 친구들을 독려했다. 지금 주위
에는 무기를 쥐고 달리는 남학생 두 명과 친구들 세 명, 그리
고 호영과 같이 있던 여자 세 명이 같이 달리고 있었다.

그래도 남학생들은 여자의 뒤에서 그들의 보호하면서 달
리고 있었다.

"제길, 이대로는 잡히겠다. 우리가 막아 볼게."

남학생이 달리면서 하은을 보고 이야기했다.

쫓아오던 도마뱀 괴물 두 마리는 점점 거리를 좁혀서 이젠
바로 뒤에서 따라오고 있었다.

"그럼 나도 같이!"

하은도 멈추려 했지만 남학생들은 그런 하은을 말렸다.

"네가 남은 애들 이끌고 달려!"

자리에 멈춘 남학생들은 도마뱀들한테 달려들었다.

그리고 여학생들은 눈물을 흘리면서 달려갔다.

"저기 사람들이 뛰어오는데요?"

코너를 먼저 돌아 나온 호영의 동료 중 한 명이 앞을 보고 이야기했다.

"어? 하은이네."

달려오던 하은도 성준을 봤다.

"성준 오빠!"

하은은 성준의 품에 뛰어들더니 눈물을 흘리면서도 빠르게 말했다.

"남자애들이 괴물을 막겠다고 남았어요. 애들 좀 구해줘요."

자신에게 안겨온 여자를 달래주던 호영도 무기를 잡고 앞으로 달리려고 했다.

"이미 늦은 것 같다."

성준과 일행의 앞에는 도마뱀 괴물 두 마리가 코너를 돌아 나타났다. 괴물의 입과 앞발은 피로 번들거렸다.

하은과 여학생들은 크게 낙심했다.

호영이 칼을 쥐더니 앞으로 나섰다.

"제길, 복수다. 이 괴물들아!"

호영이 앞으로 나서자 호영의 동료 모두가 같이 나섰다. 문신한 덩치 4명이 칼과 강철봉, 도끼를 들고 서 있으니 로마시대 검투사를 보는 듯했다.

땀으로 젖은 반팔 셔츠가 몸에 딱 달라붙으니 근육과 더불어 셔츠에도 문신이 비추어 보이는 것이다.

도마뱀 괴물들은 덩치들이 전면을 꽉 채우며 막아서자 놀랐는지 전진을 멈추고 입을 열고 경고의 괴성을 질렀다.

"크루루룩."

고대의 검투사들과 괴수들은 태고의 던전에서 대치하게 되었다.

하은은 뺨을 양손으로 때렸다. 그제야 건달들의 물 근육이 제대로 보였다.

건달들도 난감한 상태였다. 주먹다짐, 칼질까지도 해보았지만 상대는 사람이었지 이런 도마뱀과 싸워본 적은 없었다.

"형님, 이런 놈들하고 어떻게 싸우죠?"

"나한테 물어봐도 알 턱이 없잖아."

건달의 질문에 호영도 식은땀을 흘리며 대답했다.

그런 잠시의 대치 상태를 먼저 깬 것은 도마뱀 괴물이었다. 왼쪽에 있던 도마뱀 괴물이 뿔을 앞세우고 덤벼들었다.

그 앞에 서 있던 건달이 들고 있는 것은 도끼였다.

건달은 도마뱀 괴물이 앞쪽으로 들이닥치는 타이밍에 맞추어서 도끼를 내려찍었다.

앞서 튕겨 나갔던 칼하고는 달랐다. 힘과 기교와 무기에서 큰 차이가 있었고 타이밍까지 잘 맞았다!

도마뱀 괴물은 건달 바로 앞에서 땅바닥으로 머리가 내리꽂혔다. 괴물은 관성을 못 이기고 건달과 부딪쳐서 뒤로 굴러갔다.

모두에 시선이 굴러가는 건달과 도마뱀 괴물로 향할 때, 성준이 소리쳤다.

"모두 앞쪽 놈을 막아요!"

모두가 시야를 놓쳤을 때 다른 한 놈이 달려들고 있었다.

도마뱀 괴물은 호영을 타고 올라가 두 다리로 몸을 지탱하면서 몸무게로 호영을 깔아뭉개려고 했다. 호영은 어느새 정신을 차리고 한쪽 다리로 뒤를 받쳐서 버텨내는데 성공했다.

"제길, 내가 고등학교 씨름부였어! 어디서 엉겨 붙어?"

호영은 뒤에다 소리쳤다.

"빨리 쑤셔!"

호영은 도마뱀 괴물의 몸부림을 피하면서 두 팔로 괴물을 붙잡고 버텼다. 그 동료들은 들고 있는 무기로 찌르고 쑤시고 때리고 난리를 쳤고, 도마뱀 괴물은 괴성을 질러댔다.

다른 사람들은 넋 놓고 그 광경을 지켜봤다.

성준은 그 사이에 굴러간 도마뱀 괴물한테 뛰어갔다.

도마뱀 괴물은 정신을 차리려고 머리를 흔들고 있었다. 도끼로 맞은 부분은 두꺼운 비늘 부분이라 뚫지는 못했다.

"제길! 평생 사용할 능력을 여기 와서 다 하는구나."

성준은 달리면서 감각을 활성화했다.

―뇌진탕 상태.

―등과 얼굴에 비늘, 배와 목과 턱에 비늘 없음.

―발에도 비늘 없음.

―우선 발.

도마뱀 앞에 도착한 성준은 도마뱀 괴물의 발에 장검을 내려찍었다가 바로 뺐다. 그리고 성준은 도마뱀 괴물 정면으로 이동했다.

도마뱀 괴물 발에서 녹색 피가 짝 솟았다. 도마뱀 괴물은 고개를 위를 쳐들고 비명을 질렀다.

"쿠어어억!"

바로 그때, 성준은 뛰어들면서 도마뱀 괴물의 턱에 온 힘을 다해 장검을 찔러 넣었다. 장검은 그대로 쑥 들어가 도마뱀의 머리를 관통했다.

괴물은 장검에 찔리면서도 앞발을 휘둘렀다. 그 발에 맞은 성준은 옆으로 튕겨져 나갔다.

도마뱀 괴물은 잠시 칼에 꽂힌 채로 멈추어 있더니 그대로 쓰러졌다.

"제길… 역시 여태 운이 좋았던 거지."

성준은 옆구리를 잡고 벽에 기대어 앉았다. 옆구리에서는 피가 흐르고 있었다.

혼자서 성준 쪽을 바라보던 하은은 성준에게 바로 달려와서 손수건을 꺼내 성준의 옆구리에 대고 압박했다.

앞쪽에서는 결국 도마뱀 괴물을 난자해서 잡는데 성공한 호영과 일당이 함성을 내지르고 있었다.

성준은 그 모습을 멍하니 보더니 하은에게 말했다.

"나 지금 기절하니까 부탁 좀 드릴게요."

성준은 하은의 대답도 듣지 못하고 바로 기절했다.

성준은 숲 속을 걸어가고 있었다.

인적이 하나도 없고 동물도 없고 나무만 가득한 곳이었다.

높디높은 나무 사이를 계속 걷다가 앞에 공터가 나타났다.

공터 가운데에는 돌이 된 작은 하얀색 나무가 서 있었다.

성준은 나무에 손을 올렸다.

나무가 말했다.

"기다리고 있어요. 빨리 오세요."

성준이 눈을 뜨니 기절했던 곳이 아니었다.

옆에는 물소리가 들렸다. 주위를 둘러보니 아까 물을 먹던 곳이었다.

"정신 차리셨어요!"

하은이 바로 달려와서 말을 붙였다.

"기절한 지 얼마나 지났죠?"

"한 4시간쯤?"

하은은 대충 손가락을 꼽아보더니 이야기했다.

"기절한 뒤에 어떻게 되었어요?"

"아, 성준 씨가 기절한 뒤에 괴물이 또 검은 연기로 변해 성준 씨 몸에 들어가고 저쪽 아저씨들 몸에도 들어갔어요. 다들 놀라고 지쳐서 우선 안전한 여기로 온 거죠. 성준 씨의 옆구리는 다행히 찰과상이라서 호영 씨가 업고 내려왔어요. 근데 와서 보니까 검은색 멍이 옆구리에 크게 생겼어요."

성준은 조심스럽게 몸을 일으켜 옆구리를 내려다보았다. 옆구리에는 손수건이 대어져 있었고 성준의 티셔츠가 이리저리 찢어져서 붕대 대용으로 묶여져 있었다. 러닝셔츠 차림의 성준은 붕대가 된 티셔츠를 보며 한숨을 내쉬었다.

"봄맞이 한정 특가 이벤트 70% 바겐세일 상품이었는데."

생활고가 절절 나오는 말이었다.

"여, 일어났는가!"

호영이 다가오며 물어보았다.

"여기까지 업고 오셨다면서요. 감사합니다."

"그 정도야 뭐, 내 목숨도 구해 주고 동생 목숨도 구해줬는데."

호영은 손을 괜찮다며 손을 흔들었다.

"움직일 수는 있겠나? 우리도 많이 쉬었고 저쪽도 걱정되는데……."

성준은 슬슬 허리를 돌려보았다. 크게 결리는 느낌은 없었다.

그래서 성준은 붕대가 된 티셔츠와 손수건을 슬쩍 들추어 보았다. 안쪽에는 확실히 멍이 들어 있었다.

그런데 멍의 색깔이 흐린 상태였다.

"어라."

"왜 그러세요?"

"아, 몸 상태가 버틸 만해서요."

하은의 말에 성준은 붕대를 내리며 대답했다. 이상한 것은 혼자만 알고 있기로 했다.

"움직일 수는 있겠어요. 그런데 뛰거나 싸우지는 못할 것 같아요."

성준은 호영에게 몸 상태를 이야기해 주었다.

"그럼 슬슬 움직이자고. 우리가 앞장설 테니 뒤에서 따라와."

성준은 살살 몸을 일으켰다. 이곳저곳이 결리고 옆구리가 꽤 쑤시지만 못 움직일 정도는 아니었다.

머릿속도 두통이 많이 가라앉은 상태로 다시 감각을 활성화하지 않는다면 괜찮을 것 같았다.

'전에 기절했을 때는 하루 종일 잠자도 이 정도까지 괜찮지는 않았는데, 잘되었군.'

성준은 기쁘게 몸 상태를 받아들였다.

일행은 보통 걸음으로 다시 올라가기 시작했다.

앞에는 호영 일행이 무기를 꾹 쥐고 주위를 살피며 가고 있었다. 그 뒤에는 호영과 같이 왔던 여자들과 여학생들, 그리고 성준이 따라 올라갔다.

"형님 여기 숫자 2로 올라간 건 도대체 뭘까요?"

"내가 그걸 알겠나!"

"형님은 3이랬죠?"

"나야 싸우기 전에 1이 있었으니까."

앞에서 팔의 문양에 대해 이리저리 이야기하고 있었다.

싸운 사람들은 각각 2씩 올라간 것 같았다.

성준은 자신의 손목을 확인했다.

```
1
19
100
```

'7이 올랐네. 이건 혼자 싸울수록 숫자가 높은 걸까? 알 수가 없네.'

성준은 머리를 흔들고 걸음을 재촉했다.

중간에 남학생들의 시체를 확인했다. 하은과 다른 여학생은 슬피 울고 남자들이 나서서 시체를 가지런히 해주었다. 괴물이 다른 사람을 쫓기에 바빴는지 먹힌 부분은 보이지 않았다.

뼈 무덤 광장—뼈가 무덤처럼 있어서 이렇게 부르기로 했다—에 접근하자 일행은 긴장했다. 여자들을 멈추게 하고 호영들과 성준은 조심스럽게 다가갔다.

뼈 무덤 옆에 도마뱀 괴물이 한 마리가 있었다.

괴물은 무엇을 먹는 중인지 주위는 신경 쓰지 않고 머리를 바닥에 대고 신나게 씹고 있었다. 성준들 쪽으로는 꼬리만 산들산들 흔들리고 있었다.

호영들은 살금살금 다가갔다. 성준은 조금 뒤에서 그들을 쫓아갔다. 도마뱀 괴물은 아직도 눈치채지 못했다.

도마뱀 괴물에서 2미터 정도 떨어졌을 때, 괴물의 머리가 벌떡 들렸다.

"덮쳐!"

호영은 소리를 치며 도마뱀 괴물의 몸 위로 뛰어올랐다.

호영과 다른 한 명은 도마뱀 괴물의 등 위에 올라타는데 성공했다. 그리고 바로 팔다리로 도마뱀 괴물을 껴안고 내리눌렀다.

올라오면서 호영들이 준비한 레슬링 빠떼루 기술이었다.

"죽어! 죽어! 죽어!"

그리고 다른 두 명은 또 미친 듯이 보이는 부분을 내려찍었다.

"저게 정말로 먹힐지 생각지도 못했어요."

어느새 옆으로 다가온 하은이 어이없는 표정으로 이야기했다. 성준도 동의했다.

결국 도마뱀 괴물은 연기가 돼서 호영들에게 흡수되었다.

"형님, 아무래도 이거 힘이 세지는 느낌인데요."

"너도 그러냐? 아무래도 숫자가 올라가면 몸 상태가 좋아지는 것 같아요, 형님."

호영의 동료들이 호영한테 이야기했다.

호영도 같은 생각인지 고개를 끄덕였다.

성준이 그 생각에 동의했다. 벌써 음식 먹은 지도 한참 지났는데 몸 상태가 나빠지는 것이 아니라 잘나가던 현역 시절 몸 상태에 가까운 것 같았다. 몸의 살도 상당히 빠져 허리가 헐렁했다.

뼈 무덤 광장에서는 다른 사람을 찾을 수 없었던 일행은 처음 지역으로 가기로 결정했다.

중간에 몇 구의 시체를 발견하고 도마뱀 괴물 한 마리와 만났다.

그리고 빠떼루가 작렬해 도마뱀 괴물은 연기로 변해 일행의 숫자를 증가시켰다.

"이거, 이 기술이면 다 잡을 것 같은데요!"

"안 돼. 한 마리당 세 명 이상이 있어야 돼. 그리고 우리 덩치 정도 돼야지 안 그러면 튕겨 나간다."

호영은 신 나서 하는 이야기에 주의를 주었다.

출발 지역에 도착했다.

그들은 그곳에서 두 그룹으로 갈라져 서로를 노려보고 있는 사람들을 발견했다.

한 그룹은 성준의 회사 팀원 그룹이고 다른 한 그룹은 나머지 인원의 그룹이었다.

"이 죽일 놈들. 자기가 살려고 다른 사람을 밀어버리는 게 사람이 할 짓이야!"

"달리다 부딪힌 것뿐이야. 일부러 했다는 증거 있어?"

이들은 도망치다가 부딪치고 깔리고 밀고 밀치고 난리였다. 그러다가 넘어지고 남겨진 사람들이 시체가 된 것 같았다. 그래서 서로 간의 신뢰가 사라져 버린 것 같았다.

"모두들 괜찮으세요?"

어찌된 일인지 입구 쪽은 신경도 안 쓰던 사람들은 목소리가 들리자 움찔하더니 모두 돌아보았다.

그리고 나타난 사람들을 보고 크게 놀랐다.

아마 다 죽었다고 생각했던 모양이다.

회사 팀원들은 성준을 보더니 신기한 것을 넘어 낯설게 느껴지는 모양이었다.

호영 일행이 합류하자 싸움은 수면 아래로 가라앉았다. 서로 간의 안부를 묻고 죽은 인원에 대해 다시 울음을 터트렸다.

그리고 새로운 사실을 알게 되었다. 이 시작 지점은 괴물이 싫어하는 장소인 모양이었다. 거의 통로 입구까지 따라오던 괴물들은 입구에서 발길을 돌렸다고 했다.

호영 일행이 물을 발견했다는 이야기에 다들 기뻐했지만 두려워서 이곳을 벗어나지 못했다. 그래서 우선 물통과 각종 음료수병을 수거해서 호영 일행이 가져오기로 했다.

성준은 이곳까지 오자 너무 피곤해서 구석에 쪼그리고 누워 잠이 들었다.

제3장
돌파

성준이 잠에서 깼을 때 다른 사람들은 모두 잠들어 있었다.

그가 쪼그리고 잠들어 있던 자리는 외딴 자리로 어느 곳에
도 속해 있지 않았다. 성준은 자신의 지금 처지 같아서 한숨
을 내쉬었다.

싸우는 모습을 직접 보지 못한 회사 동료들은 성준의 활약
을 이해하지 못했다. 그들은 그동안 회사에서의 순한 모습과
의 이질감 때문에 더욱 성준과 거리를 두게 되었다.

넓은 광장 바닥 중앙은 아직도 이상한 문양이 존재해 바닥
에서 빛을 내고 있었다.

그 빛과 주위의 벽에 있는 빛나는 돌 때문에 그리 어둡지
않은 상태였다.

성준은 잠들기 전에 들은 이야기로 현재 남은 인원을 알 수가 있었다.

성준이네 회사 팀원 중에서도 결국 죽은 사람이 나왔다. 여직원 중 막내 보연이 결국 사람들을 따라 잡지 못하고 죽었다. 있는 듯 없는 듯 조용한 성격에 평범한 얼굴이라서 결국 챙겨주는 사람이 없었던 모양이었다.

그리고 까불이 백이훈이 실종되었다. 회사의 분위기 메이커였는데 헤어질 때 뼈 무덤 광장에서 다른 통로로 뛰어드는 것은 본 사람이 있었다.

호영의 일행은 결국 어제 이쪽 길로 도망친 여자 두 명이 더 죽어 남자 네 명에 여자 세 명이 남았다. 그녀들은 달리기가 느리고 하이힐을 신어서 이곳에 들어와서 하이힐을 벗었지만 움직일 때 상당히 힘들어 했다. 그 이야기를 들은 여자들은 서로 또 서럽게 울었다.

그리고 학생 그룹은 성준 쪽으로 오지 못한 여학생 한 명이 죽어 남학생 한 명 여학생 네 명이 남았다. 죽은 이는 처음에 열 명에 끼었다가 못 가겠다고 난리를 피우던 여학생이었다. 여학생을 지켜주지 못한 남학생은 여학생들에게 가루가 되도록 비난받았다.

마지막으로 따로 있던 다른 직장인 남자들은 두 명이 더 죽어 두 명만 남았다. 성준의 팀원과 같이 달리다가 갑자기 두 명이 넘어져서 괴물의 먹이가 된 것이다.

어제 싸우던 사건의 원인이었다.

처음 이곳에 도착했을 때 40명이나 되던 인원이 겨우 하루 반나절 만에 22명으로 줄었다. 거기다가 분위기도 흉흉했다. 겨우 물은 마셨지만 벌써 하루가 넘게 아무것도 못 먹은 데다가 사람들의 죽음에 따른 엄청난 스트레스.

신뢰가 무너져 버린 상황이었다.

성준과 같이 있던 호영들이나 하은들은 사이가 괜찮았지만 다른 사람들은 같은 그룹 내에서도 서로 믿지 못하는 상태였다.

성준은 한숨을 내쉬고는 몸 상태를 체크했다.

몸 상태는 상당히 좋았다. 허기가 상당히 느껴지기는 했지만, 그것과는 별도로 몸에서 힘이 느껴졌다. 상당히 오래 잔 덕분에 정신도 말끔해진 상태였다.

성준은 팔목으로 시선을 내렸다.

1

2

100

어제 돌아오면서 호영들이 싸우는 근처에 있다가 1이 더 오른 상태였다.

성준은 지금까지 내용을 정리해 봤다.

괴물을 잡으면 연기로 변해 몸에 흡수되고 숫자가 오른다.

전투 중에 가까이만 있어도 최소값은 오른다. 혼자 싸우면 전부 획득한다.

숫자가 증가하면 육체적인 능력이 상승한다. 남들은 모르지만 자신 경우를 봐서는 정신적인 능력도 상승한다.

성준은 주머니에서 구슬을 꺼냈다. 어제 표범 같은 짐승을 잡은 후 나온 물건이었다. 투명한 구슬 속에서 검은 구름 같은 것이 계속 흐르고 있었다.

구슬의 사용법을 알아내려고 바닥에 내려쳐 보기도 했지만 흠집도 나지 않았다.

문양이 그려진 팔목에 대보기도 했지만 아무런 반응을 보이지 않았다.

"흠. 이건 뭐에 쓰는 물건인지 모르겠네."

성준은 구슬을 다시 주머니 속에 넣었다.

한참을 지나자 사람들이 한 명씩 주린 배를 움켜쥐면서 일어났다. 다들 피곤하고 주린 표정이었다. 그나마 괜찮은 사람은 호영과 동료들이었다.

사람들이 모두 일어나서 각기 뭉쳤다. 성준의 회사 사람과 다른 사람들은 완전히 갈렸다. 완전히 두 그룹으로 분리가 되었다. 성준이 팀원 쪽에 다가가서 앉으려고 하자 팀원들이 조금씩 옆으로 피했다. 조금 지나자 성준은 따로 앉게 되었다.

'얼씨구, 호구 다음은 왕따냐.'

그동안 집안의 빚을 다 갚기 전까지는 회사에 붙어 있겠다는 자신과의 약속 때문에 참고 있었지만, 이제는 다 포기한 상황이었다. 어차피 이대로 살아서 나가게 되더라도 회사에 그냥 다닐 수 있는 상황도 아니었고 살아 나가려면 냉철하게 움직여야 하기 때문이었다.

성준은 오히려 편한 마음으로 사람들의 이야기를 들었다.

"동생들하고 나는 계속 괴물들을 잡고 앞으로 갈 건데, 다른 사람들은 어쩔 것이여?"

"너무 위험합니다. 여기서 대기하는 것이 좋을 것 같습니다. 그것들도 이 안까지는 못 들어오는 모양이니까요."

호영의 이야기에 피곤한 얼굴의 길 팀장이 바로 반발했다. 어제의 충격이 너무 큰 모양이었다.

"흠… 우리만 알고 있는 것이 아니니까 다 이야기하지."

말하던 호영은 하은과 성준을 보더니 성준이 따로 떨어져 있는 모습을 보고 고개를 갸우뚱했다.

"팔에 문양 있지? 그 괴물을 잡으면 가운데 있는 숫자가 올라가. 그리고 숫자가 올라가면 힘이 세져."

호영은 성준과 동료들을 가리키며 이야기했다.

"배고픈 것도 더 잘 버틸 수 있는 상태가 되고… 아무래도 우리를 여기로 부른 개자식은 그놈들하고 싸워서 여기를 빠져나가라는 것처럼 보여."

어제 이곳으로 돌아오면서 성준이 호영들하고 한 이야기였다.

그 이야기를 들은 사람 중 몰랐던 사람들은 놀라워했다.

길 팀장이 잠시 고민하더니 성준에게 다가와서 물어보았다.

"성준 씨도 그럼 숫자가 올랐나요?"

성준은 호영 등을 가리키며 심드렁하게 대답했다.

"네. 저기 저 사람들만큼 올라 있는 상태예요. 상처값이죠 뭐."

"아, 네."

길 팀장은 피가 묻어 있는 옆구리의 손수건을 보더니 우물쭈물 자신의 자리로 돌아갔다.

그는 팀원들과 이야기를 나누었다. 성준에게 들리지 않게 목소리를 낮추었다.

"성준 씨도 숫자가 바뀌었답니다."

"그럼 정말이었네요."

"혹시 저 깡패들하고 짜고 말하는 것 아닐까요?"

길 팀장의 말에 수긍하는 팀원, 의심하는 팀원 등 다양했다.

"그런데 성준 씨가 달라졌어요. 저렇게 차가운 사람이 아니었는데."

보람의 말에 다른 사람도 고개를 끄덕였다.

"우선 숫자가 바뀐다고 생각합시다. 그리고 어제 있었던 일로 서로를 의심하거나 하지 맙시다. 여기 사람들은 모두 한 팀원이고 동료입니다."

어제 달아날 때 있었던 사건으로 넘어졌던 사람들 근처에서 같이 달리던 몇몇 직원이 의심의 눈초리를 받았는데 길 팀장이 미리 차단하는 것이었다.

"그런데 성준 씨는 어떻게 할 거죠? 같은 팀원인데 저렇게 멀리하는 것도 그런데……."

보람의 말에 권 선임이 대답했다.

"우선 두고 보는 게 좋을 것 같은데? 저쪽 사람들하고 같이 다니는 것도, 그렇게 성격도 달라진 것도 그렇고 말이야. 원래 특별히 도움 되지도 않았잖아."

"그래도 괴물을 죽였다잖아요."

"말도 안 돼. 내가 성준이를 잘 아는데. 저쪽 깡패들이 죽일 때 조금 도움 주었나 보지, 뭐."

보람의 말에 권 선임은 자기가 성준을 잘 안다면서 고개를 흔들었다.

"우선 저 호영인가 하는 사람의 동료가 먼저 조사하도록 만들겠습니다."

"그 방법이 좋기는 한데 그러다 만약에 앞쪽에 탈출할 곳이 있으면 저 사람들만 먼저 도망가지 않을까요?"

"방법이 있습니다. 우선 저쪽 여자들을 남게 할 거고요."

"어차피 깡패하고 술집 여자의 관계인데요."

"그리고 성준 씨와 다른 한 명을 출발하는 팀에 넣어서 저희의 지분을 만드는 겁니다."

"성준 씨야 보내면 되지만 다른 한 명은 누가 가려고 할까요? 거기다가 성준 씨도 지금 못 믿을 판국인데……."

"연락책이 필요하다는 핑계로 한 명을 넣으면 됩니다. 혹시 지원하실 분?"

모든 사람이 길 팀장의 눈을 피했다.

"그럼 보람 씨!"

"네?"

보람은 큰 눈이 더욱 커져서 길 팀장을 바라봤다.

길 팀장과 보람은 서로를 마주봤고 잠시 뒤 보람은 고개를 숙이고 고개를 끄덕였다.

"알겠어요."

고개를 숙인 보람의 눈에서 눈물이 흘렀다.

"그래, 성준 씨가 보람이를 좋아하니까 보람이 말은 들을 거예요."

묘해진 분위기를 해소하고자 희연은 좋은 생각이라고 길 팀장을 칭찬했다.

"앞에 어떤 위험이 있을지 모르니까 전투 경험이 있는 소수 정예로 하죠. 호영 씨 쪽도 여자 분들은 참가하기 힘들 테니까 남으셔야 할 테고, 저희 중에 전투 경험이 있는 것은 성준 씨뿐이 없으니까 성준 씨가 참여하고 연락책으로 여기 보람 씨가 참여하는 걸로 했으면 합니다."

길 팀장이 꺼낸 이야기에 호영은 자신들 쪽의 여자들을 보더니 고개를 끄덕였다.

"여자들 여기 남기는 것은 나도 찬성이고 성준 씨도 좋은데, 여자는 댁 말대로 하면 위험하지 않아?"

"보람 씨가 저희 쪽에서는 제일 다리가 빠르고 몸이 작아 연락책으로 적당해요. 본인도 찬성했습니다."

"대단한 여자네."

"저도 참여할게요. 싸움에는 도움이 안 되더라도 달리기는 자신 있어요."

하은도 친구들의 만류를 뿌리치고 참가했다.

하은은 친구들에게 이야기했다.

"우리도 한 명 이상은 참여해야 돼. 혹시 식량을 발견하든 출구를 발견하든 우리 중 한 명이라도 있어야지 소식을 전할 수 있고 나누어 달라고 요청할 수도 있어."

"주영이가 하면 되잖아?"

친구 중 하나가 한 명 있는 남학생을 째려보며 이야기했다. 남학생은 죽은 여학생을 보호하지 못해 그룹 내에서 완전히 찍힌 상태였다.

하은은 낯빛이 하얗게 질린 남학생을 보더니 한숨을 내쉬었다.

"내가 가는 걸로 할게. 그래도 내가 운동신경이 좋은 편이니까."

성준은 어이가 없었다. 자기들 맘대로 자신의 거취를 지지고 볶은 거였다.

성준은 한바탕하려다가 팀원들 뒤쪽에서 고개를 숙이고 있는 보람을 보고 참기로 했다. 어차피 본인도 참여할 생각이었고 보람이 불쌍해 보였기 때문이다.

성준이 그동안 보람에게 친절하고 말도 잘 들어주고 해서 남들 보기에 좋아하는 것처럼 보인 이유는 성준이 보람의 상황을 알아 동병상련 같은 기분을 느꼈기 때문이었다.

성준은 길 팀장이 보람을 돈으로 엮어서 가지고 놀고 있는 것을 어느 날 길 팀장의 통화로 알게 되었다. 그런 보람의 모습이 안돼 보여서 여러 가지 배려해 준 것이다.

'그래 네가 무슨 죄겠냐⋯⋯.'

그렇게 해서 두 번째 정찰대가 구성되었다.

호영과 그 동생들, 보람과 하은, 마지막으로 성준이었다.

보람과 하은은 운동화 끈을 다시 묶고 다른 사람들은 무기를 점검했다. 남은 사람들과 인사하고 정찰대는 출발했다.

"저⋯ 이름이 어떻게 되세요? 저는 하은이에요, 연하은."

"네. 저는 박보람이에요."

"말 놓으세요. 제가 한참 동생인데요, 뭐. 그쵸? 성준 오빠."

또다시 하은의 소개 시간이 시작된 것 같았다. 그리고 도마뱀 괴물한테 쫓겼던 때에 성준을 부르던 호칭이 아예 굳어진 것 같았다.

성준은 새로운 호칭에 감사드렸다. 친여동생의 오빠라는 말과 피가 안 섞인 예쁜 여대생의 오빠라는 말은 울림이 달랐다.

하은은 성준을 불러놓고 대답이 필요 없는지 보람에게 이것저것 말을 붙였다.

보람도 상당히 강심장인지 시체 옆을 지나가면서도 꿋꿋

하게 지나갔다.

　일행은 뼈 무덤 광장에 도착했다.

　"자, 앞의 통로로 들어가자고."

　호영의 말에 모두 고개를 끄덕이며 무기를 굳게 잡고 처음 진입해 보는 동굴을 들어가기 시작했다. 동굴은 꽤 큰 편으로 남자 다섯 명이 나란히 서도 좀 남아 보였다.

　일행은 앞에 남자 두 명, 그 뒤에 성준과 호영을 포함한 남자 세 명, 그리고 맨 뒤에 보람과 하은이 따라가는 형태였다. 한 400미터 정도를 지나온 것 같았다.

　호영들은 중간에 시체 위에서 잠을 자던 도마뱀 괴물 한 마리를 빠떼루를 사용해서 잡았다. 그 난해한 공격 방식에 보람마저도 고개를 절레절레 흔들었다.

　앞쪽에 작은 광장이 보였다. 마찬가지로 뼈가 여기저기 흩어져 있었고 도마뱀 괴물 두 마리가 자리에 누워 있다가 일행이 오는 소리에 고개를 들었다. 도마뱀 중 한 마리는 다른 도마뱀보다 1.5배 정도 커 보였다. 그리고 머리에 있는 뿔에서 스파크가 튀어 올랐다.

　"엄마 아빠 도마뱀이냐……."

　호영이 도마뱀을 보고 투덜거렸다.

　"크르르르."

　작은 쪽 도마뱀 괴물이 앞으로 한 발 나섰다.

　작은 도마뱀 괴물이 큰 도마뱀 괴물 앞으로 나오려 하자 큰 도마뱀 괴물이 작은 도마뱀 괴물을 보고 괴성을 질렀다.

"쿠르르루룩!"

작은 쪽 도마뱀 괴물은 슬금슬금 큰 도마뱀 괴물 뒤로 물러섰다.

큰 도마뱀 괴물은 다시 고개를 돌려 호영 일행을 노려봤다. 괴물의 뿔에서는 계속 스파크가 번쩍번쩍 튀었다.

"바떼루 공격은 안 먹히겠는데……."

"아무래도 덩치가 저러니 답이 안 나오는데요."

호영은 공격할 방법이 없어서 답답했다.

큰 도마뱀 괴물은 성큼성큼 다가왔다.

"아무래도 제가 간을 좀 보겠습니다. 형님."

도끼를 들고 있던 건달이 호영에게 이야기하며 앞으로 나섰다.

그 모습을 보고도 도마뱀 괴물은 달려들지 않고 설렁설렁 네발로 기어서 도끼의 공격 거리 안에 들어섰다. 도끼를 든 건달은 어쩔 수 없이 땀이 배인 도끼를 있는 힘껏 내려찍었다.

빠지지직!

도끼가 도마뱀 괴물의 머리를 내려찍는 순간 머리와 도끼가 부딪친 부분에서 전기 스파크가 엄청 튀어 오르고 건달이 잡은 도낏자루에서 연기가 피어올랐다.

건달은 내려친 상태로 잠시 멈추어 있더니 그 상태 그대로 뒤로 쓰러졌다.

'제길! 감전이다.'

성준은 바로 감각을 활성화했다.

—뿔에서 전기 발생.

—피부 접촉 시 감전

—전도체 무기 사용 불능.

—절연체 무기, 바짝 마른 뼈.

—절연체 신발 구두.

—물 없는 지역 필요.

'어라? 정보 습득뿐만 아니라 분석까지!'

성준은 머리에서 정리되는 내용이 깜짝 놀랐다. 하지만 우선 일이 먼저였다.

성준은 앞으로 뛰어나가면서 장검을 뒤로 던지고 무기를 빼앗겼을 때 구해놓고 여태 허리춤에 대충 묶어놓았던 날카로운 뼈 두 개를 양손에 들었다. 그나마 전기가 안 통하는 무기였다.

"제가 녀석의 시선을 끌 테니 사람을 구해요!"

큰 도마뱀 괴물은 감전된 사람을 밑에 두고 좌우로 둘러보면서 꼭 자랑하는 것처럼 보였다.

성준은 뼈 꼬챙이로 도마뱀 괴물의 양쪽 눈을 찌르고 바로 옆으로 돌아나갔다.

도마뱀 괴물은 눈앞에 나타난 뼈 꼬챙이에 깜짝 놀라 고개를 틀면서 눈을 감았고 뼈 꼬챙이는 얼굴과 눈꺼풀을 찔렀다.

눈을 다시 뜬 도마뱀 괴물은 성질이 났는지 고개를 돌려 눈을 찌른 사람을 찾았고 성준을 찾자 바로 성준을 쫓아갔다.

"으따따따."

성준은 양팔에서 올라오는 전기 오르는 느낌에 몸서리를 치며 달렸다. 완전히 감전을 막지는 못한 것이다.

"여자들! 쓰러진 녀석을 부탁해! 우리는 작은 놈 잡는다!"

호영은 사람들한테 소리치고 작은 도마뱀 괴물 쪽으로 뛰어갔다.

"덮쳐!"

작은 도마뱀 괴물 앞에 도착한 호영과 건달 하나가 도마뱀 괴물을 깔아뭉갰다. 그 두 명은 도마뱀 괴물을 팔과 다리로 꽉 껴안았다.

"두 번째 작전이다! 왼쪽!"

위에서 공격하려는 다른 건달이 호영의 말에 공격을 급하게 멈추었고 왼쪽이라는 구령에 도마뱀 괴물을 껴안았던 두 명은 갑자기 무게 중심을 왼쪽으로 기울였다.

도마뱀 괴물은 위에서 덮쳐진 충격에 정신이 없는 상태로 몸이 갑자기 기울어지자 반사적으로 몸이 기울어지는 쪽의 다리에 힘을 주어 버렸다.

"지금! 넘겨!"

도마뱀 괴물이 버티는 순간에 호영이 외쳤고 호영과 건달은 동시에 반대쪽으로 도마뱀 괴물과 함께 몸을 굴려 버렸다.

도마뱀 괴물은 호영들과 함께 옆으로 굴려져서 몸이 뒤집어지고 말았다.

"컥! 턱을 찔러!"

도마뱀에 깔려 숨이 막히면서도 호영은 소리쳤다.

그 소리와 동시에 칼을 들고 서 있던 건달은 뒤집어진 도마뱀의 턱을 칼로 찌르고 또 찔렀다.

하은과 보람은 힘을 합쳐서 쓰러진 건달을 뒤쪽으로 잡아끌었다. 둘 다 도망치지 않고 열심히 남자들을 도왔다.

성준은 생명을 건 술래잡기 중이었다. 주위에 있던 물웅덩이를 뛰어넘으면서 도마뱀 괴물의 물기와 앞발 휘두르기를 피했다. 성준은 도마뱀 괴물이 시선을 호영들 쪽으로 돌리려고 하면 뼈 꼬챙이를 도마뱀 괴물 눈앞에 휘둘렀다.

성준의 머리에 부하가 오기 시작했다. 감각을 틈틈이 짧고 약하게 활성화해서 도마뱀의 움직임을 파악하고 있는데 이제 한계가 오기 시작했다.

'제길, 몸 움직임이 좋아지지 않았으면 피하지도 못했겠네.'

"크아아아아아아앙!"

작은 도마뱀이 단말마의 비명을 지르면서 쓰러졌다.

그 소리를 들은 큰 도마뱀은 성준을 무시하고 옆으로 시선을 돌렸다.

작은 도마뱀은 뒤집혀서 죽어 있었다. 밑에 깔려 있는 호영들은 어떻게 하든지 빠져나오려고 하는 중이었다.

"크와와왕!"

큰 도마뱀은 괴성을 머리를 하늘로 향하고 괴성을 질렀다.

도마뱀 머리에 있는 뿔이 전류를 내뿜으면서 빛나기 시작했다. 뿔에서 일정 이상 빛이 나자 번개가 앞으로 뿜어져 나왔다.

죽은 도마뱀과 호영 일행을 번개가 덮쳐 버렸다.

눈앞이 안 보일 정도로 환한 빛이 지나가고 죽은 도마뱀 옆에 서 있던 건달은 온몸에서 연기가 피어나면서 뒤로 쓰러졌다.

'제길, 다 당했나.'

성준은 깨지는 머리로 감각을 다시 활성화했다.

—뿔 스파크 없어짐.
—피부에는 전기가 흐르지 않는다.
—모든 피부에 비늘이 있음.
—약점: 뿔 전도체.

뿔이 약점이었다. 성준은 미친 듯이 달려가 바닥에 떨어져 있던 도끼를 집어 올리고 큰 도마뱀 괴물 앞에 섰다.

도마뱀은 앞발로 성준을 할퀴었고 성준은 어깨를 긁히면서 뒤로 피했다.

하지만 다시 앞으로 다가갔고 도마뱀 괴물은 다가온 성준을 물기 위해 입을 벌리고 머리를 숙였다. 성준은 옆으로 피하면서 도끼를 뿔을 향하여 풀스윙을 했다.

뿔이 도끼에 의해 잘려 나갔다. 뿔 안쪽은 텅 비어 있었다.

잠시 멈추어 있던 도마뱀 괴물은 성준을 천천히 돌아보았다. 그리고 잘린 뿔 안쪽에서 전류가 뿜어져 나오기 시작했다. 성준은 급하게 물러섰다.

전류는 점점 퍼져 괴물의 얼굴을 덮었고 몸의 이곳저곳에서 전류가 새어 나왔다. 온몸에서 연기를 내뿜으면서 도마뱀 괴물은 옆으로 쓰러졌다.

성준은 그 자리에서 바닥에 쓰러지듯 앉았다.

'이곳에 들어오기 전이었으면 벌써 몇 번은 머리가 구워졌을 거야.'

성준은 하늘과 땅이 빙글빙글 돌고 있어서 정신을 차리려고 애썼다.

하은과 보람은 입을 벌리고 도마뱀과 성준을 번갈아 바라보았다. 하은은 몇 번을 봤기에 놀랍다는 정도였지만 보람은 넋이 나갈 정도였다.

하은은 바로 정신을 차렸다.

"아, 호영 씨."

하은은 전기 공격에 휩쓸린 호영 일행을 향해 뛰어갔다.

작은 도마뱀 시체 옆에서 아직도 연기가 나고 있는 건달의 시체를 보고 하은은 망연한 표정을 지었다.

그때였다. 작은 도마뱀 시체가 움찔하고 움직였다.

"여기 우리 좀 꺼내줘!"

호영의 목소리였다.

절연체인 도마뱀 시체 덕분에 깔려 있던 호영과 다른 건달은 전기 공격을 피할 수 있었다.

정신을 겨우 차린 성준과 하은과 보람은 힘을 합쳐서 작은 도마뱀 시체에서 호영과 다른 한 명을 끌어냈다.

겨우 빠져나온 호영은 시체가 되어버린 동생의 모습에 한 손으로 얼굴을 감싸 쥐었다.

"제길! 이렇게 하나씩 떠나는 거냐."

다른 한 명은 무릎을 꿇고 눈물을 뚝뚝 흘리면서 울었다.

제일 처음 전기에 감전된 건달은 생명에는 지장이 없어 보였다.

다만 감전으로 인해 손에 화상을 입고 근육이 경련된 상태라 움직이기는 힘들어 보였다.

도마뱀들이 사라지면서 검은 연기가 돼서 사람들에게 흡수되었다.

그리고 죽은 건달의 몸에서도 작지만 검은 연기가 나와서 성준과 다른 사람들 몸에 흡수되었다.

"제기랄! 내가 우리를 여기를 끌고 온 놈을 언젠가는 반드시 죽이고 만다."

호영은 흡수되는 연기를 보고 이를 악물었다.

잠시 뒤 일행은 기절해 있는 건달 주위에 모여서 우선 잠시 쉬기로 했다.

"정말 숫자가 올랐어요."

보람은 팔을 신기하게 쳐다보며 말했다.

"얼마나 올랐는데요?"

"2점이요."

하은에 말에 보람은 올라간 숫자를 이야기했다.

"아마 싸우지 않고 가까이 있으면 한 마리 죽을 때마다 하나씩은 채워지는 것 같아요."

이야기를 듣던 성준은 팔을 내려다보았다.

1

33

100

상당히 올랐다. 성준은 손을 쥐어보면서 힘을 가늠해 보았다.

슬슬 육체적인 능력이 성준이 경험해 보지 못한 영역으로 가기 시작하는 것 같았다.

"모두 좀 쉬고 어떻게 할지 이야기해 보죠."

하은의 이야기에 호영 등은 고개를 끄덕였고 보람은 힐끔힐끔 성준은 몰래 쳐다봤다.

성준은 벽에 기대에 눈을 감고 주머니에 손을 넣고 구슬들을 손가락으로 굴렸다.

하나는 검은색 연기가 갇혀있는 구슬.

하나는 내부에 번개가 치는 듯한 구슬.

방금 전에 큰 도마뱀을 죽이고 나온 구슬을 주머니 속에서 굴리면서 성준은 가열된 머리를 식혔다.

제4장
귄환

성준은 꾸벅꾸벅 졸고 있었다.

"성준 오빠는 싸움이 끝나면 바로 기절하거나 졸거나 그러네?"

"엄청 집중해서 싸워서 그런가 보다."

"하긴, 그렇게 빠른 괴물하고 혼자서 맞상대해서 잡으니까 말이죠.

호영과 하은은 졸고 있는 성준을 신기하게 바라봤다.

"성준 오빠, 회사에서는 어때요? 카리스마 장난 아닐 것 같은데."

"아니, 뭐. 많이 착했어요."

보람은 하은의 물음에 좋게 대답했다.

"그래요? 착하다는 이미지하고는 영 안 맞는데… 성준 오빠가 쌈 잘한다는 것 숨겼나 보다."

"싸움꾼은 아냐. 기본적인 운동은 한 것 같지만. 오히려 임기응변과 눈썰미가 내가 본 어떤 사람보다 대단하지. 그래서 아슬아슬하기도 하고."

호영이 하은의 생각을 정정했다.

그들은 각자 생각에 잠겼다. 그리고 보람은 무릎을 두 손으로 감싸고 성준을 빤히 바라봤다.

"어… 얼마나 지났죠?"

성준이 정신을 차리고 주위를 둘러봤다.

"한 두어 시간 정도 지났어요.

보람의 말에 성준은 한쪽 머리를 손으로 툭툭 두드리고는 자리에서 일어났다.

몸 상태도 두통도 많이 좋아졌다. 능력을 쓸 수 있는 시간도 길어지고 회복 속도도 빨라졌다.

성준은 어깨를 한두 차례 돌려보았다. 움직임에 이상이 없고 결리는 부분도 없었다. 다행히 아까 긁힌 어깨는 가벼운 찰과상인 모양이었다.

"슬슬 움직이다 보면 머릿속도 말끔해지겠지."

물병에 있는 물을 마시면서 의견을 나누어 보았다.

감전되었던 건달도 몸 상태가 빨리 회복되었다. 싸우지만 않는다면 그럭저럭 움직이는 데는 이상이 없어 보였다.

"이대로 돌아갈 수는 없어. 계속 앞으로 간다."

호영의 말에 그의 동생들은 고개를 끄덕였다. 동료의 죽음에 건달의 의리가 발동한 모양이었다.

"그럼 좀 더 가보죠. 대신 이번에는 더 주의를 기울여서 처음 보는 괴물이 등장하면 우선 피하기로 하죠."

이번에 큰 도마뱀 괴물에게 피해를 본 것 때문에 성준이 대안을 제시했고 그의 말의 모두 동의했다.

"그렇게 하지. 출발하자고."

이 도마뱀 광장의 출구는 성준이 들어온 동굴과 반대편에 있는 동굴, 그렇게 두 개밖에는 없었다. 그래서 일행은 시체를 구석으로 옮기고 앞쪽의 동굴로 진입했다.

*　　　*　　　*

시작 지점 광장의 사람들은 작은 물병에 담아온 물을 모두다 먹어서 다시 물을 받아와야 했다.

물을 가지러 가는 길에 있는 괴물들은 다 잡았다. 하지만 남아 있는 사람들은 이미 두려움이 너무 심해 서로 안 가려고 눈치를 봤다.

"또 추첨합시다. 병 개수를 보니 가방 하나에 다 들어갈 것 같으니 안전하게 2명이 가죠."

길 팀장이 어쩔 수 없다는 듯이 나서서 일행을 중재했다. 그리고 다시 비니 모자에 추첨 용지를 만들어서 주위에 돌렸다. 최종적으로 두 명이 뽑혔다.

권 선임과 여학생이 뽑혔다. 권 선임은 겁에 질린 눈을 좌우로 돌리며 새로운 의견을 제시했다.

"어차피 가방 하나만 가져가면 되니까 한 명만 가죠. 둘이나 하나나 마찬가지니까."

권 선임의 말에 여학생도 동의하고 둘은 다시 추첨했다.

권 선임이 짧은 막대를 뽑았다.

"나한테 이랬단 말이지. 내가 너희들한테 꼭 복수한다."

권 선임은 죽을상을 하면서 가방을 들고 지친 몸을 이끌며 물이 있는 곳으로 움직였다.

*   *   *

길은 대체로 평탄했다. 호영과 일행은 긴장이 점점 풀어졌다.

"저 빛나는 돌은 참 신기해요."

"하나 뽑아 볼까요?"

여자 둘이서 걸으면서 이야기를 나누었다. 할 이야기가 많은지 이야기가 끊이지 않았다.

출발한 지 한 30분 이상 지난 것 같았다. 앞쪽에 다시 광장이 보이는 것 같았다.

"광장이다. 모두 주의."

호영의 말에 모두들 긴장하고 무기를 다시 꼭 쥐었다. 다들 살금살금 이동하기 시작했다. 통로의 출구를 통해 광장 중앙이 보였다.

광장의 중앙에는 사람 눈높이쯤 되는 높이에 글을 적혀 있는 돌기둥이 하나 서 있었고 그 위에 무언가 환한 빛을 내면서 떠 있었다.

"제가 가서 보고 오죠.

성준이 호영에게 이야기했다. 호영은 고개를 끄덕였고 성준은 속보로 이동하기 시작했다.

"우린 여기서 멈춰."

호영은 일행을 멈추어 세웠다.

성준은 광장에 진입했다. 커다란 광장의 중앙에는 처음 지점과 비슷한 문양이 바닥에서 빛나고 있었다.

그 중앙에는 단지 사각 돌기둥이 3미터 정도 높이로 솟아올라 있었다. 그리고 그 위에는 구슬 하나가 빛을 뿌리고 있었다.

주위 벽은 기존 벽과 다르게 사람이 통과할 만한 구멍이 숭숭 나 있었다.

"뭔가 함정처럼 보이는데……."

성준은 우선 주위를 경계하며 돌기둥으로 가까이 갔다. 돌기둥 주위에는 해골과 사람 뼈가 널려 있었다.

해골과 뼈를 피해서 돌기둥 앞까지 다가가자 돌기둥에는 어떻게 써 넣었는지 거칠게 음각으로 새겨진 처음 보는 여러 종류의 문자가 적혀 있었다. 마치 다른 세상의 문자 같았다. 하지만 성준은 바로 이해가 되었다.

귀환 지점.

오! 신기. 이 돌은 글 안 없어짐.

함정. 한 명 손대고 3분 버티기.

구멍 몬스터.

엄청 쉬움. 2명이서 널널.

난 혼자.

난 한 손으로 썰음.

뭔가 글 내용이 점점 유치해졌다.

성준도 칼로 돌기둥을 긁어 보았다. 흠도 안 났다.

"이 돌을 긁어내서 글을 남겼으면 정말 괴물을 장난처럼 잡을 수 있을지도 모르겠네."

위에 '손대고 3분 버티기' 라는 글에서 선으로 이어져 있는 문양이 있었다.

파여 있는 것이 아니라 다른 색의 문양인데 손가락 4개가 그려져 있는 손바닥 모양이었다.

"글 대로라면 빤히 보이는 내용이네. 누가 여기 손을 올리고 있으면 3분 동안 움직이지 못하고 그동안 구멍에서 괴물이 나오고. 그리고 3분 뒤면 귀환하는 것인가?"

성준은 기쁜 얼굴로 바로 호영들에게 돌아갔다. 그리고 모두 급하게 기둥으로 달려가 글을 읽었다. 모두의 얼굴이 돌아갈 수 있다는 기대로 빛났다.

"어떻게 하죠? 우선 시험해 봐야 하나요?"

"우선 남아 있는 사람들한테 알리죠. 어떤 식으로 귀환될지 모르니까요."

"그렇기는 하겠네요. 손바닥을 올린 사람만인지 들어온 사람 전부인지 알 수가 없네요.

"모두 같이 돌아가서 이야기하죠. 누가 혼자 가도 소용없을 것 같네요."

모두 같이 돌아가는 것으로 결정했다. 그리고 다시 한 번 두근거리는 가슴을 쥐고 급하게 처음 지점으로 돌아갔다.

한참 동안 걸어서 처음 지점으로 돌아간 성준 일행은 어수선한 사람들 분위기에 또 무슨 일인가 걱정이 되었다.

어수선한 분위기는 물을 가지러 간 권 선임이 한참 동안 돌아오지 않았기 때문이었다.

성준과 호영 등도 걱정했지만 방법이 없어 다시 기둥 광장으로 가면서 찾아보기로 했다.

그리고 기둥에서 발견한 글 내용을 사람들에게 이야기했다. 사람들은 모두 흥분했다. 벌써 3일째가 지나가고 있었다. 다들 배고픔과 피곤함에 힘겨워하고 있었다.

그래서 만장일치로 돌기둥이 있는 곳으로 출발했다.

다들 힘이 나는지 열심히 걸었다. 그리고 중간에 뼈 무덤 광장에서 물이 있는 지역으로 모두 내려갔다.

물병을 가지고 권 선임이 사라져서 직접 마셔야 하기 때문이었다. 물을 마시고 나서 권 선임을 찾으면서 계속 기둥 광장으로 나아갔다.

중간에 도마뱀 괴물 광장을 지나 한참 만에 기둥 광장에 도착했다. 모두 글을 읽고 신기해하며 돌아가기를 기대했다.

이제 실질적인 문제가 남았다. 누가 기둥에 손을 올려놓고 누가 괴물을 막을지 결정해야 했다.

"우선 돌기둥에 손대고 있을 사람이 필요합니다. 방어하지 않는 사람 중에 한 분이 필요해요."

다시 길 팀장이 나서서 진행했다.

무기를 들지 않은 사람들은 서로 얼굴을 외면했다. 이곳에서 시간이 지나면서 점점 이기주의가 강해졌다. 결국 돌아갈 수 있는 희망이 보이자 극단적인 성향이 표출되었다.

주위를 둘러보던 보람은 팔을 들려고 했다. 그런데 팔을 채 올리기도 전에 옆에 있던 길 팀장이 그 팔을 잡고 강제로 내렸다. 그 모습을 슬쩍 보게 된 하은은 한숨을 쉬더니 손을 들었다.

"제가 할게요."

그리고 성준을 향해 한마디 했다.

"잘 지켜줘야 해요."

성준은 하은을 향해 고개를 끄덕였다.

"그럼 무기를 든 사람들은 모두 나와서 바닥의 문양 바깥쪽에 섭시다. 여자들은 안쪽으로 들어가고."

호영의 말에 다른 남자들은 움찔 했지만 대안이 없는지 한 명씩 바깥쪽으로 나와서 문양 밖에 빙 둘러서 자리를 잡았다.

몇몇 사람은 무기를 들고 덜덜 떨고 있었고 어떤 사람은 이리저리 눈치를 보고 있었다.

"준비됐으면 시작할게요."

하은은 아무 말이 없자 바로 손 모양의 문양에 손을 가져다 대었다.

잠시 뒤, 기둥 위에 있는 구슬의 빛이 더욱 강해졌다. 그리고 기둥에서 굉장한 소리가 나기 시작했다.

삐이익~!

'설마 이 소리로 불러 모으는 건가!'

성준은 더욱 긴장해서 구멍을 집중해서 쳐다보았다.

구멍에서 소음이 들려오기 시작했다. 그리고 잠시 뒤, 구멍 안에서 다리가 여섯 개의 붉은색 곤충형 괴물이 나타났다.

"에엑, 붉은 개미다!"

남학생이 소리쳤다. 생긴 것은 꼭 붉은 개미 같았다. 다만 크기가 기존 개미의 100배 이상이었다. 세워 놓으면 거의 초등학생만 할 것 같았다.

붉은 개미는 구멍 안에서 한 마리씩 튀어나와 무기를 쥔 남자를 덮쳤다.

"다리를 자르세요! 그럼 움직일 수 없어요."

성준은 주위에 소리쳤다.

사람과 개미 괴물과의 전투가 시작했다. 사방이 여자들의 비명과 남자들의 욕설, 그리고 개미의 괴성 등으로 엉망진창이 되었다.

그래도 전과는 다르게 성준과 호영 등이 중간중간에 끼어 있어서 겨우 막아내고 있었다.

"아악! 다리가 물렸어!"

1분이 지났다. 성준 쪽에 있던 회사 팀원 중 한 명이 비명을 질렀다. 그리고는 피나는 다리를 붙잡고 안쪽으로 다리를 절며 들어갔다.

성준은 그전까지는 감각을 활성화하지 않고도 안전하게 처리하고 있었지만 한 사람이 빠지고 그 사람 몫까지 담당하게 되자 그럴 수가 없어졌다. 성준은 바로 감각을 활성화했지만 다리를 찔리고 물려서 바로 피투성이가 되어갔다.

개미 괴물은 죽여도 죽여도 끝이 없었다. 다리가 잘려서 전투 불능이 되거나 죽은 괴물은 다른 개미 괴물이 입으로 물어서 끌고 가버렸다. 그리고 다른 개미 괴물이 그 자리를 차지했다. 개미 괴물은 구멍에서 계속해서 나왔다.

"악! 살려줘!"

호영 쪽에 있던 아저씨 한 명이 개미 괴물한테 다리를 물렸다. 바로 여러 개미 괴물이 달려들어 구멍으로 끌고가기 시작했다.

다른 사람들은 몰려드는 괴물 때문에 외면할 수밖에 없었다.

"어? 사라진다!"

2분이 넘어갈 무렵이었다. 안쪽에 모여 떨면서 바라보던 여자 중 한 명의 몸에서 빛이 나더니 사라졌다. 그리고 차례

차례 한 명씩 사라져 갔다.

그 모습을 본 길 팀장은 앞에 있는 개미 괴물을 놔두고 안쪽으로 뛰어 들어갔다.

"야, 어디가!"

같이 개미 괴물을 막던 건달이 소리쳤다.

그 모습을 본 다른 남자도 안쪽으로 모두 뛰어 들어갔다. 수비 대형이 붕괴되었다. 남아 있는 호영과 건달들, 그리고 성준의 몸이 피범벅이 되었다.

"왜 안 사라지는 거야!"

손을 대고 있는 하은을 제외하고 모든 여자는 빛을 내며 사라졌다. 그렇지만 중간에 뛰어 들어온 남자들은 그 상태 그대로였다.

성준이 호영들에게 소리쳤다.

"바로 이동되는 게 아닌가 봐요! 모두 기둥에 붙어요!"

성준과 호영들은 달려드는 개미 괴물을 뿌리치고 절룩거리면서 기둥으로 달려갔다.

호영들은 기둥에 등을 붙이고 개미 괴물을 상대하기 시작했고 성준은 뒤에 하은을 두고 개미 괴물을 미친 듯이 내려쳤다. 언제 다쳤는지 다리는 쩍쩍 갈라져서 피가 철철 나고 있었고 얼굴은 하얗게 질려서 언제 쓰러질지 모르는 모습이었다.

자리를 이탈한 길 팀장과 다른 남자에게도 개미 괴물이 달려들었다. 비명을 지르며 도망치는 남자, 앞뒤 안보고 칼을 휘둘러 대는 학생, 그 칼에 찔려 비명을 지르는 아저씨, 개미 괴물에게 끌려가는 사람. 지옥도를 보는 것 같았다.

"엇! 사라진다."

개미에게 도망치던 길 팀장은 자신의 몸이 투명해지는 것을 보고 기뻐 소리쳤다. 그렇게 바닥에 쓰러져 죽은 사람을 제외하고 살아 있는 사람 모두는 반투명하게 사라지기 시작했다.

성준은 아래쪽에서 물려고 하는 개미 괴물을 내려찍고 반투명해지는 자신의 모습을 보고 고개를 돌려 하은을 쳐다봤다. 하은도 반투명해지는 모습으로 성준을 보고 환하게 웃었다. 그리고 둘 다 빛이 나며 사라졌다.

"집에서 보자!"

호영이 개미 괴물 한 마리를 발로 짓이기며 소리치고 빛을 뿜으며 사라졌다.

모두가 사라지고 나자 광장의 빛나던 구슬도 빛이 약해졌다. 그리고 열심히 움직이던 개미 괴물도 멈추었다.

잠시 뒤, 죽은 개미 괴물들은 검은 안개로 변했고 남아 있던 사체도 모두 검은 안개로 변해 바닥으로 스며들었다. 멈추어 있던 개미 괴물들도 구멍으로 돌아갔다.

도마뱀 광장에 있던 시체나 뼈 무덤 광장에 있던 시체도 검은 안개가 되어 바닥으로 스며들었다.

그리고 잠시 뒤, 도마뱀 광장 바닥에 문양이 생겼다. 그리고 문양에서 빛이 뿜어져 나오더니 뿔에서 스파크가 튀던 큰 도마뱀 괴물과 작은 도마뱀 괴물, 그리고 여러 마리의 도마뱀 괴물이 나타났다.

"잠들어 버렸었나."

권 선임은 잘 떠지지 않는 눈을 비볐다.

"뭐, 이 정도면 충분히 골탕 먹었겠지."

권 선임은 물을 가지러 가게 된 처지가 정말로 억울했다. 그래서 남은 사람을 골탕 먹이기 위해 물을 구한 다음 잠깐 숨어 있으면서 기다리다 지치게 만들어놓고 가져다주기로 작정했다.

그런데 숨어 있을 곳을 생각하다가 처음 성준이 피했다는 틈이 생각나 그곳이면 안전하게 쉴 수 있을 것 같아 그 틈에 들어가서는 잠깐 쉰다는 게 한숨 자게 되었다.

그래서 사람들이 찾을 때 못 찾고 그냥 지나가게 되었다.

권 선임은 틈에서 나와 기지개를 쭉 폈다. 그런 권 선임의 눈앞에 윤기가 흐르는 검은색의 등이 보였다. 그는 쭉 폈던 두 팔을 내리지도 못하고 눈을 동그랗게 떴다.

고개를 돌린 세눈박이 표범 괴물은 눈앞에 보이는 맛있는 먹이를 보고 그대로 머리를 물었다.

*　　　*　　　*

성준의 눈앞에 환한 빛이 터졌다. 성준은 자신도 모르게 눈을 감았다.

잠시 뒤에 성준이 눈을 뜨자 아래쪽 바닥에는 반투명한 문양이 떠 있었다. 하지만 그 빛은 너무 어두워서 주변의 사물이 환하게 보이는 정도는 아니었다.

성준은 주위를 둘러보았다. 주위에는 방금 전에 같이 있었던 사람들이 모두 주위를 둘러보고 있었다. 여기는 깊은 구덩이 안 같았다.

성준은 위를 쳐다보았다. 구덩이의 끝에 반짝이는 것이 보였다.

별이었다.

성준은 '돌아왔다' 라는 걸 실감할 수 있었다. 기운이 빠진 성준은 바닥에 털썩 앉았다. 긴장이 사라지자 온몸이 비명을 지르기 시작했다.

끔직한 고통이 온몸에 전율을 일으키고 특히 다리는 불구덩이에 빠진 것 같은 느낌이었다. 그리고 머리에 열이 오르기 시작했다.

"성준 오빠! 정신 차려요! 오빠……."

고통이 멀어지면서 소리가 저 멀리 들렸다.

갑자기 눈앞이 환해졌다. 성준이 고개를 들자 구덩이 위쪽에서 강렬한 빛이 내리비추고 있었다.

'서치라이트인가' 라고 생각하면서 누군가 부르는 자신의 이름을 자장가 삼아 다시 기절했다.

성준은 다시 숲 속에 있었다. 이번에 꿈이라는 것을 인식했다.

"또 그 숲이군. 자각몽이라는 건가? 근데 굉장히 현실적인데!"

성준은 저번 꿈에 갔었던 그 길을 따라서 가기 시작했다.

"이번에는 좀 더 자세히 봐야지."

성준은 다짐을 하고 길을 따라 걸어갔다. 그 길의 끝에 공터가 있었고 작고 흰 나무가 있었다. 성준은 얼른 다가가 나무에 손을 대려고 했다.

그때 말소리가 들렸다.

"최성준 씨, 최성준 씨! 정신 차리세요!"

'제길, 잠에서 깨우는 게 웬 남자 목소리냐.'

성준은 꿈에서 깨어났다. 깨어난 성준이 주위를 둘러보았다. 이곳은 병원이었다.

성준은 독실에 있었다. 주위를 둘러보니 기본적인 병실의 모습에 팔에는 링거가 꽂혀 있었다.

입에 마스크를 쓰고 있던 남성은 성준의 눈에 시력 검사기를 가져다 대고 뭔가를 확인했다. 그리고 차트에 뭐라고 적더니 의사를 모시고 온다면서 나갔다.

성준은 잠시 생각을 정리했다.

머릿속은 맑고 깨끗했다. 간만에 맑은 정신이었다. 그리고 몸을 확인했다. 팔을 움직이는 데는 이상이 없어 보였다. 다리를 확인했다. 다리는 붕대로 감겨져 있었다. 조금씩 눌러보는데 크게 아픈 느낌이 없었다.

그 다음으로 팔목을 확인하려고 했다.

똑똑.

문 두드리던 소리가 나더니 입에 마스크를 쓴 세 명의 남자가 들어왔다. 한 명은 하얀 가운을 입어서 의사처럼 보였고 다른 두 명은 양복을 입고 있었다.

의사는 성준에게 몸 상태에 대해 몇 가지 물어보더니 다리를 살짝 눌러보고 성준에게 아픈지 물어봤다. 괜찮다고 하자 인상을 가득 쓰더니 양복을 입을 사람들을 쳐다봤다.

양복을 입은 사람 중 나이 많은 사람이 고개를 좌우로 흔들자 어쩔 수 없다는 듯이 고개를 흔들고 몇 가지 더 체크하더니 이상 없다고 이야기하고 밖으로 나갔다.

방 안에는 양복을 입은 두 명의 남자만 남았다. 한 명은 40대 중후반으로 보이는 사람으로 노련한 느낌의 사람이었다. 한 명은 딱 봐도 젊은 엘리트 느낌이 났다.

"최성준 씨 본인 맞으시죠?"

"네."

취조 느낌이 났다. 성준은 옛날 생각이 나서 인상을 찡그렸다.

"저희는 정부에서 나왔습니다. 성준 씨에게 실종 사건에 대한 이야기를 듣고자 이 자리에 나왔습니다."

취조가 맞았다. 성준은 강하게 나가기로 했다.

"대답하지 않겠습니다."

"네?"

두 사람의 뜻밖에 말에 눈을 크게 떴다.

"저는 방금 눈을 떠서 지금 시간이 2020년인지 2100년이지 여기가 서울인지 런던인지 여러분이 북한 정부에서 왔는지 한국 정부에서 왔는지 알지 못합니다. 저는 안전을 위해 대답하지 않겠습니다."

이야기를 진행하려던 젊은 쪽 사람이 옆에 나이든 사람을 바라봤다. 그동안 가만히 앉아만 있던 나이든 사람이 성준은 잠시 바라보더니 말문을 열었다.

"죄송합니다. 저희가 성급했군요."

그러더니 기본적인 설명을 했다.

"저희들은 국가정보원에서 나왔습니다."

국정원 사람이었다. 성준은 괜히 강하게 이야기했다고 후회했다.

"성준 씨를 포함 17명은 4월 20일 22시경에 실종된 지 3일만에 발견되었습니다."

마지막 순간에 4명이 더 못 돌아왔다.

"그리고 성준 씨는 다리에 큰 부상을 입어 여기 원자력 병원에서 치료를 받은 지 3일째 아침입니다. 다른 분들도 이 병원에서 치료하고 안정을 취하고 있습니다. 가족에게는 저희가 따로 연락을 드렸습니다."

이야기를 하고 '이 정도면 되었겠지요' 라는 뜻으로 팔을 벌렸다.

성준은 고개를 끄덕였다.

국정원에서 나온 사람들은 예상했던 질문을 했다.

안쪽에서의 상황, 괴물의 모습, 어떻게 싸우고 사람들은 어떻게 행동했는지에 대한 이야기를 물어보았다.

성준은 다른 사람들과 같이 진행한 일과 괴물에 모습, 지형 구조는 성실하게 이야기하고 전투 상황은 본인의 비밀이 드러나지 않도록 두루뭉술하게 활약을 줄여서 표현했다.

그리고 마지막으로 국정원 사람들은 팔목에 있는 숫자의 값을 물어보았다. 성준은 팔목을 확인했다.

1

55

40+55

숫자가 많이 바뀌었다. 더 놀라운 것은 그 아래 몇 개의 마크가 추가된 것이었다. 구슬 모양의 마크 옆에 2가 쓰여 있고 그 아래 칼 모양의 마크가 나타나 있었다.

'이게 뭐지?'

성준은 궁금함을 뒤로하고 우선 숫자를 반쯤 줄여서 불렀다. 문제가 생기면 잘못 말했다고 할 생각이었다.

"첫 번째 숫자는 1이고 두 번째 숫자는 30이고 세 번째 숫자는 40+30입니다."

다행히 문제는 없었던 모양이다. 국정원 사람은 예상했던

대로 숫자가 제일 높다고 이야기했다. 다른 사람의 이야기를 들은 모양이었다.

군대에서 전역한 이후로 성준은 절대로 자신의 능력이나 비밀을 이야기하지 않았다. 군대에서 실력이 드러나 2년 내내 신나게 고생만 했었다.

국정원 사람들은 다음에 또 물어볼 수 있다면서 궁금한 점은 다른 분이 대답해 줄 것이라며 인사를 하고 나가 버렸다.

'다른 사람이 누구지?'

성준이 고개를 갸우뚱하는데 문에서 노크 소리가 들렸다.

"들어오세요."

문이 열리고 키 170 정도의 늘씬한 몸에 찰랑거리는 단발머리의 미인이 들어왔다. 하은이었다.

성준은 눈이 둥그레졌다.

"왜요?"

"이렇게 미인일 줄 몰랐지."

성준의 표정을 본 하은의 질문에 성준은 솔직하게 대답했다.

"거기서는 배고프지 세수도 못하지, 엉망진창이었으니까요."

"그래, 그래."

"아, 맞다! 제가 오빠한테 여기 상황을 이야기해 준다고 손들었어요."

"나는 지금 격리 중인 건가?"

성준은 농담 반 진담 반으로 이야기했다.

"뭐, 몬스터홀에 빠진 사람 전부가 격리된 거죠. 모두 이 병원 별관 7층에서 못나가요. 아무나 못 들어오고요."

"몬스터홀?"

"아, 싱크홀 말이에요. 미국에서 그렇게 부르기 시작해서 뉴스에서도 그렇게 부르고 있어요."

그렇게 하은은 상황을 이야기해 주었다.

2020년 4월 23일 현재, 세계는 몬스터홀이 출현한 지 8일 만에 큰 혼란에 휩싸였다. 벌써 도시에 발생한 몬스터홀 숫자가 100개를 넘어서고 있었다.

한국도 6개나 발생한 상황이었다. 몬스터홀에 대한 사상자는 많이 늘지 않아 1,500명 정도에 머물고 있지만 실종자는 벌써 5,000명을 넘고 있었다. 한국도 200명이 넘는 실종자가 생겼다.

그 와중에 실종되었다가 돌아온 사람들이 속속 등장해 세계적으로 센세이션을 일으켰다.

성준들이 실종되었던 바로 그날, 첫날 실종되었던 사람 중 50명 정도가 돌아왔다.

아직도 한 명도 못 돌아온 몬스터홀이 대부분이지만 드문드문 2~5명 정도가 돌아오기도 했다.

각국은 초기에 정보를 숨기기도 했지만 전 세계적으로 벌어진 일이어서 바로 인터넷에 상황이 유포되었다.

몬스터홀과 연결된 던전—이것도 미국에서 정하니 전 세

계적으로 따라 부르고 있었다―은 구조와 나타나는 몬스터의 차이가 있지만 시작과 귀환하는 방법은 동일했다.

성준 일행이 한국에서 최초로 돌아온 경우였고 나중에 돌아온 2명을 합쳐 현재 귀환한 2그룹 중 하나였다. 그리고 전 세계적으로 제일 많이 돌아온 그룹이었다.

"처음에는 난리였어요. 우주복 같은 것을 입은 사람들이 나타나고 격리 시설을 만든다, 어쩐다. 정신이 하나도 없었어요. 외국의 귀환자… 아, 돌아온 사람들을 그렇게 불러요. 그들의 정보를 듣고서야 일반병실로 옮겼다니까요."

하은이 침대 옆에 의자에 앉아 종알종알 이야기해 주었다. 종달새가 노래하는 것 같아서 성준은 절로 흐뭇했다.

"그런데 가족들하고 연락은 했어?"

"아래층에 면회실 같은 것을 만들어서 한 번씩 얼굴은 봤어요. 전화는 못 하게 해요. 핸드폰도 다 가져갔어요. 뭐, 망가진 거지만… 결국 TV하고 신문, 그리고 복도에 있는 터치패널로 웹 페이지 읽는 정도밖에는 못 해요. 오빠한테도 곧 면회하라고 연락 올 거예요."

성준은 고개를 끄덕였다. 하은의 설명이 대충 마무리되자 성준은 궁금한 내용을 물어봤다.

"혹시 팔에 있는 숫자에 대해서 아는 것 있어?"

"아, 맞다. 그거 다들 걱정이에요. 맨 아래 숫자 있죠? 그게 한 시간에 1씩 숫자가 줄어들어요. 0이 되면 어떻게 될지 다들 걱정하고 있어요."

"혹시 그 밑에 문양에 대해서는?"

"아, 그거 대단해요! 잠깐 보세요."

하은은 팔목을 바라보면서 이야기했다.

"이렇게 칼 문양을 보고 손에 잡고 있다고 상상을 하면!"

성준은 움찔 놀라 뒤로 물러섰다. 하은의 손에 검은 안개가 칼 모양으로 형태를 갖추더니 진짜 하은이 들고 다니던 칼로 변해 버렸다. 하은은 다시 칼을 사라지게 하더니 성준에게 말했다.

"한 번 해봐요."

성준은 하은의 말처럼 팔목의 칼 문양을 바라보면서 오른손에 칼이 쥐어진 장면을 상상했다. 그러자 성준의 몸속에서 이상한 흐름이 느껴졌다.

손에 그가 가지고 다녔던 장검이 나타났다.

성준은 몸속에서 뭔가가 빠져나가는 느낌이 들었다. 그리고 팔목의 숫자가 바뀌었다.

1

55

39+54

맨 아래의 55가 54로 줄어들었다. 깜짝 놀라 바로 뭔가 나가는 느낌을 막으니 장검이 사라졌다.

"호호! 다들 처음 만들면 똑같아요. 놀라서 바로 없애 버려요. 그거 생성하면 무조건 1씩 빠지고 한 시간에 1씩 줄어들어요. 그래서 얼마 못 써요."

놀란 성준을 보며 웃던 하은이 뭔가 생각났는지 손뼉을 치면서 말했다.

"아, 맞다. 저기 호영이 아저씨들 말고 다른 아저씨들은 한 번 꺼내보고 못 꺼내는 아저씨도 있어요. 도대체 도망만 다녔는지, 원."

성준은 구슬에 대해 조심스럽게 돌려 물어보았다.

"혹시 무기 말고 다른 것을 만드는 사람은 없어?"

"갑옷을 입고 나온 사람이 있어요. 인터넷에서 화제예요. 그밖에는 아직 이야기 나온 게 없어요."

'구슬을 들고 나온 사람이 입을 다물고 있는 건가? 아니면 정부에서 막은 건가? 나만 가지고 나온 게 아닐 텐데……'

성준은 더 고민해 보았지만, 답을 알 수가 없었다.

"그럼 먼저 나가 있을게요. 의사 선생님이 몇 가지 검사하면 병실 밖으로 나와도 된대요."

하은은 인사하고 밖으로 나갔다.

성준은 주위에 아무도 없자 벽 쪽을 바라보고 검은 연기로 구슬 2개를 만들어내 형광등에 비추어 보았다. 영롱한 구슬들이 성준의 눈을 어지럽혔다.

*　　　*　　　*

병실에 있던 성준은 여자 간호사의 안내로 몇 가지 더 검사를 받은 후 이상이 없다는 이야기를 들었다.

현재 성준은 팔에 이상한 문양이 그려져 힘도 강해지고 무기를 꺼내 쓸 수도 있었다. 하지만 병원에서는 전혀 그런 내용을 파악할 수 없는 것 같았다.

초기에는 각종 검사 장치를 이용해 검사하고 DNA 분석까지 했지만 기존 사람과 다른 점을 전혀 파악할 수 없는 모양이었다.

단지 성준은 몸 상태가 거의 프로 선수급의 운동 능력과 몇 배나 되는 자가 치유 능력을 지니고 있다는 것이 파악되었을 뿐이다.

의사는 엄청나게 증가된 치유 속도의 원리만 알아낸다면 노벨상도 문제가 없을 것이라고 말하면서 성준을 실험용 모르모트를 보는 표정으로 바라보았다.

성준은 검사 후 현재 병실이 있는 층 내에서는 자유롭게 움직여도 된다는 이야기를 듣고 사람들이 모여 있다는 휴게실로 발걸음을 옮겼다. 가는 길에 보니 엘리베이터나 층계참, 그리고 간호원이 있는 의료센터를 정장을 입은 사람들이 지키고 있었다.

휴게실에 도착해 보니 반가운 사람들과 반갑지 않은 사람들이 보였다.

하은과 여학생들은 뭉쳐서 신나게 수다를 떨고 있었고 호영과 동료에게는 같이 온 여자들이 철썩 달라붙어 있었다. 그리고 그들 그룹과 따로 떨어져서 성준의 회사 팀원들과 남학생, 아저씨가 모여서 한 그룹을 이루고 있었다.

그리고 감시하는 인원인지 정장을 입은 사람 두 명이 구석에 앉아 TV를 보고 있었다.

성준이 휴게실에 들어섰다.

"성준 오빠! 어서 와요."

"드디어 정신 차렸구먼."

하은과 호영이 반갑게 맞아주었다. 하은의 친구들도 서로 얼굴을 내밀어 인사하고 호영과 같이 있는 여자들도 인사를 나누었다. 동시에 여러 여자가 달려드니 성준은 어쩔 줄을 몰랐다.

그 모습을 보던 회사 팀원과 그쪽 사람들은 성준과 눈이 마주치자 성준을 외면했고 보람만이 눈인사를 했다.

'이거 편이 완전히 갈렸는데 상관없으려나.'

성준은 하은이 옆자리에 앉아서 사람들고 그동안의 이야기를 나누었다.

그렇게 즐겁게 시간을 보내고 있을 때, 갑자기 의자에 탑재된 터치패드로 인터넷을 보고 있던 여학생 하나가 비명을 질렀다.

"까악!"

휴게실에 있는 모든 사람이 그 여학생을 봤다.

"왜 그래, 선화야?"

"이 기사 좀 봐."

하은이 선화에게로 다가가 선화가 가리키는 터치패드의 글을 읽었다.

"토픽이네. 음… 어젯밤부터 첫날 살아 돌아온 복귀자 차례로 사망. 에?"

하은이 소리 내서 글을 읽다 말고 놀라서 멈추자 사람들이 벌떡 일어나 하은이 읽고 있는 터치패드로 달려들고 몇몇 사람은 자신의 자리에서 터치패드를 활성화했다.

성준도 정신이 번쩍 들어서 앉은 자리에 붙어 있는 터치패드를 눌러 기사를 찾아봤다. 포탈 메인에 기사가 걸려 있었다.

각국의 보고에 따르면 첫날 복귀했던 복귀자가 차례로 숨을 거두었다고 한다. 담당자에 따르면 남아 있는 숫자가 0이 되는 순간 사람들이 쓰러져서 병원으로 후송되었으나 모두 그 자리에서 사망한 것으로 판명되었다. 현재 사망자 수는……

성준을 포함해서 글을 읽던 사람들은 모두 자신의 손목을 확인했다.

1

55

36+52

시간이 지나 숫자가 많이 줄어들었다.

손목을 확인한 사람들이 정신없이 움직이기 시작했다. 기사를 더 확인하는 사람, 구석에 앉아 있는 정장을 입은 사람에게 문의하러 가는 사람, 옆 사람하고 토의하는 사람… 다들 정신이 없어 보였다.

"마치 던전에 다시 들어온 것 같은 분위기인데."

성준은 주위를 둘러보다 한마디 했다.

"정말 그런 것 같아요. 근데 어떻게 된 걸까요?"

옆에서 하은이 성준의 말에 대꾸했다. 정신없는 와중에도 하은은 흥분하지 않고 냉정을 유지하고 있었다.

"이 상황에서도 평정을 유지하다니, 정말 대단한데?"

"사돈 남 말하시네요. 오빠는 그런 말할 자격이 없네요."

성준 자신은 던전을 갔다 오면서 정신력이 급격히 올랐다는 것을 본인 스스로 잘 알고 있기 때문에 당연하다고 생각되었지만 그것을 알 수 없는 하은이 투덜거리는 것은 당연했다.

"아무튼 마지막 숫자는 배터리 잔량 같은 건가."

"에? 그럼 우리가 배터리로 가는 장난감인가요?"

성준의 말에 하은이 화가 난다는 표정으로 대답했다.

"우리가 던전이라는 곳에서 검은색 안개를 흡수하고 숫자가 올랐잖아? 아마 그게 없으면 살 수 없는 체질로 바뀌었을지도."

"설마, 그럼!"

하은의 놀라는 목소리를 배경으로 핸드폰 벨소리가 크게 울렸다. 모두의 시선이 핸드폰으로 향했다.

"여보세요. 네. 네. 알겠습니다."

핸드폰을 받은 정부 측 사람은 벽에 붙어 있는 TV의 채널을 CNN으로 돌렸다. 어느 도시에 있는 몬스터홀을 배경으로 여자 기자가 방송을 하는 모습이 화면에 나왔다.

[기자는 현재 뉴욕에서 최초로 발생한 몬스터홀에 와 있습니다. 지금 여기서 귀환자들이 몬스터홀로 재진입하려고 하고 있습니다.]

물론 영어로 이야기했지만 이 자리에서 영어를 못 알아듣는 인원은 아무도 없었다.

기자의 뒤에는 군인들과 장갑차 등으로 둘러싸인 몬스터홀이 있었다. 그리고 그곳으로 일단의 사람이 접근하고 있었다.

남자 2명 여자 1명으로 구성된 일반인이 군인과 함께 몬스터홀로 진입하고 있었다. 일반인도 등에 총을 메고 있었고 옷도 방탄복을 입고 있었다. 군인들은 여러 가지 무기와 특수 장비를 메고 암벽 레펠을 준비하고 있었다.

[뒤에 귀환자 일행이 보입니다. 어제 귀환자 중 생존 시간이 제일 짧은 사람이 사망한 이후, 바로 정부에서 준비했다고

합니다. 정부 관련자의 이야기로는 생존 시간을 리셋하는 방법은 현재로서는 다시 몬스터홀로 진입하는 방법밖에는 없을 것이라고 합니다.]

잠시 뒤에 귀환자와 군인들이 레펠로 아래로 내려갔다.

[아! 모두 내려갔습니다. 현재 몬스터홀 재진입이 정말로 이루어질지, 그리고 어떤 방법으로 이루어질지 아무도 장담할 수 없는 상황입니다. 그래서 만약을 대비해 정부에서 특수부대 한 개 소대를 추가로 투입한 상황입니다.]

휴게실에 있는 모든 사람이 화면을 뚫을 것처럼 TV를 바라봤다.
잠시 뒤, 몬스터홀에서 강한 빛이 뿜어져 나왔다.

[다시 몬스터홀이 가동되는 것 같습니다. 우리는 이제…….]

기자가 말을 하다가 갑자기 멈추었다. 그리고 화면에서 움직이던 군인들과 사람들도 갑자기 멈추었다.
잠시 뒤 그 사람들 중 일부가 몬스터홀로 걸어가기 시작했다. 여기자도 마이크를 들고 몸을 돌려 몬스터홀로 걸어갔다.
화면은 계속 몬스터홀을 찍고 있었다. 몬스터홀에 다가간 사람들은 모두 몬스터홀로 뛰어들었다. 몬스터홀에서 빛이 사라지자 멈추었던 사람들이 움직이기 시작했다.

화면이 스튜디오로 전환되었다.

아나운서가 화면에 잡혔지만 아나운서는 아무 말도 못하고 화면만 바라보고 있었다.

휴게실에서도 모두 놀라서 정적에 잠겨 있었다.

"정말 그 지옥으로 다시 들어가는 방법밖에는 없는 건가요?"

잠시 뒤 호영의 일행인 여자의 말에 모두 정신을 차렸다.

이번에는 여자들이 한두 명 울먹이더니 휴게실에 있는 여자들 대다수가 울음보를 터트렸다. 남자들도 낙심한 표정을 지었다. 완전히 영안실 분위기였다.

가만히 앉아 TV를 바라보던 성준은 볼을 양손으로 짝짝 치더니 벌떡 일어났다.

그가 일어나자 놀라서 쳐다보는 하은에게 성준은 강한 목소리로 이야기했다.

"준비해야지. 살아남으려면."

잠시 뒤 정부 관계자들이 여러 명 병원으로 쳐들어 왔다. 그리고 길 팀장은 자신이 대표인양 나서서 정부 관계자들과 이야기를 나누었다. 그 상황을 한심하게 쳐다보는 호영 일행과 걱정스럽게 쳐다보는 하은이었다.

성준은 따로 면회 연락을 받아 식구들 면회를 위해 정부 사람과 아래층으로 내려갔다.

"성준아!"

"오빠."

아래층에 있는 사무실을 개조한 면회실에서 식구들을 만
날 수 있었다.

어머니와 아버지의 얼굴은 그동안 걱정을 많이 하셨는지
몇 년은 더 늙어 보이셨다. 그래도 자식을 보고 걱정 가운데
에 미소를 지으셨다.

동생도 오랜만에 보니 미인으로 보였다. 가족은 고생하고
보아야만 객관적으로 보이는 모양이었다.

식구들은 고생했다는 이야기를 끝으로 바로 오전에 방송
한 이야기를 했다.

"그거 다시 들어가야 하는 거냐."

"다들 죽었다며. 방법이 없대?"

부모님은 자식이 돌아온 기쁨을 누리기도 전에 다시 위험
한 곳을 가야 한다는 것 때문에 걱정이 두 배가 되었다.

"괜찮아요. 방법을 알아보고 있어요. 이미 한 번 살아 돌아
왔잖아요? 단단히 준비하면 위험하지 않아요."

성준은 자신도 믿지 못할 말을 식구들에게 했다.

"맞아. 이번에는 총 가지고 들어가서 다 쏘아 죽이면 돼."

지연도 성준의 말에 맞장구를 쳤다. 부모님도 어쩔 방법이
없는지 성준에 말을 믿는 척했다. 집에 돌아가시면 걱정으로
밤잠을 못 이루실 것이 뻔했다.

"집은 괜찮아요? 빚은 문제없고?"

"이놈아, 빚이 문제여? 그리고 이제 은행 빚밖에는 없으니 차근차근 갚아 나가면 돼."

"내가 있으니까 걱정 마. 본인 몸 걱정이나 해."

오히려 부모님에게 한 소리 듣고 동생 지연에게 부탁했다.

"우선 회사에 내 퇴직금 받을 수 있는지 알아봐. 조금 보탬이 될 거야. 어차피 이제 못 다닐 것 같으니까. 내가 여기 있으니 처리 좀 부탁해."

"잘 생각했어. 그 회사 정말 맘에 안 들었는데 이 기회에 때려 쳐."

지연의 말에 부모님도 고개를 끄덕이셨다. 성준보다 오히려 가족의 마음고생이 심했나 보다.

그렇게 한 시간 동안 이야기를 나눈 후 식구들은 아쉬운 마음으로 돌아갔다.

성준은 모이라는 이야기를 듣고 휴게실로 이동했다. 그가 마지막인지 휴게실에 모두 모여 있었다.

휴게실의 TV 앞에는 병실에서 만난 국정원에서 나왔다던 중년인과 젊은 사람, 그리고 길 팀장이 서 있었다.

"우선 여기 있는 길승태 씨와 대표로 정부의 대응 방안이나 요청 사항 등을 이야기했습니다. 그 이야기를 전해드리고 추가로 필요하신 요청 사항을 듣기 위한 토론 자리를 마련했습니다."

성준은 길 팀장이 맘대로 대표로 움직인 것에 어이가 없었지만 일 처리 자체는 깔끔한 편이기에 이야기를 듣고 대응하기로 했다. 그래서 옆에서 한마디 하려는 하은을 다독였다.

"정부는 여러분을 늦지 않게 다시 몬스터홀로 진입시키기로 결정했습니다. 그리고 군과 이야기해서 정예 특수부대 요원과 같이 진입하는 것으로 했습니다. 몬스터홀에서 일정거리 이상 떨어지면 그 최면에 걸리지 않는다고 하니 다른 사람은 멀리 떨어져 있을 겁니다."

잠시 시간을 보더니.

"지금 시간이 오후 5시니 33시간 정도 남았군요. 안전하게 내일 오후에 들어가는 것으로 작전을 세웠습니다. 오늘 내로 가족과의 전화나 추가 면회를 주선해 드리겠습니다."

잠깐 숨을 돌리고 다시 이야기했다.

"내일은 특수부대원과 기본적인 훈련을 하고 몬스터홀로 내려가게 될 겁니다. 화기와 방검복도 지급되고 여성분도 많기 때문에 기본적인 화기를 다룰 수 있는 훈련은 필요하기 때문입니다."

길 팀장이 앞으로 나서서 이야기했다.

"제가 여성분에게 필요한 물품이나 식량, 물 등 들어가서 필요한 물건들을 이야기했습니다. 제가 빼먹은 것들이 있을지 모르니까 추가로 이야기해 주세요."

성준은 고개를 끄덕였다. 길 팀장은 평범한 상황에서는 꽤 유능했다.

사람들은 자잘한 여러 가지 요구 사항을 이야기했고 정부 쪽 사람은 다 수용했다.

그래서 걱정하는 가운데에서도 사람들은 만족해했다.

하은은 옆에서 심각한 표정으로 고민에 잠겨있는 성준을 보고 물어보았다.

"왜 그렇게 심각해요?"

"전자기기는 다 망가졌었잖아."

"네. 그래서 시간도 몰랐었죠."

잠시 생각하던 성준은 갑자기 손을 들어올렸다.

"예, 말씀하세요."

나른하게 느슨해진 분위기에서 갑자기 성준이 손을 번쩍 들자 모든 사람이 성준을 쳐다보았다.

"방패와 석궁, 정련된 칼, 공기총 같은 게 필요합니다."

"네? 갑자기 무슨……."

성준의 뜬금없는 이야기에 정부 쪽 사람은 의문 섞인 표정을 지었다.

"던전 안에서는 모든 전자기기가 고장 났습니다."

"네, 저희들도 들어서 알고 있습니다."

"그리고 던전 안에 있는 해골이 가지고 있던 것은 모두 화약을 쓰지 않는 냉병기였습니다."

뭔가 공포스러운 결론이 날 것 같아 모두들 긴장했다.

"확률은 높지 않지만 화약도 사용 안 될 수 있습니다."

"그건 성준 씨 생각일 뿐이잖아요!"

길 팀장이 버럭 소리쳤다. 다들 걱정을 키워 버린 성준을 노려보았다.

"예. 저도 아무 문제없기를 희망합니다. 하지만 만약을 대비할 필요도 있습니다."

서로 무슨 말을 하려고 하다가 다들 어두운 표정으로 입을 다물었다.

"준비하도록 하겠습니다. 군에도 이야기해 놓아야겠군요."

정부 쪽 사람은 식은땀이 나는지 손수건으로 얼굴을 닦고 바로 전화기를 꺼내 통화했다.

"화약이 안 되면 어떻게 되는 거예요?"

하은이 성준에게 물어보았다. 성준은 팔목의 칼 문양을 바라보면서 말했다.

"처음의 반복이겠지. 칼날 위에서 춤추는 시간이 또 오는 거지."

제5장
재돌입

MONSTER
HOLE

  정신없는 시간이 지나가고 저녁을 먹고 면회실에 내려가
서 면회하는 사람, 정부요원 앞에서 식구나 친구들과 전화하
는 사람, 휴식을 취하는 사람 등 각자 자신의 방법으로 시간
을 보내고 있었다.

  성준은 휴게소에서 멍하니 앉아 TV를 보고 있었다. 뉴스에
서는 특집으로 아까 보았던 CNN 화면에 계속 나오고 있었
다. 성준은 멍하니 이런 뉴스는 애들 정서에 안 좋을 것 같다,
라는 생각을 하고 있었다.

  그렇게 앉아 있는 성준을 보고 길 팀장이 조금 고민했다가
생각을 털어버리고 다가왔다.

  "성준 씨, 잠깐 이야기 좀 할 수 있을까요?"

성준은 정신을 차리고 길 팀장을 봤다.

"네. 말씀하세요."

"그럼 커피 한잔하죠."

길 팀장과 성준은 자판기에 가서 커피를 한 잔씩 뽑고는 이야기했다.

"우선 던전에서 일어난 일들은 사과드리겠습니다."

길 팀장은 성준을 바라보며 정식으로 사과했다. 성준은 속으로 역시 엘리트다운 깔끔한 사과라고 생각했다.

"성준 씨도 던전에서의 행동을 보면 우리들이 알지 못하는 무슨 비밀이 있다고 생각되는데요. 그 일을 포함해서 우리 팀모두가 던전에서의 일을 비밀로 하기로 했습니다. 서로 간에 상처가 많이 크니까요."

길 팀장은 계속 이야기했다.

"성준 씨도 던전에서 있었던 일을 비밀로 해주시면 고맙겠습니다. 지금 성준 씨만 따로 떨어져 있지 않습니까? 회사에서도 계속 그러면 안 되니 서로 속 풀고 같이 지냅시다."

역시 사회 엘리트다운 처세술이었다. 성준은 감탄했다. 만약 던전에 들어가기 전, 혹은 던전에서 자신을 꼭 집어서 정찰을 보내지 않았다면 고마워하면서 감동했을지도 몰랐다.

성준은 길 팀장에게 대답했다.

"비밀은 지켜드리겠습니다. 그런데 두 가지만 이야기하겠습니다. 첫째, 저한테 무슨 특별한 비밀은 없습니다."

성준은 길 팀장을 똑바로 보고 이야기했다.

"그리고 둘째, 아마 내일쯤 회사에 사표가 제출될 겁니다. 가족에게 부탁했거든요. 그래서 혹시 일이 잘 풀려서 회사에 다들 다니게 된다고 해도 저랑 마주칠 일은 없을 겁니다. 그동안 고마웠습니다."

성준도 깔끔하게 인사를 하고 길 팀장을 지나쳤다. 성준은 자신에게 큰 터치를 하지 않은 길 팀장에게는 이걸로 끝내기로 결정했다.

호구 취급당하며 고생시킨 팀원들한테는 나중에 한 번 신세를 갚을 일이 있을 것 같았다.

"흠. 옛날 성격이 다시 나오는 것 같네."

성준은 갑갑하게 봉인되었던 자신의 성격이 다시 나오는 것 같아 기분 좋게 자신의 병실로 들어갔다.

휴게실에서는 하은과 친구들이 심각하게 이야기하는 중이었다.

"내일 다시 거길 들어가야 하잖아. 우리는 어떻게 하지……."

"군인 아저씨들하고 같이 들어가니까 군인아저씨들이 시키는 대로 하면 되지 않아?"

"아까 최성준, 그 사람 이야기 못 들었어? 총알이 안 나가면 말짱 황이잖아."

"설마 그러겠어? 그럼 다 죽는 거야."

하은이 박수를 짝 쳐서 이리저리 이야기하는 친구들의 시선을 모았다.

"우선 총을 쓸 수 있으면 군인을 따라다니면서 군인 말을 듣자. 여기까지 모두 동의하지?"

모두 고개를 끄덕였다.

"그럼 문제는 총이 안 쏴졌을 때가 문제인데. 이번에 던전에 들어가서 괴물을 잡을 때 내가 다 따라다닌 것 알지?"

모두 다시 고개를 끄덕였다.

"그때 보았는데 제일 강한 괴물들은 성준 오빠가 죽였어. 호영 씨도 힘세고 잘 싸우기는 했는데 성준 오빠는 차원이 달랐어. 성준 오빠가 죽인 괴물들은 다른 괴물보다 몇 배 이상 강해 보였어. 총이 작동 안 될 때는 성준 오빠만 죽으라고 따라다녀야 해."

"어? 정부 사람한테 이야기할 때는 그렇게 안 했잖아. 깡패 아저씨하고 비슷한 수준인 것처럼 이야기했잖아."

하은은 친구들을 노려보았다.

"그런 이야기는 우리만 알고 있어야 해. 안 그러면 다 오빠한테 달라붙는단 말이야. 너희들한테만 알려 주는 거야, 이것들아."

"호옹. 정말 오빠오빠 그러더니… 단지 예쁘게 보여서 살아남으려고 했던 분위기가 아닌데?"

"그래! 너희들도 넘보지 마! 내가 찜했으니까!"

하은이 친구들에게 선포했다.

"오오!"

친구들은 환호성을 질렀다.

"호~ 경계대학교 문과대 여왕께서 성준 씨의 어디에 그렇게 꽂히셨더냐?"

헤라가 대표로 하은에게 물어보았다.

"내가 살아오면서 남자가 싸우는 모습이 그렇게 멋진 것은 처음 봤어. 회사 사람도 모르는 비밀이었는지 내가 제일 먼저 발견한 거였어."

"그것뿐?"

"처음에는 통통했는데 지금은 살이 쪽 빠져서 엄청 샤프해졌고 차갑고 냉정하지만 지키고자 하는 사람은 꼭 지키는 멋진 모습……."

"콩깍지가 제대로 씌었구먼."

"근데 남자가 연애는 아마추어처럼 보이던데? 내가 서포터 해 줄까?"

연애 박사인 헤라가 슬쩍 찔러왔다.

"어허! 접근 금지. 내가 알아서 할 거야. 님 매너."

그녀들은 어느 사이에 이야기가 다른 쪽으로 흘러 수다가 끊이지 않았다.

그 시간, 호영의 방에는 호영이 하나 남은 동료와 이야기하고 있었다.

"재석아, 네가 마지막이다. 내일 던전 들어가면 잘 따라와야 한다."

"네, 형님."

"만약 내게 문제가 있거나 떨어졌을 때는 무조건 최성준에게 붙어라. 그럼 살아남을 수 있어."

"군인도 꽤 싸울 수 있을 것 같지 않습니까?"

"총이 쏴지면야 뭐가 문제겠냐. 그냥 우리는 설렁설렁 따라 다녀도 될 거다. 다 총이 안 쏴질 때 이야기야."

"예, 형님."

호영은 이야기의 방향을 바꾸었다.

"그리고 구역은 우선 내버려 두어도 돼."

"그래도 사장님은 너무합니다. 형님하고 같이 키워온 구역인데 형님이 이렇게 되었다고 바로 갈아타다니요."

"상관없어. 어차피 던전에 들어가서 죽으면 그만이고 살아남으면 전부 뒤집을 힘이 생기니까."

호영은 주먹을 꽉 쥐었다.

그렇게 각자의 시간을 보내면서 하루가 지났다.

*　　　*　　　*

다음 날은 아침부터 정신이 없었다.

정부 쪽 사람과 간호원들이 서둘러서 짐을 챙기게 하고 사람들을 버스에 실었다. 버스는 선팅이 강하게 되어 있어 밖에서 안이 안 보이게 되어 있었다.

버스는 버스 전용차선으로 구로에 도착했다. 버스에서 내려 보니 몬스터홀 주변의 식당가 전체가 장사를 멈췄는지 셔터를 내렸고 주위를 군인이 지키고 있었다.

"아, 여기 맛집이 많았는데."

"여기 가게 주인들은 어떻게 하죠? 보상이나 나오려나?"

길 팀장네 팀원들이 서로 주위를 둘러보면서 이야기했다.

성준이 주위를 둘러보자 거의 마음가짐을 잡았는지 몇몇 사람을 제외하고는 다들 침착한 모양이었다.

성준들은 군인의 안내로 몬스터홀과 가까운 3층짜리 건물에 들어갔다. 상당히 큰 홀이 있는 곳으로 식탁 등은 다 치워져 있었다.

그곳에서 어제 보았던 국정원 사람을 만날 수 있었다.

"잘들 주무셨나요? 우선 소개드리겠습니다. 이번 작전을 이끌어 주실 정주호 대위입니다."

국정원 사람 옆에는 방탄복 차림의 군인이 서 있었다.

"안녕하십니까? 정주호 대위입니다."

"그럼 다음 이야기는 정 대위가 진행해 주시겠습니다."

국정원 쪽 사람은 뒤로 빠졌다.

"반갑습니다. 우선 오늘 일과를 순서대로 이야기해 드리겠습니다. 우선 개인 장비를 배급하겠습니다. 개인화기로 K2를 기본으로 지급해 드리고 어제 요청하신 칼이나 방패 등은 따로 준비해 놓았으니 필요한 분들은 챙기시면 됩니다."

정주호 대위는 주위를 둘러보며 말을 이었다.

"그리고 개인별로 군장을 준비해 놓았습니다. 방독면 같은 물건은 빼놓았고 식량을 더 넣었습니다. 다른 나라의 상황을 파악했는데 개인이 들고 갈 수 있는 분량을 가져갈 수 있는 것 같았습니다. 더 필요하신 게 있으시면 요청하시기 바랍니다."

일행은 군인들의 안내로 군장과 물건을 챙기기 시작했다. 남자들은 찡그린 인상으로 예비군 분위기가 물씬 났고 여자들은 소풍을 준비하는 모양새가 되었다.

성준은 스코프가 달린 군용 쇠뇌 하나를 찾아내서 화살 20개와 같이 챙겼다.

어제 열심히 인터넷으로 검색해 선택한 무기였다. 던전 안에 들어가서 시간이 있으면 연습해 보기로 했다. 공기총을 사용할까도 생각해 보았지만 혹시 작동이 안 될까 봐 쇠뇌를 골랐다. 복장도 갈색 군복으로 갈아입고 방검복을 착용했다.

호영은 기본 장비 외에 방패 하나를 들었다. 군용 방탄 방패였다. 상당히 무거워 보였지만 힘이 더 세진 호영은 한 손으로 들고 가볍게 움직여 보였다.

다른 사람도 칼이나 단도 등 이것저것 하나씩 들었다. 물론 K2 소총을 생명처럼 쥐고 다녔다.

그 뒤에 지하실로 내려갔다. 나이트였는지 큰 홀이 있었다. 입구를 닫더니 이곳에서 사격 훈련을 시작했다.

성준은 서울 한복판에서 사격 훈련을 하는 군대의 배포에 그만 감탄하고 말았다.

훈련은 거의 영점만 잡는 훈련만 하고 끝났다. 어차피 주력
은 군인이고 만약을 대비한 훈련일 뿐이었다.

그렇게 시간이 흐르고 바깥 어디선가 공수해 온 도시락을
먹었다. 군대를 다녀온 남자들은 전투식량을 먹게 될 것을 예
상하고 사제 도시락을 꼭꼭 씹어 먹었다.

점심 이후에 특수부대원이 도착했다. 어느 부대원인지는
듣지 못했지만 보기에도 정예부대 같은 분위기가 넘쳐흘렀다.

잠시 군인과 귀환자의 미팅이 있었다. 결론은 군인들 말 잘
듣고 딴짓하지 말라는 이야기였다.

그리고 시간이 되었다.

성준은 팔목을 보았다.

1

55

9+52

몬스터홀 주위에 카메라 등의 장비를 놔두고 모든 사람이
일정 거리 밖으로 철수하기 시작했다. 정신을 잃지 않는 지점
까지 물러나는 것이었다.

철수가 끝나자 성준과 일행은 군인의 지도 아래 레펠을 타
고 내려가기 시작했다. 여자들은 군장이 무거워 끙끙거렸지
만 기어이 모두 레펠을 타고 밑으로 내려갔다.

성준이 바닥에 도착했다. 바닥은 반투명한 문양이 원형으로 조금씩 빛나고 있었다. 다른 사람도 한 명씩 내려오고 있었다.

성준은 주위를 둘러보았다. 굳은 표정의 호영, 눈이 마주치자 살짝 웃는 하은, 팀원들을 둘러보는 길 성태 팀장, 그리고 성준을 힐끔힐끔 쳐다보는 보람.

남은 군인들이 뒤이어 내려왔다. 모든 인원이 내려오자 잠시 뒤에 문양이 점점 빛나기 시작했다.

성준은 눈이 부셔서 눈을 가느다랗게 떴다. 그리고 주변의 사람들이 반투명하게 사라지기 시작했다. 성준도 자신의 손이 반투명해지는 것을 보면서 마음을 가다듬었다.

3시 20분. 귀환자 17명, 군인 11명이 몬스터홀을 통해 던전으로 재돌입했다.

*　　　　*　　　　*

다시 들어온 던전은 어딘가 전하고 모습이 달랐다.

"어? 이상하다. 전에 시작했던 지점하고는 높이도 다르고 다 달라."

"저기 동굴도 직선으로 쭉 나있었는데 지금은 구불구불해."

시작 지점은 평평한 바닥에 반투명한 문양이 빛나고 벽에 빛나는 돌이 박혀 있는 것을 제외하고는 전에 들어왔던 곳과 달랐다.

"준비한 작전이 소용없겠는데요."

"그렇군. 우선 무기부터 확인하지."

선임 부대원의 말에 대위는 고민되는 표정으로 답변하고 권총을 꺼내 소음기에 연결했다. 그리고 천장을 향해 총을 발사했다.

딸각.

"설마······."

총은 발사되지 않았고 대위는 계속해서 방아쇠를 당겼다.

"부대원 전부 총구를 위로 향하여 발사."

대위를 바라보던 모든 부대원은 총의 안전장치를 풀고 총구를 위로 향하고 발사했다.

딸각, 딸각.

서로 이야기를 나누던 귀환자들도 모두 조용해졌다. 총구를 올렸던 군인들도 한 명씩 총을 내렸다. 군인들은 가져온 모든 화약 무기를 사용해 보았다. 수류탄, 크레모아, 유탄 발사기··· 모든 화약 무기를 사용할 수 없었다.

"이제 어쩌죠."

길 팀장 옆에 있던 희연이 흔들리는 눈으로 군인들에게 물어보았다.

정 대위가 나서서 일행을 안심시켰다.

"걱정 안 하셔도 됩니다. 총검술과 격투에 능하고 실제 작전 수행 횟수도 여러 번 있는 병사들입니다. 우선 총에 총검을 부착하도록 하죠."

정 대위의 구령에 군인들은 총검을 부착했다. 가볍게 총을 휘둘러보는 게 실제로 잘 다루는 것 같았다.

길 팀장과 팀원들은 총이 사용 불능이 되었다는 이야기에 겁이 질렸다가 군인들의 안정적인 모습에 겨우 안정을 찾는 모습이었다. 그들도 총검을 연결하려고 노력했다.

호영은 총을 버리고 가지고 온 방탄 방패를 한 손에 들고 다른 손에 장검을 소환했다. 자세를 잡고 칼을 휘둘러보거나 방패로 막아보며 고개를 끄덕였다.

하은은 성준이 챙기는 것을 보고 가져온 쇠뇌를 꺼내 들었다. 그리고 친구들에게 눈치를 주면서 슬쩍 성준의 옆자리로 자리를 옮겼다.

정 대위는 팔을 들어 손목에 적혀 있는 문양을 바라보았다.

1

□

1□□

정 대위는 문양에서 시선을 거두었다.

"정찰조 출발."

정 대위가 통로를 가리키며 병사들에게 지시했다. 병사 중 2명이 군장과 화약 무기를 모두 벗어놓고 손에 총검을 들고 낮은 자세로 나아갔다. 그들은 구불구불한 통로 탓에 금방 시야에서 사라졌다.

성준은 너무 적은 인원이 가는 게 아닌가 했지만 자신의 말을 들어줄 것 같지 않아서 말을 입속으로 삼켜 버렸다.

"모두 경계."

정 대위가 다른 부대원에게 지시를 내렸다. 부대원들은 군장을 내려놓고 주위를 살피며 사주경계를 하기 시작했다.

그 모습은 바라보던 귀환자들은 잠시 뒤 너도나도 자리에 앉았다. 이미 전 던전에서 확인했기 때문에 시작 지점은 안전하다는 인식을 하고 있었다.

그 모습을 본 정 대위는 인상을 찡그렸지만 고개를 돌려 버렸다.

일행은 이곳에 베이스캠프를 구축했다. 부대원들이 작은 가방을 바닥에 던지자 텐트가 나타났고 군장과 물건을 귀환자들과 함께 정리했다.

그 뒤로 꽤 시간이 흘렀다. 걱정하지 않던 사람들도 걱정하기 시작했다.

정 대위가 추가 정찰을 더 보내야 하는지 고민하는 중에 통로에서 인기척이 났다.

나타난 사람은 정찰을 보냈던 군인 중 한 명이었다.

그는 총도 들지 않고 피가 흐르는 팔을 부여잡으면서 절뚝거리며 걸어왔다.

가까이 다가와서 보자 새하얗게 질린 얼굴에 방검복 위로 엄청 큰 발톱 흔적이 보였다. 방검복이 없었으면 내장이 튀어나왔을 것 같았다.

"매복에 당했습니다. 500미터 거리에 작은 공터가 있는데 늑대처럼 보이는 몬스터 두 마리가 바위 뒤에서 나타나 공격했습니다. 윤 하사가 바로 당하고 저는 팔을 당해 후퇴했습니다. 출발지를 거의 다 오자 몬스터들은 돌아갔습니다."

"알겠다. 어서 치료를!"

정 대위는 이야기를 듣고 부대원 중 한 명에게 치료를 명령했다. 일반 전투병처럼 보였는데 군장 안에서 치료키트를 꺼내 능숙하게 치료했다.

"앞발을 휘둘러서 제 방검복을 찢었고 그때 팔도 다쳤습니다. 윤 하사가 어깨를 물렸는데 몬스터가 어깨를 물고 머리를 터니 방검복이 어깨와 함께 잘려 나갔습니다. 기습을 당해 공격해 보지는 못했습니다."

병사가 입술을 이빨로 물어뜯는 것이 팔이 아파서인지 기습을 당해서인지 동료가 죽어서인지 모르겠다.

정 대위는 고민에 잠겼다. 대원이 11명밖에 안 되는데 시작부터 한 명 손실에 한 명 부상이면 피해가 너무 컸다. 우선 적을 알게 되었으니 전력으로 제거해야 할 것 같았다.

"박 하사가 이 중사를 치료하면서 이곳을 지키고 나머지 인원은 500미터 지점까지 전투 이동을 한다. 우선 그곳에 있는 몬스터를 제거하고 주위 확인 후 복귀한다. 출발!"

정 대위는 바로 부대원들을 이끌고 출발했다. 뒤에 남겨진 것은 민간인 17명과 부상자 한 명, 군인 한 명이었다.

"형님. 분위기가 점점 저번 던전 때랑 비슷해지는데요."

"이야기했잖아. 총이 없으면 특수부대원도 운동 좀 하고 독기가 있는 사내일 뿐이야. 너도 둘 정도는 감당하잖아."

"지금 몸 상태로는 셋 이상도 되겠는데요."

재식은 자신의 몸을 이곳저곳 만지면서 이야기했다.

"말해도 안 들어 먹을 테니 이번에 당하고 오면 그때나 이야기해 보자. 안 당하고 해치우면 더 좋고."

호영과 조직의 동생인 재식은 슬슬 몸을 풀기 시작했다.

*　　　*　　　*

목표 지점 50미터 전, 정 대위는 부대원들을 정지시켰다.

"전술 보행."

낮은 목소리로 말하는 정 대위의 말에 모두 몸을 낮추고 천천히 움직였다.

코너를 돌아 나오자 앞쪽에 공터가 보였다. 지름이 40미터는 되어 보였다.

공터의 앞뒤로 한 개씩 높고 넓은 바위가 위치해 있었다. 바위는 상당히 높아 위쪽이 보이지 않았다. 그 바위 뒤에서 튀어나와 기습한 모양이었다.

각각 벽에 몸을 붙였다. 벽 자체는 크게 울퉁불퉁하지 않아서 움직이는데 지장이 없었다.

책에서 읽은 대로 바람의 방향을 확인하고—물론 바람은
안 불었다—천천히 접근한 부대원이 공터로 진입하자 바위
뒤에서 나오는 늑대처럼 보이는 몬스터를 볼 수 있었다.

몬스터는 늑대 같은 체형과 털을 가지고 있었는데 목에서
엉덩이까지의 등에 뼈처럼 보이는 것이 빼죽하게 자라 있었
다.

정 대위가 손을 들고 손가락 네 개를 펴 왼쪽과 오른쪽을
가리켰다. 그러자 부대원들은 4명씩 짝을 이루어 늑대 몬스
터에게 다가갔다.

결국 몬스터와 군인들과의 전투는 군인들의 승리로 돌아
갔다. 두 명이 시야를 뺏고 두 명이 측면으로 돌아가 창검으
로 공격했다.

늑대 몬스터는 혼란스러워하며 제대로 공격하지도 못하고
차례차례 죽고 말았다. 그 와중에 눈먼 앞발에 한 명이 다리
를 긁혀서 이동하기 힘들게 되었다.

몬스터는 검은 안개가 되어 사라졌고 병사들은 각각 2점의
점수를 얻었다.

한 5분 정도를 온 힘을 다해 움직인 병사들은 지쳐서 헐떡
였다.

정 대위는 전투 결과에 만족스러웠다. 총이 없는 상황에서
총검만으로 이렇게까지 싸울 수 있는 것을 보면 훈련이 헛되

지 않아 보였다.

만족스러운 기분을 느끼고 고개를 크게 젖히는 순간, 바위 위에서 거대한 늑대 괴물이 아래쪽을 내려다보고 있는 것을 발견했다.

늑대 몬스터는 심심했는지 크게 하품을 했다.

"위에 적이다. 대형을 갖춰!"

부대원들은 놀라서 위를 쳐다봤다. 그 순간 하품을 마친 늑대 몬스터는 아래쪽으로 뛰어내려 왔다.

"1번 작전."

좀 전까지 사용한 늑대 몬스터를 잡은 작전을 사용하기로 했다.

앞쪽으로 3명이 나란히 서서 총검을 흔들어 늑대 몬스터의 시야를 흐리게 했다. 그리고 나머지 사람들이 몬스터의 시야 밖으로 이동해서 기습할 준비를 했다.

그때였다. 늑대 몬스터의 등에 달린 뼈가 이리저리 움직였다. 늑대 몬스터가 괴성을 질렀다.

그 뒤의 광경은 끔찍했다. 늑대 몬스터 등에 달려 있던 뼈가 순식간에 사방으로, 각각의 대원에게 정확하게 쏘아졌다.

그 뼈에 가슴이 뚫린 부대원들은 바로 죽었고 빗맞은 부대원들을 비명을 질렀다. 몸 어디라도 모두 맞았고 그나마 정 대위만 얼굴을 틀어 헬멧과 함께 귀가 날아갔다.

"후퇴! 후퇴!"

정 대위는 후퇴하라 소리치고 뒷걸음질 치며 통로로 빠져

나가기 시작했다. 정 대위 옆으로 부대원들이 피를 흘리고 절룩거리면서 지나갔다. 한 명, 두 명, 세 명을 끝으로 더 지나가는 사람이 없었다.

늑대 몬스터는 주위의 시체와 뼈에 꽂혀 비명을 지르는 군인들을 하나하나 물어 죽이고 정 대위의 뒷걸음질 속도에 맞추어 다가왔다.

부대원들이 멀리 달아났다는 것을 안 정 대위는 주위를 살피고 몬스터와 자신의 이동 속도를 가늠했다.

정 대위는 도망갈 수 없다는 것을 깨닫자 총검을 굳게 쥐고 늑대 몬스터에게 달려들었다.

부상자들이 돌아온 캠프는 금방 어수선해졌다.

호영과 몇 사람은 그럴 줄 알았다며 고개를 흔들었고 다른 사람은 부상자들을 쳐다보고 다른 곳을 쳐다보고 어쩔 줄을 몰랐다.

부상자들은 급히 치료를 받았다. 팔이 반쯤 패여 덜렁거리는 사람, 방검복을 뚫고 옆구리가 반쯤 갈라진 사람 등 다들 크게 다친 상태였다. 부상자들은 도착하자마자 거의 실신했다.

길승태 팀장이 치료하고 있는 병사에게 다가가 물어보았다.

"지금 같은 상황에서 어떻게 해야 하는지 아는 바가 있습니까?"

병사는 치료하는 손을 멈추고 잠시 생각에 잠기더니 말했다.

"최악의 상황에는 개인별 단독 이탈입니다."

"네? 그럼."

"움직일 수 있는 사람은 주위 사물, 동료, 적을 신경 쓰지 말고 가장 빨리 귀환 지점으로 이동하라는 것이 최악의 상황에서의 작전 내용이었습니다."

병사는 고개를 흔들었다.

"뭐, 하지만 지금 치료해야 하는 사람도 있고 하니 이곳 안전지대에서 치료부터 제대로 하고 생각하려 합니다."

그렇게 이야기한 병사는 다시 치료를 시작했다.

길승태 팀장은 몸을 돌려 귀환자 모두를 바라보고 이야기했다.

"군인들은 다 부상당해서 움직이기 힘들 것 같습니다. 저희들이 어떻게 하는 것이 좋을지 이야기를 나눌 필요가 있을 것 같습니다. 어쨌든 정찰은 필요한데 말이죠……."

길승태 팀장은 호영을 힐끔 바라보며 말했다.

"우선 상황이 어떻게 된 것인지 알았으면 하는데요."

하은이 군인들을 바라보며 물어보았다. 그러자 그나마 덜 다쳐 다리에 붕대를 감고 있는 군인이 늑대 몬스터를 만난 뒤의 이야기를 해주었다.

"엘리트 몬스터네요. 그렇죠? 번개 뿜어내던 그 몬스터처럼."

"그런 것 같다."

성준은 하은의 질문에 동의했다.

"그런데 엘리트 몬스터? 그렇게 불러?"

"인터넷에서 그렇게 부르는 것 같아요."

그 뒤로 여러 가지 이야기가 나왔는데 길 팀장이 이야기를 주도해 가며 호영이 사람들을 뽑아 정찰을 가는 것으로 분위기를 유도했다.

"그 늑대 몬스터 근처까지 우리가 정찰을 하지. 그렇게 이상하게 이야기 만들지 마. 나는 가방끈 긴 놈들이 말로 장난치는 것에 신물이 나는 사람이야."

"아, 죄송합니다. 나름대로 의견을 구한다는 것이 오해가 있었네요."

호영의 질책에 길 팀장은 부드럽게 받아 넘겼다.

"됐고 전에 갔던 인원만 가도록 하지."

"보람 씨는 이번에는 빠지는 것이 좋을 것 같습니다. 치료하는데 도움이 필요할 것 같아서요."

보람은 의료 상식이 하나도 없었다.

"그럼 대신 누가 갈 건데. 댁이 가나?"

갑자기 한 방 맞은 길 팀장은 식은땀을 흘렸다. 길 팀장이 갑자기 대응을 못하고 있는데 호영의 동료가 그를 말렸다.

"형님, 장난 그만 치시고 가려면 빨리 가시죠. 슬슬 졸립니다."

"그려. 성준 씨, 갑시다."

"쩝. 어차피 가려고 했으니까 따라가 주지."

성준은 혼잣말로 구시렁거리며 일어섰다. 그리고 옆에서 하은도 따라 일어섰다.

"위험하게 너는 왜 일어나. 너도 이번에는 쉬고 있어."

"아니에요. 저도 따라갈래요. 저도 쓸모 있다니까요."

하은은 손에 든 쇠뇌를 흔들며 말했다. 성준은 고개를 절레절레 흔들었다. 그 모습을 보람이 빤히 쳐다봤다.

그렇게 4명이 통로로 출발했다. 병사의 반대가 있었지만 호영은 대충 손을 흔들고 출발했다.

"근데 이 방패로 그 몬스터의 뼈 공격을 막을 수 있을지 모르겠네."

"우선 제가 먼저 접근해서 분위기를 볼게요. 제 몸 하나 빼내는 것은 가능할 것 같으니까요."

성준의 말에 작전은 정해졌다.

코너를 조심해서 돌자 병사가 이야기한 대로 공터가 보였다.

사람들을 두고 먼저 접근하던 성준은 앞을 보고 한마디 하고 말았다.

"어라라……."

다른 사람들도 앞을 보고는 입을 쫙 벌렸다.

입구 쪽 바위에 기대어 앉은 대위가 입에 담배를 물고 손을 흔들고 있었다.

제6장

각성

정 대위는 죽음을 각오하고 총검으로 늑대 몬스터와 싸움을 벌였다. 늑대 몬스터는 강하고 빨랐다. 하지만 성준들이 마주쳤던 다른 엘리트 몬스터와는 달리 총검으로 베면 베어지고 찌르면 뚫렸다.

뼈가 있던 자리에 빛이 나면서 뼈가 실시간으로 자라는 모습을 보면 그쪽으로 힘이 몰려서일지도 몰랐다.

하지만 정 대위는 그런 것은 보지도 알지도 못했다. 늑대 몬스터의 이빨을 피하고 다리에 총검을 찌르고 앞다리를 휘두르는 것을 굴러서 피했다. 배 아래로 들어가서 아랫배를 찌르고 다시 굴러서 나왔다.

정 대위는 자신이 움직이면서 뭔가 몽롱한 기분이 들었다.

그는 육사에서 무예도보통지의 무술을 복원하는 작업을 했었다. 그 와중에 창술에 심취해서 무예도보통지 장창술의 원류인 양가창법을 배우기 위해 4학년 겨울 방학에는 중국에 가서 따로 배우기까지 했다. 그리고 지금도 시간 날 때마다 창을 들고 체력 단련을 했다.

지금 정 대위는 총검으로 자신이 총검술로 개조한 양가창법을 펼치며 늑대 몬스터를 상대하고 있었다. 총검으로 잽을 넣어 접근하지 못하게 간격을 만들고 스텝을 밟아 측면에서 공격을 넣었다.

이렇게 정신없이 공격과 회피를 하는 와중에 어느 순간 정신이 한없이 고양되는 느낌을 받았다.

'아! 이게 혹시 친구가 말한 깨달음인가.'

정 대위는 갑자기 창을 잡고 운동할 때 지나가던 무협지 매니아인 군대 동기가 한 말이 떠올랐다.

"남자가 스물다섯 살까지 동정이면 마법사가 된다는데, 너는 여자랑 한 번도 안 하고 서른 살이 넘게 군대에서 창질하고 있으니 곧 깨달음을 얻어 동자공의 고수가 될 거야."

갑자기 정신이 현실로 끌어내려졌다.

"깨달음은 개뿔이······."

간만에 정 대위 입에서 거친 말이 튀어나왔다. 여자는 정 대위의 아킬레스건이었다.

정신을 차리고 보니 늑대 몬스터는 목에 총검이 꽂혀 있는 채로 쓰러져 있었다. 정 대위도 온몸이 아팠다. 이곳저곳 쓸린 곳도 있고 자신의 능력 이상을 발휘한 근육이 피로를 호소했다.

잠시 뒤 늑대 몬스터가 검은 연기가 돼서 사라지자 정 대위는 몸이 많이 좋아지는 것을 느꼈다.

"흠. 이런 식인가?"

정 대위는 손목을 보았다.

ㅣ

ㅣㅣ

ㅣ□□

정 대위는 늑대 몬스터가 사라진 바닥에서 반짝이는 작은 구슬을 보고는 주머니에 넣었다. 그리고 부대원들의 시체를 모두 확인하고 입구의 벽에 기대어 쉰다는 것이 잠깐 잠들었다.

잠에서 깬 정 대위는 눈을 뜨고 담배를 한 대 물었다. 잠시 뒤, 사람들이 오는 모습에 손을 들었다.

성준의 일행은 정말로 놀랐다. 정 대위가 죽었을 거라고 생각했는데 단신으로 엘리트 몬스터를 잡을 줄은 생각도 못했다.

하은이 잠깐 생각하더니 말했다.

"성준 오빠는 혼자서 두 마리나 잡았는걸, 뭐."

"한 마리는 뒤치기 한 거야."

"그래도 잡은 거잖아요."

호영은 뒤에서의 이야기를 무시하고 정 대위의 몸 상태를 물었다.

"몸은 괜찮습니까? 사방이 피투성이인데."

"제 피는 얼마 없습니다. 그리고 몬스터를 죽인 후에 체력이 상당히 돌아오는 것 같았습니다."

대위의 말에 성준과 호영은 고개를 끄덕였다. 같은 경험을 했었다.

"캠프로 보낸 부대원들은 괜찮습니까?"

"다들 생명에는 지장이 없습니다. 지금은 치료받고 있죠."

"아, 감사합니다. 그럼 여러분은 정찰오신 겁니까?"

"예. 저번 던전에서 정찰했던 인원이지요."

보람은 빠졌지만 호영은 그렇게 대답했다.

대위는 잠시 부대원들의 주검을 보고 잠시 생각에 잠겼지만 고개를 들고 캠프로 복귀하자고 했다.

"주검을 수습하고 싶지만 방법이 없군요. 우선 사체를 정리하고 캠프로 복귀해야겠습니다."

대위와 성준, 호영은 주검을 한쪽으로 잘 정리한 후에 모두 캠프로 복귀했다.

캠프에서는 대위가 돌아오자 환호성이 났다. 다들 침울해 있었는데 대위가 돌아오니 희망이 생긴 것이다.

대충 시간이 한밤중이었다. 모두 걱정에 식사도 못하고 있었다. 죽은 사람의 슬픔은 뒤로 하고 모두 식사에 나섰다. 군인보다 오히려 민간인들이 죽음에 익숙한 상황이었다.

한 번 몬스터홀에 다녀온 일행은 이상하리만큼 모르는 이의 죽음에 무덤덤한 상태였다.

전투식량을 먹은 여성들은 맛있다면서 왜 그렇게 겁주었냐고 투덜거렸다. 그 말에 군대 출신 남성들은 슬쩍 웃고 간만의 전투식량을 즐겼다.

모두 피곤한 하루였다. 하지만 저번과는 다르게 충분한 수면 공간이 확보된 상황이었다. 사람들은 남녀와 그룹별로 텐트를 치고 침낭에 들어가 잠자리에 들었다. 성준도 침낭 하나를 구석 자리에 펴고 그 속에 들어갔다.

"성준 씨, 성준 씨."

성준은 자신을 부르는 소리에 고개를 들었다.

앞쪽 텐트에서 섹시하게 생긴 학생이 얼굴만 내밀고 성준을 불렀다. 하은의 친구인 혜라였다.

"네!"

"하은이가 성준 씨 불러요. 침낭 가져와서 같이 자자고요."

텐트에서 비명과 함께 우당탕 소리가 들리고 혜라가 쏙 안으로 끌려 들어갔다.

"내가 너한테만 장난삼아 한 이야기였잖아! 너, 가만히

안 돼!'

텐트에서 낮게 숙덕거리는 소리가 들렸다. 요 근래 성준의 몸이 급격히 강화되면서 작은 소리도 잘 들리게 되었다.

"하.하.하. 헤라가 장난친 거예요. 그럼 안녕히 주무세요."

이번에는 하은의 빨갛게 된 얼굴이 쏙 나오더니 인사만 하고 쑥 들어갔다. 다시 텐트에서 요란한 소리가 들렸다.

"좋을 때다."

성준은 흐뭇한 표정으로 노인과 같은 생각을 하며 잠이 들었다.

다음 날. 시계가 없으나 아마 다음 날일 것이다. 모든 일행이 잠에서 깨자 전투식량으로 아침을 먹고 물수건으로 세수를 했다. 그래도 물과 식사와 잠자리가 주어지니 천국이었다.

식사 후 정 대위의 주도로 모두 모여 회의를 했다. 군인들이 대거 사망이나 부상을 당해서 전력에서 이탈했기 때문에 남은 인원으로 헤쳐 나가야 될 상황이었다.

"현재 전투 가능 인원은 2명입니다. 그 인원으로는 전투뿐만 아니라 정찰도 쉽지 않은 상황입니다. 적의 전투 능력이 평범하지 않은 것이 확인이 되었으니 지원을 받아야겠습니다."

"우선 전투 경험자들이 참가해야 하지 않을까요? 호영 씨 일행과 성준 씨는 몬스터와의 전투 경험이 있습니다."

"저번 개미들하고는 남자들 모두 싸웠는데요. 누가 자기 자리 못 지키고 도망쳐서 다 망했지만."

길 팀장의 이야기에 하은이 딴지를 걸었다.

길 팀장은 아차 하는 얼굴이었다. 남자들 말고 개미와의 싸움을 끝까지 본 대상이 한 명 더 있었다. 입막음 대상 중에 놓친 모양이었다.

길 팀장의 후퇴로 이야기는 원점으로 돌아갔다. 다들 조용히 앉아 있자 호영이 나서서 말했다.

"우선 내가 참여하지. 내 동생도 참여할 거구."

그러자 모두의 시선이 성준을 향했다. 하은의 눈에서는 레이저가 나올 태세였다.

"쩝. 원래 참여하려고 했습니다."

성준이 손을 들자 바로 하은이 번쩍 손을 들었다. 하은의 친구들은 두 손 들었다는 듯이 고개를 흔들었다.

"여성분도 참여하시는데 다른 남성분도 참여하시죠."

대위가 주위에 남자들을 둘러보고 이야기했다. 모두들 눈을 피하는데 길 팀장이 눈을 마주보며 이야기했다.

"부상자 보호와 여성들의 보호, 그리고 예비대가 필요합니다. 다음을 생각하고 있어야 하지 않겠습니까!"

정 대위는 길 팀장을 두 눈으로 지그시 바라보다가 자리에서 일어섰다.

"알겠습니다. 그럼 인원은 그렇게 정하도록 하겠습니다."

잠시 동안의 휴식 이후, 정 대위는 부상자를 길 팀장들한테 인수인계하고 출발 인원을 모아 체크 후 바로 출발했다.

늦대 몬스터와 만났던 공터로 가는 길에 정 대위가 말을 꺼냈다.

"길성태 씨는 사람들 사이에서 어떤 위치죠? 대표처럼 행동하는데 좀 이상하네요."

"그 사람 엄청 재수 없어요. 자기 회사 사람하고 제 친구도 꼬셔서 파벌 만들어서 대장 노릇해요."

하은은 길 팀장의 대장 노릇보다 자기 과의 남학생을 꼬셔 간 것이 더 성질이 나는 모양이었다.

"뻔한 이야기죠. 돈 많고 빽 좋은 엘리트 놈이죠. 돈이랑 권력으로 사람들을 휘어잡아 말로 부리는 스타일."

호영도 퉁명스럽게 이야기했다.

"제 전 회사 팀장이었어요. 회사 사장 아들이고 바람둥이죠."

"회사 나오셨어요? 와! 잘되었네요."

하은은 성준이 회사를 그만 두었다는 말에 자기 일처럼 기뻐했다.

"이야기를 들어보니 조심해야 할 사람이군요. 휘둘리지 않아야겠습니다."

정 대위는 '바람둥이' 란 말에 반감이 확 들었다.

이들은 묵묵히 걸어 공터에 도착했다.

'대위도 엘리트 몬스터를 잡았으니 구슬을 주었을 텐데 왜 말이 없지?'

성준은 정 대위를 힐끔 보더니 생각에 잠겼다.

'그러고 보니 왜 난 이 구슬을 비밀로 하는 것이 당연하다고 생각한 걸까.'

"오빠, 성준 오빠."

"어, 왜?"

"무슨 생각을 그렇게 해요?"

옆에서 들리는 하은의 부름에 생각을 중단했다. 일행은 다시 앞으로 전진하기로 했다. 방패를 든 호영이 앞에 서고 좌우에 대위와 남은 병사가 자리를 잡았다. 그 뒤에 성준과 덩치, 마지막으로 하은이 섰다.

조금씩 전진하니 길이 넓어지고 점점 굽어져서 크게 원형을 만들면서 위로 올라가고 있었다. 길에 드문드문 큰 돌들이 있었다.

"잠깐 멈춰봐요."

성준이 갑자기 일행을 멈춰 세웠다. 다른 어리둥절하며 성준을 바라보았다. 감각을 활성화하고 있던 성준은 사람 크기의 돌 하나를 겨냥하고 화살을 발사했다.

탱!

당연하게도 화살은 돌에 맞아 튕겨져 나갔다.

그런데 당연하지 않게도 돌이 움찔거리더니 밑에서 다리 8개가 나왔다. 그리고 그 돌은 6개의 다리를 사용해서 옆으로 움직이기 시작했다.

"돌게다!"

하은이 몬스터를 보고 소리쳤다.

"진짜 돌게다. 근데 이건 못 먹겠다."

호영도 그 말에 맞장구를 쳤다.

돌게 몬스터는 몸을 덜컥 멈추더니 몸을 옆으로 돌리고 일행에게 빠르게 다가왔다. 머리 위로 든 두 개의 집게 다리는 마치 돌망치처럼 보였다.

"막을 수 있겠습니까?"

"막아봐야지!"

호영은 대위의 물음에 대답하고 돌게가 달려드는 타이밍에 맞추어 방패를 대각선으로 들고 마주쳐 나갔다.

꽝!

큰 소리가 울리고 돌게와 호영은 반대로 튕겨져 나갔다.

"제가 잡겠습니다."

대위는 돌게가 배를 내밀고 뒤집어져 있는 곳에 달려가 바로 총검을 들어 돌게의 관절을 빗살같이 찔러댔다.

대위는 자신이 찌르고 싶은 곳으로 기존보다 두 배 이상 빠르고 정확하게 공격하는 모습을 보고 무엇인가를 얻었다는 것을 깨달았다.

잠시 뒤 돌게는 부위별로 돌 조각이 되어 떨어졌다. 돌게가 검은 안개가 되어 대위에게 흡수되고 대위는 잠시 숨을 가다듬고 마무리 자세를 취했다. 마치 무협 영화의 한 장면 같았다.

모두 감탄의 눈으로 대위를 쳐다보았다. 그때였다. 부대에 돌던 소문이 갑자기 생각난 군인은 소리쳤다.

"과연 동자공의 고수!"

일행은 잠시 뒤쪽으로 물러서서 정비를 했다. 구석에서 조용히 부대원과 이야기를 나누는 대위를 보는 다른 사람들의 눈은 이제 불쌍한 자를 바라보는 시선이 되었다.

"흠. 흠. 방금 공격 방법이 괜찮은 것 같습니다. 그렇게 한 마리씩 잡지요."

다들 잠시만이라도 정 대위의 말을 들어줘야 할 것 같은 기분이 들었다.

그 뒤로는 크게 어려움은 없었다. 돌게 몬스터는 속도가 그렇게 빠르지 않았고 특별한 능력도 없었다. 몸이 단단한 것뿐인데 관절은 단단하지 않아서 그 사이를 비집고 공격하면 충분히 제거가 가능했다.

그렇게 한 마리씩 성준과 하은이 쇠뇌로 번갈아 가며 시선을 끌고 호영과 재식이 방패로 돌게 몬스터를 넘어뜨리고 정 대위가 마무리하거나 성준과 다른 병사가 도왔다.

"와! 저도 꽤 올랐어요. 이게 실제로 상처를 많이 주어야만 많이 오르는 게 아닌가 봐요."

하은은 자기도 이제 10을 넘었다고 자랑했다. 성준도 자신의 손목을 확인했다.

1
65
100

성준은 자신의 숫자를 이야기하지 않기로 했다. 점수가 오르면서 신체 능력도 변화했는데, 하은이나 다른 사람의 이야기를 들어보면 똑같이 변하는 게 아닌 것 같았다.

호영과 그의 동생인 재식은 힘과 지구력이 다른 부분보다 더 많이 늘어났고 정 대위는 총검의 정확성과 속도가 늘어났다. 성준은 그냥 몸이 좀 더 빨라졌다고 이야기했지만 실제로 민첩과 더불어 감각의 활성화에 큰 증가가 일어났다.

기본적으로 전체적인 육체 능력의 강화는 모든 사람에게 일어났다.

"자신이 소망하는 능력이 올라간 건가? 아님 많이 쓰는 능력이?"

하은은 갸우뚱거리며 말했다. 그리고 자신은 뭐가 특별히 올라간 줄 모르겠다고 구시렁거렸다.

일행이 좀 더 전진하니 통로 밖으로 시야가 확 열리는 곳이 나왔다. 일행은 조심조심 전진했는데 그곳은 발밑으로 시야 전체가 바위로 가득 차 있었다.

"돌밭이다. 아니, 돌게 밭이다."

"안 좋은데요. 저 녀석들이 반응이 느려서 그렇지 아예 못 알아차리는 것은 아닌데요.

호영과 재식은 눈앞에 펼쳐진 광경을 보고 어이없어 하며
말했다.

일행은 지상으로부터 3미터 정도 되는 높이에 위치한 동굴
의 출구에 서 있었다.

눈 아래 지상은 큰 광장으로, 백 개가 넘는 돌이 바닥에 늘
어서 있는 장엄한 광경이 눈에 보였다. 일행의 발아래는 근방
의 돌게 몬스터들이 접근에서 발밑으로 돌 집게를 쩍쩍 여닫
고 있었다.

"이거 답이 없는 거 아닌가? 여길 어떻게 통과하라
고……."

이쪽과 마찬가지로 지상에서 3미터 정도 위에 뚫려 있는
동굴이 30미터 정도 앞에 보였다.

"아무래도 이 돌게 몬스터 위를 지나가라는 것 같은데요."

성준이 반대쪽의 동굴을 가리키며 말했다.

"등산용 장비는 챙겨왔지만 로프를 저기로 연결할 방법이
없습니다. 여기 벽들이 거의 돌 벽이라서 쇠뇌의 화살로는 팅
겨 나가기만 할 겁니다."

"화살에 나일론 줄을 걸어 저 동굴까지는 날릴 수 있죠?"

"그거야 나일론 줄과 로프를 연결해 줄을 화살에 걸어 날
리고 그 뒤에 줄을 당기면 가능합니다만 누가 반대편 동굴에
있어야 하죠."

성준의 질문에 정 대위가 대답했다.

"그럼 제가 한 번 건너가 보죠."

성준이 정 대위에게 의견을 제시했다. 정 대위는 반대했다.

"위험합니다. 저희 부대 누가 움직여도 자살로밖에는 여겨지지 않는 상황입니다."

"흠. 대안이 없겠지?"

"여기서야 성준 오빠밖에는 답이 없죠."

정 대위는 반대했지만 성준이 몬스터들과 싸우는 모습을 본 호영들과 하은은 오히려 찬성했다.

정 대위는 이 상황이 이상해서 사람들을 자꾸 쳐다봤다.

"성준 씨가 여기에서 제일 빠르고 반사 신경이 최고요. 저 게딱지들 사이로 지나가야 한다면 성준 씨 말고는 안 돼요."

"오빠가 저번 던전에서 한 대도 안 맞고 엘리트 몬스터를 2마리나 죽였어요."

"한 마리는 뒤치기라니까."

정 대위와 임 하사는 성준을 신기하게 바라봤다.

"보고서하고는 다르군요. 아무튼 알겠습니다. 우선 저희들이 가서 로프를 가져오겠습니다."

"그럼 저는 여기서 있겠습니다."

"그럼 나도 있을 거예요."

성준이 돌게 몬스터가 내려다보이는 자리에 앉자 하은이 냉큼 옆자리에 앉았다.

그리고 하은은 뒤를 돌아보면서 성준이 안보이게 인상을 쓰며 빨리 가라고 손을 흔들었다.

"아, 저도 다리가 아파서⋯⋯."

"너도 따라와."

정 대위와 부대원이 출발하고 호영이 재식을 잡아끌고 캠프로 돌아갔다.

잠시 시간이 지나자 아래에 몰려 있던 돌게 몬스터들도 자신을 자리로 돌아가 다시 다리를 몸속으로 집어넣어 바위로 보이게 되었다.

성준은 간만에 한가한 느낌이 들었다. 파릇파릇한 아가씨마저 옆에 앉아 있으니 나름 지옥 속에 한줄기 행복인 듯했다.

"조용하니까 정말 좋네."

"아. 조용하네요."

하은은 성준의 옆얼굴을 힐끔 바라보며 무슨 말을 하려고 하다가 피식 웃고는 성준의 말에 맞장구를 쳤다.

"네. 정말 좋아요."

좀 시간이 지나자 정 대위들은 가방에 로프를 담아서 다시 돌아왔다. 성준은 잠시의 시간 동안 기분이 상당히 개운해진 것을 느꼈다.

로프와 나일론 줄을 연결하고 나일론 줄을 화살에 묶어서 쇠뇌로 시험해 보았다. 반대편 동굴로 정확하게 들어갔다. 돌게 몬스터가 움직이지 않게 조심조심 줄을 당겨 화살을 회수했다.

"그럼 가보겠습니다."

성준은 모든 장비를 내려놓고 해머와 피톤(등산용 못)만 따로 챙겨서 동굴 끝에 서서 몸을 풀었다. 발 앞에는 3m 정도 아래에 땅이 있었고 다시 돌게 몬스터가 다가오고 있었다.

성준은 감각을 활성화했다. 모든 지형지물과 몬스터의 위치를 사진처럼 확인하고 앞의 통로로 이어진 최단 경로를 분석했다.

성준은 앞으로 점프했다. 그리고 제일 가까운 돌게 몬스터의 몸을 밟고 다시 점프. 다음 몬스터의 머리를 발로 밀어내면서 아래로 뛰어내렸다.

바닥에 내려선 순간 앞으로 두 바퀴를 굴렀다. 성준이 뛰어내렸던 자리는 바로 근처의 돌게 몬스터가 집게발로 내려찍었다.

굴러진 관성을 이용해 일어난 성준은 감각을 다시 활성화해서 현재 위치와 몬스터들의 위치, 자세를 확인했다.

그리고 확인한 최단 코스로 달리기 시작했다.

―전방 몬스터 오른쪽 집게 휘두름.

성준은 오른쪽 몬스터의 집게 밑으로 숨어 돌아 들어갔다. 앞쪽 몬스터의 집게발이 성준이 숨은 몬스터를 강타했다. 성준은 그 사이에 몬스터의 옆을 지나갔다. 그렇게 정신없이 몬스터들을 피해서 앞으로 갔다.

"미친."

임 하사의 말에 정 대위도 동의했다. 정 대위 자신도 창술을 훈련하면서 회피는 상당히 자신 있었지만 지금 보고 있는 것은 사람의 영역이 아니었다.

"전보다 더 대단한데요. 이연걸이나 성룡의 무술 영화보다 더 대단해요. 몬스터와 약속하고 움직이나."

재식의 말을 듣고 있는 호영과 하은도 성준의 움직임에서 눈을 떼지 못했다.

쾅! 쾅!

성준이 지나가는 길로 강력한 충돌음이 계속 들렸다. 돌게 몬스터들이 성준을 공격하다 서로를 가격하고 부딪쳐서 나는 소리였다.

어느덧 목표 지점에 다 와갔다. 그런데 성준의 앞이 텅 비어 있었다. 돌게 몬스터들이 작전을 짠 모양이었다. 성준의 주위를 포위한 상태로 돌게 몬스터들이 빽 둘러 서 있었다.

"아!"

하은은 걱정의 소리를 냈다.

그때 돌게 몬스터가 사방에서 달려들었다. 그리고 돌게 몬스터들이 성준을 덮치는 순간, 성준이 제자리에서 점프했다. 거의 2미터가 넘는 서전트 점프였다.

쾅!

엄청난 소음을 뚫고 성준은 맨 앞 돌게의 몸 위에 올라탔다. 그리고 돌게 몬스터의 몸 위를 징검다리 삼아 뛰어 동굴 아래까지 도착하자 바로 벽을 박차고 동굴로 올라갔다.

"와~! 성준 오빠 최고!"

하은은 환호성을 질렀고 호영과 재식 등은 크게 박수를 쳤다. 잠시 뒤 돌게 몬스터가 제자리로 돌아가자 성준이 화살을 날리라고 손짓했다.

미리 준비해 둔 쇠뇌를 정 대위가 들었다.

"제가 한 번만 해볼게요."

하은이 간절한 눈초리로 정 대위를 바라봤다.

"네. 알겠습니다."

정 대위는 여자에 약했다.

하은은 쇠뇌를 들어 성준을 바라봤다. 그리고 화살이 성준의 위를 지나가도록 조준한 뒤 방아쇠를 당겼다.

하지만 실이 묶여져 무거워진 화살은 포물선을 그리면서 날아가 성준의 얼굴을 향했다.

"헉."

성준은 간발의 차로 감각을 활성화하면서 바닥을 굴렀다. 바닥에 앉아 식은땀을 줄줄 흘린 성준은 어이없는 표정으로 하은을 바라봤다. 요 근래 제일 위험했었다.

새하얗게 질린 표정의 하은이 두 손을 모으고 성준에게 계속해서 머리를 숙였다. 하은의 머릿속에서 큐피트가 하은을 발로 밟고 욕을 하고 있었다.

아무튼 우여곡절 끝에 성준은 조심조심 실을 당겨 로프를 가져왔다. 그리고 해머로 로프를 벽에다 걸었다.

로프는 튼튼하게 돌게 몬스터 위, 지상에서 4.5미터 높이로 지나가고 있었다.

우선 실험할 겸 고리를 연결해 성준이 일행에게 돌아왔다. 일반인도 앞뒤에서 끈으로 묶어서 당긴다면 이동하는데 문제가 없을 것 같았다.

"그럼 이제 사람들을 불러올까요?"

"우선 앞쪽을 더 확인해 봐야겠습니다. 앞쪽이 안전하지 않으면 좋지 못한 장소에서 고립되니까 말이죠."

정 대위의 말에 성준이 나서서 혼자 다녀오겠다고 이야기했다.

"전의 던전과 구조가 같다면 앞쪽에는 귀환석이 있을 거예요. 우선 같은 것만 확인하면 될 테니 제가 금방 다녀오죠."

다들 고개를 끄덕였다. 아무래도 몬스터들 위를 여러 번 지나가는 것은 심장에 안 좋았다.

성준은 고리를 줄에 걸어서 금방 돌게 몬스터들 위를 지나 앞쪽 터널에 도착했다. 몇몇 돌게 몬스터가 움찔거렸지만 크게 문제는 없었다. 성준은 사람들에게 손을 흔들어주고 터널 안으로 진입했다.

귀환 지점에는 금방 도착했다. 터널은 500미터 정도도 안되는 것 같았다. 이곳도 가운데에 3미터 정도의 돌기둥이 세워져 있었다.

마찬가지로 바닥에는 빛나는 문양이 있었는데 전과 다르

게 구석에 5미터 정도 되는 거대한 돌 거인이 있었다. 돌로 대충 쌓은 듯한 모습이었다.

성준은 중앙으로 가서 돌기둥을 확인했다. 역시 알 수 없는 문자로 낙서가 적혀 있었다.

3분 대기하세요. 손 올리는 곳이 여기예요.
일반 던전은 4개 중 랜덤임. 석상 움직임.
잘 안 죽어 귀찮음.
안 죽여도 됨. 대충 유인하면 됨.
난 죽었음.

분명 같은 놈들이었다. 성준은 장검을 소환했다. 던전 안에서는 소환해도 숫자가 줄어들지 않아서 좋았다. 그리고 장검을 있는 힘껏 돌기둥에 내려쳤다.

살짝 선이 그어졌다.

"좋아. 많이 따라왔어. 내가 기필코 한 줄 남긴다."

성준은 몸을 돌려 다시 돌아갔다. 성준이 남긴 줄 옆으로 수십 개의 줄이 사방으로 그어져 있었다.

모두 한자리에 모인 일행은 성준의 이야기를 듣고 캠프로 돌아갔다.

그리고 캠프에서 정 대위와 성준이 상황을 이야기했다. 상황을 들은 사람들은 바로 필요한 짐만 챙기고 부상자들을 부축하거나 들것을 만들어 옮겼다.

그리고 한참을 움직여서 일행은 돌게가 모인 광장에 도착했다.

"와, 저게 다 움직인다는 거예요?"

"예. 민감하지는 않지만 조심하시는 편이 좋을 겁니다."

돌게 광장을 바라보는 회연을 포함한 사람들의 눈에는 놀라움이 가득했다. 안전한 지역에서 몬스터를 바라보는 것은 처음이었다.

"부상자들은 들것을 이용하여 옮깁시다."

우선 정 대위와 임 하사가 반대편 동굴로 넘어갔다. 사람들은 들것에 부상자를 올리고 정 대위와 임 하사가 줄을 잡아당겨 들것을 옮겼다. 그리고 그런 식으로 한 명씩 이동했다.

사람들의 긴장이 풀리자 웅성거리는 소리가 점점 커졌다. 그리고 사람들이 위에 지나갈 때마다 움찔거리던 거대한 돌게 몬스터의 움직임도 점점 커졌다.

어느덧 사람들은 거의 넘어가고 줄 위에는 회연이 지나가고 있었다. 회연은 동굴에 도착하자 줄을 풀고 두 손을 번쩍 들고 외쳤다.

"만세! 도착했다! 엄청 무서웠어."

그 소리에 돌게 엘리트 몬스터가 완전히 깨어났다.

반대쪽 동굴에는 성준과 로프 위에서 이제야 줄에 매달려

채 5미터도 가지 못한 보람만 남아 있었다.

일반 돌게 몬스터도 깨어났지만 그중에 몇 마리만 희연이 서 있는 동굴의 밑으로 모여들었다. 돌게 몬스터들이 집게발을 휘저었지만 아무런 피해를 주지 못했다.

하지만 깨어난 엘리트 몬스터들은 일반적인 방법으로 적을 공격할 수 없는 것을 깨닫자 양쪽 집게발을 열고 희연을 조준했다.

그때까지 몬스터들을 주의 깊게 보고 있던 성준은 몇몇 몬스터가 이상한 자세를 취하자 바로 감각을 활성화했다.

—몬스터 4마리 양 집게발 반대편 동굴을 향해 조준.
—집게발 안쪽으로 둥근 구멍이 보임.
—몬스터 구성 성분: 돌.
—돌 발사체.

"피해!"

성준은 크게 소리치면서 팔을 흔들었다. 하지만 너무 늦었다.

펑! 펑! 펑!

엘리트 몬스터의 집게발 안쪽에서 야구공만 한 돌이 엄청난 속도로 반대편 동굴로 발사되었다.

동굴 입구에는 희연과 희연을 도와주던 남자직원이 있었다. 희연과 직원이 성준의 목소리에 고개를 돌리는 순간, 돌들은 희연과 주변을 강타했다.

남자직원은 몸을 날려 겨우 피했지만 희연은 돌에 맞고 그 자리에서 죽었다. 그러나 엘리트 몬스터의 사격은 멈추지 않았다. 동굴과 벽에서 엄청난 소리와 함께 연기와 돌가루가 피어올랐다.

성준은 줄에 매달려서 덜덜 떨고 있는 보람의 몸에 연결된 줄을 잡아당겼다.

쫘르르릉!

잠시 뒤 엘리트 몬스터들이 사격이 멈추자 반대편 동굴의 입구가 무너져 내리기 시작했다. .

보람을 겨우 내려놓고 그 광경을 지켜본 성준은 허탈해졌다.

*   *   *

"모두 안쪽으로 달려!"

정 대위는 부상병을 부축하며 안쪽으로 뛰었다.

모두 정신없이 안쪽으로 달려갔다. 뒤에서는 계속해서 동굴이 무너지는 소리가 들렸다.

제일 앞에서 길성태 팀장이 제일 빠르게 달리고 있었고 하은은 뒤쪽에서 자꾸 무너지는 뒤를 돌아보다가 친구들에게 혼나면서 달리고 있었다. 그리고 일행의 맨 뒤에서 정 대위와 임 하사가 부상병을 부축하며 달리고 있었다.

결국 사람들은 귀환석이 있는 곳까지 와서 멈췄다. 다들 급하게 달려서 숨이 턱에 찼다. 모두 자리에 눕거나 앉아 숨을 가다듬었다.

동굴에서 소리가 멈추자 하은은 벌떡 일어나서 동굴로 들어갔다.

"위험해, 하은아!"

"언제는 안 위험했어?"

친구들의 만류를 물리치고 하은은 동굴 안쪽으로 다시 들어갔다. 그 모습을 본 정 대위도 일어났다.

"여기까지 못 온 사람이 있습니다. 구해야겠습니다."

그렇게 말하고 주위를 둘러본 임 하사와 다시 안쪽으로 들어갔다. 호영과 재식도 벌떡 일어서서 따라 들어갔다.

"이 정도 사람이 들어갔으면 될 겁니다. 너무 많은 사람이 들어가면 위험합니다."

잠시 갈등하던 사람들은 길 팀장의 이야기에 모두 자리에서 쉬었다.

정 대위는 안쪽으로 들어가면서 혹시 낙오된 사람이 있는지 계속 찾아보았다. 무너진 동굴 벽까지 가는 동안 발목을 다쳐서 앉아 있는 여자 한 명과 다리를 다쳤던 부상병 한 명을 발견할 수 있었다.

무너진 동굴 벽에서는 하은이 울상을 지으며 무너진 동굴 벽에서 여기저기 돌을 빼내는 것을 바라보았다. 동굴은 500

미터의 중간 지점까지 무너진 것 같았다. 왜 이렇게 벽이 약하게 되어 있었는지 모르겠지만 어쨌든 다시 뚫는 것은 불가능해 보였다.

"위험하니까 빨리 나와요."

"네……"

다정한 정 대위의 말에 하은이 훌쩍거리며 고개를 끄덕였다.

잠시 뒤 하은은 무너진 벽을 잠시 바라보다 두 손으로 눈을 쓱쓱 닦고는 뒤를 돌아 걸어갔다.

귀환 지역에 인원이 모였다.

총인원이 19명이었다. 들어온 인원은 28명 이었는데 7명이 죽고 2명이 고립되었다.

정 대위는 씁쓸한 마음을 감추지 못했다. 그도 총을 못 쓰게 되리라고는 생각하지 못한 것이다. 남겨진 사람도 마음이 쓰였다. 구출할 방법마저 없기에 더욱 안타까웠다.

모두 지쳐서 잠시 휴식 시간을 가지기로 했다.

*   *   *

성준은 자신의 무거운 팔을 어떻게 하나 고민했다. 옆에서 떨어지면 죽을 것처럼 보람이 잡고 놓질 않고 있었다. 보람은 방금 전 상황에 놀라서 정신을 못 차리고 있었다.

성준은 어쩔 수 없이 팔은 무시하고 생각해 보았다. 먼저 자신이 가진 것을 파악해 보았다.

우선 감각의 활성화라고 자신이 부르고 있는 능력. 눈에 보이는 사물을 사진처럼 찍어서 순간적으로 자신이 알고 있는 정보를 이용해 분석해 내는 능력이었다.

그런데 이 능력이 이곳에 들어와서 엄청나게 강화되었다. 전에는 자신이 알고 있는 정보만 가지고 분석했지만 지금은 자신이 전혀 모르는 내용도 파악할 수 있었다.

생전 처음 보는 몬스터의 움직임을 파악한다든지 처음 보는 몬스터의 특수한 능력을 파악하고 약점을 깨닫는 것처럼 말이다. 거기다가 눈에 안 들어오는 부분까지도 어느 정도 파악하기 시작했다. 나중이 되면 어디까지 발전할지 알 수가 없었다.

그리고 육체적인 능력이 있었다. 힘, 지구력 등등이 전보다 2배 이상 강해졌다. 현재는 각종 육체적인 스펙이 그 분야 최고의 기량을 뽐내는 사람과 동일 혹은 그 이상의 수준에 이르렀다.

특히 보통 민첩이라고 불리는 반사 신경과 그에 따른 대응 능력이 엄청나게 향상되었다. 이 부분이 감각의 활성화와 시너지를 일으켜서 거의 사람이라고 볼 수 없을 정도의 움직임이 가능하게 되었다.

그 외에는 사람들을 이동시킨 후 옮기려고 했던 군장과 짐들(식량은 많다), 안 쏴지는 총들, 자신의 쇠뇌와 연기로 만들어내는 장검, 그리고 뭐에 쓰는지 알 수 없는 구슬이 있었다.

마지막으로 팔 아프게 만들고 있는 예쁜 얼굴의 짐 덩어리가 있었다. 남자였으면 발로 걷어 차버릴 텐데 예쁘니까 봐주고 있었다.

우선 감각을 활성화해서 몬스터를 확인했다.

―엘리트 몬스터 4마리.
―돌을 발사하는 방식.
―돌은 어디서? 암석을 먹어서.
―아까는 왜 멈추었나? 돌을 다 쏴서.

"탄약이 없으니 지금은 전부 일반 몬스터라고 봐도 된다는 말이지. 다 죽여도 역시 저 동굴이 막혀 있으면 의미는 없는데……."

성준은 계속 머리를 굴렸다.

"폭약도 수류탄도 안 되고, 여기로 오면서 옆길로 빠지는데도 없었고, 지금 그나마 구멍을 뚫을 만한 게 내 삽질이나저 엘리트 대포인가!"

성준은 무너진 반대편 동굴을 보며 한숨을 내쉬었다.

"우선 식량도 많으니 여기 몬스터나 잡고 세월아 네월아땅이나 파 봐야겠다."

성준도 별로 기대가 안 되었지만 어쨌든 긍정적으로 말했다. 성준의 혼잣말을 듣고 안정이 되었는지 보람이 슬그머니 팔을 놓았다.

"이제 좀 괜찮아졌나요? 조금 쉬고 있어요. 전 게들 좀 보고 올게요."

"네."

보람은 작게 이야기하고 고개를 끄덕였다.

성준은 검을 소환해서 광장을 향해있는 동굴의 끝으로 갔다. 그리고 동굴 바닥에 엎드려서 머리만 광장으로 내놓고 검으로 동굴 벽을 퉁퉁 쳤다. 주변의 몬스터가 몸을 일으켜 성준에게 다가왔다.

성준을 공격하지도 못하고 집게를 위로 내밀고 있는 몬스터들을 성준은 대위의 모습을 흉내 내어 위에서 검으로 몬스터의 관절을 쿡쿡 쑤셨다. 칼질은 엉성했지만 어쨌든 몬스터의 집게 다리가 잘려 나가기는 했다.

정 대위는 휴식을 취하고 있는 일행을 일으켜 세웠다.

"우선 남겨진 분들은 동굴의 무너진 거리가 너무 깊어 구할 수 없을 것 같습니다. 현실적으로 저희에게 식량이 없기 때문에 하루 빨리 귀환해야 합니다. 서울로 돌아가서 방법을 찾도록 하겠습니다."

정 대위는 모두에게 고개를 숙였다. 모두들 고개를 끄덕였다.

"자, 마지막 관문입니다. 저 귀환석에 적혀 있는 글이 사실이라면 우리는 여기서 3분 만 버티면 돌아갑니다. 마지막까지 최선을 다해봅시다."

정 대위는 일행과 이야기를 나누어 부상자 한 명이 손을 대고 호영과 재식이 방패로 돌 거인을 막는 역할을 하기로 했다. 임 하사와 나머지 남자들은 만약을 대비해서 여자들을 보호하는 역할을 담당하고 정 대위가 유인하는 역할을 하기로 했다.

모두 자리를 잡고 준비했다. 정 대위는 돌 거인 앞에 서서 자세를 잡았다.

"누르세요!"

정 대위의 시작 소리에 부상자는 손 문양에 손을 올렸고 돌기둥 위에서 빛이 나기 시작했다.

삐이익!

다시 돌기둥에서 강한 소리가 났다. 그리고 돌 거인의 두 눈에서 빛이 나더니 움직이기 시작했다.

"이젠 완전히 판타지 영역이잖아? 해골 병사가 등장한다고 해도 뭐라고 못하겠다."

"이것아. 말이 씨가 돼."

혜라와 친구들이 하은의 기분을 풀어주기 위해 헛소리를 하고 있을 무렵, 정 대위는 돌 거인에게 달려들었다.

정 대위는 돌 거인에게 접근해서 돌 거인의 무릎쯤을 총검으로 찍었다.

깡!

돌 거인은 돌게 몬스터와는 다르게 관절도 전부 돌로 이루어져 있었다. 단 한 번에 총검의 날이 나가 버렸다.

돌 거인은 시선을 돌려 정 대위를 바라보더니 관심을 두지 않고 바로 사람들이 모여 있는 곳으로 시선을 돌려 걸어가기 시작했다.

"제길!"

정 대위는 앞으로 걸어가는 몬스터를 쫓아가며 날이 망가진 총검으로 몬스터의 다리를 내려치고 또 내려쳤다. 그래도 반응이 없자 총으로 후려치기 시작했다.

"재식아!"

"네, 형님."

호영과 재식이 앞으로 나서서 방패를 들었다. 그리고 돌 거인이 다가오자 자세를 낮추어 충돌을 대비했다.

돌 거인이 손을 휘둘렀다.

쾅!

호영과 재식이 하늘을 날았다. 그 둘이 튕겨져 나가자 사람들의 얼굴이 하얘졌다. 호영과 재식은 땅에 떨어지자마자 일어나려고 했다. 하지만 머리에 충격이 있어서 일어나려다가 다시 넘어졌다.

돌 거인이 남자들 바로 앞에까지 왔다. 이미 길 팀장은 슬그머니 여자들 뒤쪽으로 피해 있었고 앞에는 임 하사가 총검을 굳게 잡고 버티고 서 있었다.

캉!

맑은 소리가 들렸다. 화살 하나가 날아와 돌 거인의 눈에 정확하게 맞았다. 돌 거인은 손으로 눈을 감싸더니 화살을 쏜 사람을 찾았다.

어느새 안쪽에 있던 하은이 광장의 한쪽 벽에서 쇠뇌를 들고 서 있었다.

"눈이 약점인가 봐요. 제가 유인할게요. 모두 자리를 지키세요!"

하은은 일행에게 소리쳤다.

그녀는 돌 거인이 달려들자 바로 뒤로 돌아 바람같이 도망쳤다.

성준은 더 이상 몬스터를 잡기가 힘들어지자 동굴 바닥에 누워버렸다. 바닥에는 벌써 돌게 몬스터의 사분의 일이 사라져 있었다. 손목의 숫자도 상당히 올라가 있는 상태였다.

"아, 이제는 위에서 못 잡겠네. 이 정도 숫자면 내려가서 잡기 위험한데… 엘리트 놈들도 있고."

일반 몬스터는 이제 접근하지 않았다. 엘리트 몬스터는 돌이 채워졌는지 집게를 열고 있었다.

성준이 쉬고 있자 몬스터를 잡고 있는 모습을 빤히 바라만 보던 보람은 그에게 말을 걸었다.

"성준 씨, 저 좋아하는 것 아니죠?"

뜬금없었다. 성준은 사실대로 말했다.

"예. 이성적인 관심은 없었습니다."

"그럴 것 같았어요. 주위에서 성준 씨가 저한테 잘해주니 자꾸 분위기를 몰아갔지만, 당사자니까 그런 분위기가 아닌 걸 알았어요."

성준은 그냥 입 다물고 있었다. 보람은 또 물어보았다.

"그럼 무엇 때문에 저한테 잘해준 거예요?"

성준은 대답하지 않았다.

"뭐, 저도 알고 있어요. 성준 씨가 저를 불쌍하게 여겨서 잘 대해 주었다는 걸. 하지만 그거 아세요? 성준 씨가 빚 때문에 길 팀장한테 시달리고 있는 제 모습이 불쌍해서 잘 대해주는 것을 알고 있었어도 회사에서 성준 씨의 바보 같은 모습 때문에 처음에는 제가 오히려 성준 씨를 한심하게 생각했었어요."

보람에 말에 성준이 반응했다.

"친구들이 빚 때문에 남자 만나고 있다는 걸 아니까 다들 뒤에서 욕하고 회사 직원 몇 명은 길 팀장의 이야기를 듣고 날 어떻게 엮어보려고 음담패설을 늘어놓았어요. 지금 제 상황을 아는 사람 중에 저한테 잘 대해주신 분은 성준 씨밖에는 없어요."

'어라? 말의 흐름이 이상한데.'

성준은 정신이 번쩍 들었다.

"밖에서야 이런 말을 할 수 있나요? 저야 돈 때문에 길 팀장한테 매여 있는데요. 엄마가 목숨을 부지하고 있는 한, 전 길 팀장한테 반항할 수 없죠. 그런데 말이죠. 저기 몬스터들을 어떻게 다 죽인다고 해도 식량이 떨어질 때까지 저 동굴을 파낼 수 없을 것 같아요. 그러면 십중팔구 여기서 죽을 테니 적어도 여기서는 내 마음대로 해보려고요."

보람은 성준을 똑바로 바라보았다.

"나 성준 씨 좋아해요. 전에도 좋아했는데 던전에 들어오고 나서 더 좋아하게 되었어요."

'아! 안 들었어야 되는데…….'

성준은 여기서 죽을 생각이 조금도 없었다. 이런 수습 불가능한 이야기들 들었으니 앞으로 난리가 났다. 성준의 머릿속에 갑자기 하은의 모습이 떠올랐다.

"제길. 절대 안 죽을 테니 안 들은 걸로 하죠."

성준은 벌떡 일어서서 몬스터들을 노려봤다.

하은은 3분 동안 도망 다니는 데 성공했다. 사람들이 한 명씩 사라져 갔다.

그녀가 돌 거인을 멀리 따돌리고 무너진 동굴을 바라보았을 때, 팔을 잡는 사람이 있었다.

"가자. 우리가 살아야지 혹시라도 구할 수 있어. 여기서는 먹을 것도 없고 방법이 없다. 밖에서 방법을 찾아보자."

호영이 하은의 팔을 잡고 강하게 이야기했다. 하은은 잠깐 동굴을 다시 바라보더니 굳은 표정으로 문양의 안쪽으로 들어갔다.

하은은 호영과 문양에 손을 대고 있던 부상자와 함께 사라져 갔다.

모두가 사라지고 나자 광장의 빛나던 구슬도 빛이 약해졌
다. 열심히 움직이던 돌 거인이 제자리에 멈추었다. 그리고
잠시 뒤, 돌 거인이 자신의 자리로 돌아갔다.

*　　　*　　　*

성준이 몬스터들을 바라볼 때 이상한 일이 일어났다. 갑자
기 몬스터들이 원래 자리로 돌아가 바위 형태를 하고 자리에
앉았다.

그리고 빛이 나더니 죽었던 돌게 몬스터가 다시 나타났다.

"에엑! 어떻게 잡은 건데."

성준은 갑자기 생각이 나서 손목을 봤다.

1

55

100

"이게 뭐야, 들어올 때로 돌아왔잖아!"

그리고 잠시 뒤.

꾸르르릉!

앞쪽의 동굴에서 소리가 났다.

"또 뭔데!"

성준은 신경질을 내며 무너진 동굴로 시선을 돌렸다. 입구

를 가로막던 돌들이 연기가 되더니 무너졌던 동굴이 원상 복구되었다.

"에엑!"

성준과 보람이 서로 다른 비명을 질렀다.

구멍이 뻥 뚫려 있는 동굴을 보는 성준의 얼굴은 집으로 돌아갈 수 있다는 희망과 그동안 고생이 헛수고가 되었다는 아쉬움으로 묘한 얼굴이 되었다.

그리고 보람은 살 수 있다는 기쁨과 다시 세파에 시달려야 한다는 슬픔이 느껴졌다. 하지만 그런 것은 부차적인 문제였다. 보람은 조금 전에 성준에게 한 말 때문에 영혼이 이탈 중이었다.

성준은 바로 짐에서 로프와 끈, 피톤 등을 확인했다. 다행히 물건들은 군장 안에 존재했다.

"보람 씨. 이 쇠뇌를 들어봐요. 지금부터 보람 씨가 쇠뇌를 쏘는 연습을 해야 돼요."

"네?"

보람은 성준의 말에 어리둥절했다.

"아까 우리가 건너가던 로프를 보셨죠? 이 쇠뇌로 쏜 거예요. 돌 벽이라서 쇠뇌로는 박히지 않아요. 제가 건너가서 보람 씨가 쇠뇌로 쏜 화살을 벽에다 박아야 해요."

"아, 알겠어요."

성준은 아까 보람이 한 말을 안 들은 것처럼 이야기했고 보람도 정신을 차리고 성준에 말에 집중했다.

보람은 성준의 도움을 받아서 쇠뇌를 쏘는 연습을 했다. 화살에 끈을 묶어서 반대쪽 동굴 입구로 쏘는 연습이었다.

"이제 한번 저쪽 동굴로 쏴보세요."

충분한 연습이 되었다 싶자 성준은 보람에게 반대편 동굴로 쏘게 했다. 보람은 한 번에 동굴 안쪽으로 화살을 날렸다.

'하은이도 그렇고, 역시 한국 여자는 뭘 쏘는 걸 잘해.'

"잘하셨어요. 그럼 제가 반대로 건너가 볼게요."

성준은 화살을 끈으로 살살 당겨서 회수한 후에 동굴의 끝에 가서 광장의 상황을 살폈다.

'엘리트 몬스터는 깨어나는 시간이 늦구나. 집게로 공격할 수 있으면 일반 몬스터처럼 공격하고.'

성준은 심호흡하고 바닥으로 뛰어내렸다. 다시 몬스터들이 달려들었다. 하지만 두 번째로 상대하는 덕분인지 더 부드럽게 움직이며 몬스터들을 피해 앞으로 나갔다. 역시 숫자의 증가로 인한 능력의 증가도 중요하지만 경험도 상당히 중요한 것처럼 보였다.

"아이고, 힘들어. 몸이 안 따라 주니 엄청 힘들어."

사실 성준은 몸이 속도가 안 나와서 회피를 최소한으로 하는 상황이었다.

성준이 어느 정도 나아가자 앞쪽에 몬스터들이 공터를 만들기 위해 성준에게서 멀어지기 시작했다.

"내가 두 번은 안 당한다!"

성준은 뒤로 물러서는 몬스터들을 바싹 붙어서 추격했다. 몬스터는 공터를 만들기 위해 뒤로 물러서다 성준이 추격하자 계속 물러서게 되었다. 그리고 물러서던 몬스터는 몸이 뒤의 벽에 부딪치게 되었다.

"땡큐~"

성준은 몬스터의 몸을 밟고 위의 동굴로 올라섰다.

보람은 성준의 움직임에 감탄했다. 사람의 움직임이 아름답기까지 한 것은 처음이었다.

"나도 최선을 다하겠어!"

보람은 성준을 보고 굳게 다짐했다. 그리고 그녀는 반대편 동굴에서 손을 흔들고 있는 성준을 향해 화살을 날렸다.

"이 여자들이 하나같이 왜 이래!"

성준은 자신을 향해 날아오는 화살을 보고 비명을 질렀다.

성준이 바닥을 구르고 보람이 놀라서 쇠뇌를 떨구고 소동이 일어났지만, 어쨌든 로프가 양쪽 동굴에 연결되었다. 성준이 보람을 도와주어서 보람도 무사히 반대편으로 넘어왔다. 조용히만 넘어오면 문제가 안 되는 것이다.

성준이 쇠뇌를 다시 챙기고 보람과 함께 걸어서 귀환지역에 도착했다. 그곳에는 전과 다른 것이 없었다. 성준은 글을 다시 읽고 준비를 했다. 한 손에는 칼을 꺼내 들고 다른 손에는 쇠뇌를 들었다.

"보람 씨가 손 문양에 손을 올리세요. 제가 돌 거인을 유인할게요. 준비되면 알려주세요."

"네! 준비되었어요."

보람이 돌기둥 앞에서 손을 올리고 있었다.

"지금요!"

성준이 소리쳤다. 보람이 돌기둥에 손을 올렸다.

아무 반응이 없었다.

"어라?"

"어라?"

성준과 보람은 어리둥절했다. 성준이 다가와서 손을 올려 보았다 마찬가지였다.

성준과 보람이 서로 난감해서 쳐다보았다.

"어떻게 하죠?"

"우선 여기저기 잘 찾아보죠."

잠시 뒤 두 명은 아무것도 못 찾고 다시 모였다.

"잠시 쉬고 계세요. 제가 좀 더 찾아보죠."

그리고 성준은 입구 쪽으로 가서 광장 전체를 시야에 담아 있는 힘껏 감각을 올려보았다. 머리에 두통이 몰려왔다.

"으갸갸……."

─귀환석 구슬. 빛이 없음. 미작동.

─에너지 충전 방식? 쿨 타임? 스위치 방식!

─검은 안개 에너지는 여기서는 계속 지급됨.

─쿨 타임은 던전 돌파 시간을 예측할 수 없음.

─스위치 방식이면 스위치 위치는?

─바닥의 문양이 시작 지점의 문양과 거의 동일.

성준은 쪼그리고 앉아 머리를 감싸 쥐었다. 간만에 최대치를 썼더니 토할 것 같았다.

"제길. 전에는 쓰기만 해도 이랬는데 배가 불렀군."

보람이 놀라서 성준에게 달려왔다.

"괜찮아요? 어디 아파요?"

"아, 괜찮아요. 피곤했는지 갑자기 두통이 생겨서요. 지금 괜찮아졌어요."

성준은 보람에게 괜찮다고 손을 흔들었다.

"아, 그 생고생을 다시 해야 하나……."

보람은 성준이 하는 말이 무슨 뜻인지 궁금한 표정이었다. 성준은 보람에게 처음 지점으로 돌아가자고 설명하려 하다가 설명할 방법이 애매해서 난감했다. 사고 과정 중 중간 과정이 빠진 채로 결론에 도달하니 설명하기가 힘들었다.

"바닥에 있는 빛나는 문양이 처음 캠프가 있던 지역의 문양과 거의 같아요. 아마 그쪽에 갔다가 다시 와야만 가동되는 것 같습니다."

"아, 온 오프 라디오 스위치 말이죠? 그럴 수도 있겠네요. 그럼 가죠."

역시 IT 개발팀 소속 공대여자의 위엄. 더 설명이 필요 없었다. 성준은 허탈해하며 되돌아 갈 준비를 했다.

다시 조심스럽게 로프로 돌게 몬스터의 위를 지나가 안쪽 동굴에 도착했다.

둘 다 배가 고파서 그곳에 있던 짐에서 전투식량을 꺼내 먹기 시작했다.

"아, 전투식량은 질려요."

"아직 먹을 만한 거예요."

보람의 음식 투정을 끝으로 둘은 식사를 마쳤다.

"이제부터 조심해야 해요. 돌게 몬스터들이 중간중간 있으니까 제가 지시하면 이 쇠뇌로 한 마리씩 맞추세요."

성준은 쇠뇌를 보람에게 주었다. 보람은 쇠뇌를 받고 성준을 보면서 힘껏 고개를 끄덕였다.

첫 돌게 몬스터를 만났다. 보람은 성준의 지시를 받아 화살을 날렸고 성준은 감각을 활성화시켜서 다가오는 몬스터의 관절을 칼로 하나씩 절단해 나갔다.

"으아. 대위처럼은 안 되네. 죽겠다."

성준은 무술을 따로 배운 것이 아니라 능력으로 최적의 코스를 찾아 공격해 들어가니 몸의 부하가 장난이 아니었다.

두 명은 한 마리 잡고 잠시 쉬고 하면서 조금씩 전진해 들어갔다. 의외로 둘이 합이 잘 맞았다. 보람이 성준의 말을 착실하게 따라주었기 때문이었다.

둘은 시간이 지나자 등뼈가 자란 늑대 몬스터가 있었다는 공터에 도착했다. 늑대 몬스터는 앞쪽만 경계하는 지 뒤쪽으로 다가오는 성준 등을 알아차리지 못했다.

"엘리트도 있다고 하니까 우선 저기 한 마리를 끌어들입시다."

성준은 가까이에서 어슬렁거리는 늑대 몬스터 한 마리를 가리켰다. 보람은 성준이 가리키는 몬스터를 향해서 쇠뇌를 조심스럽게 조준해서 화살을 날렸다.

퍽!

"끄왕!"

화살은 늑대 몬스터의 목에 깊이 박혔다. 늑대 몬스터는 검은 피를 뿌리면서 그 자리에 쓰러져 버렸다.

"어머!"

둘은 눈을 깜박였다.

다른 늑대 몬스터 한 마리가 그 모습을 보더니 성준들을 향하여 달리기 시작했다.

"잘했어요. 내가 상대할 테니 우선 화살을 걸어요."

보람은 얼른 뒤로 이동해서 크랭크를 돌려 화살을 장전했다.

늑대 몬스터가 눈앞으로 다가왔다. 성준은 장검을 들고 간격을 잡았다. 늑대 몬스터가 점프를 하면서 달려들자 성준은 몸을 옆으로 피하며 칼을 늑대 몬스터의 진로에 걸쳐 놓았다.

늑대 몬스터는 성준을 지나가면서 칼에 얼굴과 앞발이 쓸려 나갔다. 피가 성준의 몸으로 팍 튀었다. 크게 상처를 입은 늑대 몬스터가 보람의 앞에서 넘어졌다.

"아! 위험."

성준의 경호성이 나오는 동시에 늑대의 머리에 화살이 박혔다.

"아! 놀래서 쏴버렸다."

성준은 어이없어했다.

"뭔가 운이 굉장히 좋은 것 같아요."

"성준 씨를 만난 다음부터 그러네요. 후후."

성준은 할 말이 없었다. 그때 동굴을 가득 메우는 소리가 들렸다.

"크와앙~!"

늑대 광장과 붙어 있는 동굴의 입구에 늑대 엘리트 몬스터가 떡하니 서 있었다. 성준은 정신이 번쩍 나서 엘리트 몬스터에게 뛰어들었다. 뼈를 발사한다고 하니 간격을 주기 전에 접근한 것이다.

엘리트 몬스터가 반응하기 전에 도착한 성준은 몬스터의 앞발을 급하게 피하고 검을 반대편 다리를 향해 휘둘렀다.

깡!

검이 튕겨져 나왔다.

"제길! 등뼈가 발사되어야 검에 베어지나!"

감각이 주는 정보에 성준은 짜증을 냈다.

"일부러 떨어져야 한다는 거냐!"

성준은 뒤로 물러서며 보람에게 소리쳤다.

"돌게 몬스터 광장까지 가서 로프로 건너갈 준비해요! 이놈은 장거리 공격을 해요."

"알았어요!"

보람은 성준에 말에 대답을 하고 바로 뒤를 돌아서 번개같이 달렸다. 달리기가 빠르다는 길 팀장의 말은 거짓말이 아니었다.

"아무튼 이놈아 한 번 쏴봐라."

성준은 머리끝까지 긴장하면서 몬스터의 등뼈를 바라봤다.

일정 거리가 멀어지자 몬스터의 등뼈는 스스로 살아 있는 것처럼 움직여 댔다. 그리고 어느 순간 성준을 향해 등뼈 하나가 발사되었다.

쐬에엑!

성준이 급하게 허리를 틀었다. 아슬아슬하게 등뼈는 성준을 비껴갔다. 성준은 바로 몸을 튕겨서 몬스터를 덮쳤다.

몬스터는 얼굴로 날아오는 칼을 무시하고 성준의 가슴을 향해 앞발을 그었다. 성준은 방검복만 아슬아슬하게 찢기면서 엘리트 몬스터의 얼굴에 칼을 그을 수 있었다.

칼은 얼굴에 얇은 선만 남겼다.

"제길! 뼈를 다 발사해야 하는 거냐!"

성준은 몬스터의 공격에 굴러서 물러났다.

'한 발씩 발사하면 뼈가 자라는 시간과 발사하는 시간의

틈이 없어! 후퇴다.'

성준은 미친 듯이 도망쳤고 엘리트 몬스터는 성준을 추격했다. 성준의 달리기와 회피는 대단했다. 몬스터에게 맞을 듯하면서 돌게 몬스터 광장까지 도망가는데 성공했다.

앞쪽에 보람이 로프에 고리를 걸고 서 있는 게 보였다.

"보람 씨, 앞으로 몸을 날려요!"

성준은 바로 뒤에 늑대 몬스터에게 쫓기면서 로프에 몸을 맡기는 보람을 덮쳤다.

"꺄악!"

성준은 비명을 지르는 보람을 외면하고 로프에 걸린 고리를 한 손으로 잡아 지지하고 한 손으로는 보람의 허리를 휘어 감았다. 두 명이 매달린 고리는 관성으로 광장 안쪽을 향해 출렁 움직였다.

그 뒤를 쫓아가던 늑대 몬스터는 성준을 보고 달려가다가 갑자기 동굴이 끝나는 것을 보고 발을 멈추었지만 너무 늦었다.

늑대 몬스터는 돌게 몬스터들 한가운데로 떨어졌다. 시끄러운 소리에 돌게 몬스터가 몸을 일으켰다.

장관이었다. 자신들의 보금자리를 습격당한 돌게 몬스터들은 적을 향해 집게발을 내려찍었고 늑대 엘리트 몬스터는 엘리트답게 미친 듯이 날뛰었다.

사방으로 돌게 몬스터의 다리와 집게발이 날아갔다. 늑대 몬스터의 비명이 들리고 돌게 몬스터가 벽에 처박혔다.

그리고 잠시 뒤, 싸움의 마지막은 늑대 몬스터의 사방으로 쏘는 뼈 공격 발악에 대응한 돌게 엘리트 몬스터들의 돌 탄환 집단 사격으로 끝이 났다.

그 바로 위에서 보람과 성준이 껴안고 줄에 매달려 있었다. 성준은 화려한 전투에 시선을 빼앗기고 있었지만 보람은 긴장인지 설렘인지 두근두근 정신이 없었다.

잠시 뒤 죽은 사체들이 모두 연기가 되었다. 그런데 그 연기가 성준과 보람의 몸에도 흡수가 되는 것이었다. 거기다가 성준의 몸에는 늑대 엘리트 몬스터가 변한 연기의 많은 부분이 흡수되었다.

"우선 내려가죠."

"네? 네!"

성준의 말에 보람은 정신없이 대답했다. 그들은 다시 원래 동굴로 내려섰다.

성준은 온몸에 힘이 가득 차는 기분이 들었다. 그리고 자꾸만 답답해지는 느낌에 인상을 썼다. 뭔가 밖으로 표출하고 싶은데 어떻게 할 수 없는 기분이었다. 성준은 몸을 이리저리 살피다가 손목을 보았다.

1

1ᄆᄆ / 구슬

1ᄆᄆ

숫자가 바뀌어 있었다. 100이 달성된 것이다. 온몸에 힘이 넘치는 것이 당연했다. 그런데 내용을 보니 밑에 있던 구슬 마크가 100 옆에 딱 붙어 있었다. 구슬 가지고 어떻게 하라는 것이 뻔히 보였다.

성준은 보람을 보고 쉬고 있으라고 말하며 몸을 뒤로 돌려 구슬들을 꺼냈다. 구슬을 꺼내놓으니 저절로 구슬을 입으로 가져가게 되었다. 성준은 억지로 손을 멈추고 구슬을 확인했다.

'먹는 거구만. 때가 되면 자동으로 몸이 반응하는 것인가.'

구슬 중 하나는 검은 안개가 흐르고 다른 하나는 안에서 뇌전이 쳤다. 성준은 두 개를 바라보다 더 맛있어 보이는 검은 안개 구슬을 먹었다.

성준의 머릿속에서 갑자기 뇌성이 쳤다. 전율이 머리끝부터 발끝까지 흘러갔다.

온몸의 근육이 쥐었다가 펴졌다. 성준은 무릎에 두 손을 올리고 버텼다. 그렇게 5분 정도 고통과 환희와 이상한 감각이 지나가자 성준은 정신을 차릴 수 있었다. 머릿속에는 뭔가 새로운 감각이 들어와 있었다.

정신을 차린 성준은 군장을 껴안고 쪼그려 자는 보람을 보고는 동굴 안쪽으로 들어가 보람이 안 보이는 곳으로 이동했다.

"이 감각은 뭔가 몸을 사용하는 능력인가 본데. 이렇게 사용하는 건가?"

성준은 감각을 활성화하던 방식으로 새로운 능력을 사용해 보았다. 시야가 극도로 넓어졌다.

앞으로 다리를 움직인다고 생각하자 몸이 앞으로 튕겨져 나갔다. 벽이 앞으로 다가오자 손으로 짚고 피해야겠다고 생각했다. 그 순간 몸이 반응해서 손이 벽을 밀어냈고 성준의 몸은 그대로 옆으로 튕겨져서 옆의 벽에 몸을 박았다.

쾅!

"아야야야!"

성준은 삭신이 아파서 소리를 질렀다. 벽에 부딪친 것도 아프지만 능력을 쓴 다음에는 온몸에 부하가 걸렸다. 몸이 튼튼해지고 난 다음에는 이런 근육통이 온 적이 없었다. 그리고 잠시 뒤에 능력이 풀렸다.

"어라?"

성준은 고개를 갸우뚱하고는 손목을 바라봤다.

ㄹ

ㅁ

ㅁ

"엥?"

성준이 놀라고 있을 때 바로 맨 아래 숫자가 바뀌었다.

ㄹ
ㅁ
ㅣ

조금 지켜보니 점점 아래 숫자가 올라갔다.

"뭐냐, 에너지 채워지는 거냐? 그럼 처음 100이었던 건 뭔가 능력을 쓰지 않아서 그랬던 거고 능력을 쓸 때마다 줄어드는 건가. 여기서는 시간이 지나면 채워지고 서울은 검은 연기가 없으니 오히려 없어지고."

성준은 머리를 벅벅 긁었다.

"그럼 밖에서 능력을 쓰면 줄어들기만 하겠네. 이건 못 쓰겠다. 밖에서 쓰면 던전에 가야 되는 시간이 줄어드는 거잖아."

성준은 눈 마크를 노려봤다.

"달리기 마크는 잠깐 동안 몸의 속도가 엄청 빨라지는 거였고… 그럼 이 눈 마크는 뭐지? 설마."

성준은 감각을 활성화했다. 숫자가 0으로 떨어지면서 강제로 활성화가 풀렸다.

"헐. 내가 원래 가진 것도 문양이 되었어? 근데 이게 더 나빠진 것 같잖아. 머리야 안 아프지만."

성준은 투덜거리면서 다시 보람에게 돌아갔다.

'지친다. 엄청 피곤하네.'

마지막 관문을 통과하기에는 너무 피곤했다.

성준은 그가 부딪치는 소리에 놀라서 잠이 깬 보람을 앞세워 텐트 하나와 군장 하나씩을 메고 억지로 시작 장소로 돌아왔다.

성준은 피곤한 몸으로 텐트를 펴서 보람에게 주고 본인은 옆의 침낭에 들어가 바로 잠자리에 들었다.

그렇게 그날 밤은 지났다.

다음 날, 성준은 잠이 깨자마자 보람을 깨워서 텐트와 침낭을 그대로 놔두고 돌게 광장 옆의 동굴로 갔다.

성준과 보람은 그곳에 있는 짐에서 필요한 것을 꺼냈다. 그리고 물티슈로 세수를 하고 보람과 식사를 했다.

그들은 커피까지 한 잔 마셨다. 보람은 어제 이후로 성준의 말을 정말 잘 따랐지만 개인적으로 이야기하지는 않았다. 성준은 이런 관계가 훨씬 좋았다.

"보람 씨도 숫자가 많이 올랐겠네요."

"네. 저도 30이 넘었어요."

"보람 씨도 일행 중에서 제일 숫자가 높은 그룹에 들어가겠네요."

"그렇겠죠?"

보람은 커피가 든 종이컵을 손에 들고 뭔가 깊이 생각하는 모양이었다.

"자, 가죠. 마지막 놈을 처리하고 돌아갑시다."

"네!"

성준은 일어나 보람과 더불어 출발했다.

두 번이나 갔던 길은 편했다. 어디로 굴러갔는지 도대체 찾을 수 없었던 늑대 엘리트 몬스터의 구슬은 포기하고 조용히 로프를 건너서 동굴을 지나 귀환 지역으로 들어섰다.

성준이 가운데에 있는 돌기둥 위를 보니 구슬이 빛을 발하고 있었다. 성준의 예상대로 초기 지역을 다녀오는 것이 정답이었다.

"반신반의했었는데 정말 신기하네요. 어떻게 알았어요?"

'반신반의했는데 아무 말 안하고 따라온 게 더 신기하네.'

성준은 속으로 그렇게 생각했다.

"제가 이곳에 들어와서 직감이 좋아졌어요. 숫자가 올라가면서 생기는 효과인가 봐요. 아님 그냥 느낌일지도요."

성준은 어차피 다른 사람도 능력을 얻을 테니 조금씩 내용을 다르게 포장해서 말하기로 했다.

"흠. 과연."

성준의 말에 보람은 고개를 끄덕였다.

"자, 이제 준비하죠. 어제와 같이 합시다."

"네."

성준과 보람은 각자 자신의 자리에 자리를 잡았다. 보람은 돌기둥 앞에 손을 올릴 준비를 하고 성준은 한 손에 칼을 소환하고 다른 손에 쇠뇌를 들고 서 있었다.

"준비되었어요!"

"눌러요!"

보람이 손 문양에 손을 올리자 돌기둥의 위에서 빛이 나기 시작했다.

삐이익!

다시 돌기둥에서 강한 소리가 났다. 그리고 돌 거인의 두 눈에서 빛이 나더니 움직이기 시작했다.

성준은 돌 거인을 향해 감각을 활성화했다.

—2번 레이어 귀환석 방어 스톤 골렘.

—3등급.

—팔다리 무한 재생.

—몸속에 핵이 있음.

—약점: 눈. 분노해서 이성을 잃음.

"이게 뭐야!"

성준의 머릿속에 몬스터의 객관적인 정보가 떠올랐다.

"능력이 이상해졌어! 내 능력 돌려줘!"

성준은 입으로 누군가를 향해 욕하면서 쇠뇌를 몬스터의 눈을 향해 발사했다.

돌 거인은 화살이 눈에 부딪치자 손을 눈에 대더니 성준을 향해 달려왔다.

성준은 돌 거인을 피해 옆으로 달리다가 바닥을 굴렀다.

"으갸갸갸. 몸이 마음대로 안 움직여."

성준은 정신이 번쩍 들어 손목을 들어보았다.

ㄹ
ㅁ
ㅃ

"가운데 숫자가 몸 강화 상태냐! 뭔가 각성했으면 더 세져
야지 왜 더 약해지는데!"

성준은 억울해하면서 열심히 도망쳤다. 얼마 도망치지 않아
서 지치기 시작했다. 이건 성준이 군대 다닐 때 지구력이었다.

'제길, 벌써 지치냐.'

조금 느려진 성준에 돌 거인이 따라잡았다. 성준에게 거의
접근한 돌 거인은 손으로 내려쳤다.

"제길."

성준은 새로운 능력을 활성화시켰다. 몸이 옆으로 튕겨져
서 벽에 부딪쳤다.

'으악, 미치겠다. 이건 또 제어가 안 돼!'

또다시 위기에 몰렸다. 성준이 아픔을 각오하고 두 번째 능
력을 사용했다. 성준은 옆으로 튕겨서 바닥을 굴렀다.

"으악. 벌써 다 썼어!"

성준의 눈물겨운 삽질 투혼 와중에 속으로 숫자를 새던 보
람이 성준에게 소리쳤다.

"3분 거의 된 것 같아요. 서둘러요!"

"알았어요!"

돌 거인 다리 사이를 굴러가던 성준이 보람에게 소리쳤다.

성준은 바로 굴러가던 몸을 튕기며 일어났다. 손목을 힐끔 보더니 바로 능력을 사용하고 보람 쪽으로 발을 굴렀다.

성준의 몸은 보람 쪽으로 튕겨 나가다가 보람 근처에서 힘이 다 돼서 보람 앞으로 쭉 미끄러졌다. 성준은 거꾸로 누워 보람을 바라보았다.

"시간 안에 왔습니다."

성준은 해탈한 표정으로 보람을 바라보면서 말했다. 보람은 어이없는 표정으로 성준을 바라봤다.

그리고 그 둘은 던전에서 사라졌다.

그 둘이 사라지고 난 광장의 빛나던 구슬도 빛이 약해졌다. 열심히 움직이던 돌 거인이 제자리에 멈추었다. 멈췄던 돌 거인은 자신의 자리로 돌아갔다.

검은 연기로 사라졌던 모든 몬스터가 복구되었다. 그리고 사람들이 가져온 모든 장비가 몇몇 무기를 제외하고 사라졌다.

잠시 뒤, 던전 전체에서 지구 상의 것이 아닌 언어가 들렸다.

[2레벨 검투사 생성 확인. 상위 레벨 던전 오픈합니다.]

그리고 던전은 조용히 잠들었다.

제7장
강습

성준이 바닥에 누워서 눈을 떠보니 푸른 하늘이 구멍 위로
작게 보였다. 두 번째 귀환이었다.

성준은 바로 손목을 봤다.

ㄹ

ㅁ

1ㅁㅁ

"휴! 다행이다. 다 차 있구나."

성준은 능력을 사용하면서 숫자를 0까지 써서 넘어올 때
걱정이 이만저만이 아니었다. 다행히 숫자가 100까지 올라와

있어 안심이 되었다.

'오히려 약해져서 걱정이 되지만 이렇게 되겠지 뭐.'

성준은 누웠던 몸을 일으켜 세워서 먼지를 툭툭 털었다. 옆에서 보람은 멍하니 성준을 바라보고 있었다. 실감이 안 나는 모양이었다.

위에서 갑자기 웅성거리는 소리가 들렸다.

"성준 오빠!"

멀리 성준을 부르는 소리가 들렸다. 성준은 고개를 들었다. 구덩이 끝에서 머리를 내민 하은이 손을 마구 흔들고 있었다.

성준은 피식 웃고는 같이 손을 흔들어 주었다. 보람은 그 모습을 보자 멍했던 표정에서 무엇인가 결심하는 표정으로 바뀌었다.

성준과 보람이 로프에 묶인 채 위로 올라가자 하은은 성준에게 달려들어 와락 껴안고 엉엉 울었다.

"죄송해요. 죄송해요. 남아 있었어야 했는데 먼저 왔어요."

성준은 하은의 머리를 툭툭 두드리며 안심시켜 주었다.

"여기에 마중 나왔으니까 되었어. 근데 어떻게 된 거야? 혼자 여기 남아 있고. 다들 병원에 가지 않았어?"

"제가 한 명은 남아야 한다고 우겨서 여기 남게 되었어요. 정 대위님이 힘을 써줬어요. 다른 사람들은 병원으로 어제 다 갔어요."

"그래? 남아줘서 고맙네. 정 대위님도 고맙고."

주위에는 군인들이 경계를 서고 있었고 양복을 입은 정부 요원이 핸드폰을 들고 보고하고 있었다. 성준은 하은과 서로의 지난 이야기를 하며 병원으로 가기 위해 승합차를 향해 걸어갔다. 보람은 그 뒤에서 조용히 성준을 따라갔다.

정부요원이 운전하는 검은색 승합차를 타고 3명은 병원으로 향했다. 돌 거인을 유인한 하은을 성준이 칭찬하자 하은은 머리를 긁적였고 성준이 돌게 몬스터와의 전투 등 여러 가지를 이야기하니 입을 다물지 못하고 놀라워했다.

도중에 보람도 참여하게 되어서 세 명이 즐겁게 이야기하는 와중에 병원에 도착하게 되었다.

병원에 도착하자 성준과 보람은 정부요원이 따로 다른 곳으로 안내했다.

"던전에서 한 일들을 이야기해 주셔야 해요. 저는 어제 몬스터홀에 남아서 글로 썼어요. 다 끝나면 휴게실에서 만나요."

하은은 성준에게 인사하고 먼저 자신의 병실이 있는 곳으로 갔다. 성준과 보람이 정부요원에게 안내 받은 곳은 성준이 부모님과 면회한 곳이었다.

그곳에서 정 대위와 만날 수 있었다. 정 대위는 옆에 성준이 병원에서 처음 만난 중년의 국정원 요원과 같이 있었다.

"살아 계셔서 다행입니다. 고생하셨습니다."

정 대위는 성준과 보람에게 악수를 청하면서 이야기했다.

진심으로 살아나온 것에 감사하는 것 같았다.

"정 대위가 마음고생이 심했습니다. 뒤에 사람을 남기고 오는 스타일이 아니거든요."

"네. 그런 것 같네요. 그런데 성함이……?"

"아, 제 소개를 안 한 것 같네요. 이제 자주 볼 것 같으니 소개드리겠습니다. 국가정보원 소속, 조우혁 단장이라고 합니다."

"네, 최성준입니다."

"박보람입니다."

"그럼 소개는 끝난 것 같으니 우선 던전 탈출 상황을 이야기해 주시기를 부탁드리겠습니다."

조 단장은 녹음기를 책상 위에 올려놓았다.

성준은 가끔 보람에게 확인을 받으면서 지난 이틀 동안의 이야기를 했다. 돌게 엘리트 몬스터의 사격으로 인해 고립된 것부터 다른 사람의 귀환으로 인해 던전이 복구된 이야기를 했다.

그리고 귀환석이 작동하지 않아 초기 장소로 돌아갔다가 하룻밤 자고 귀환석을 이용해서 복귀한 이야기를 했다.

성준은 자신의 능력을 어느 정도 낮추어서 이야기를 하고 운과 몬스터의 공멸로 이야기를 풀어갔다. 보람은 가끔 성준을 묘한 표정으로 바라보았지만 성준의 말에 맞추어 주었다.

"감사합니다. 그래도 정 대위의 말처럼 정말 대단하시군요. 앞으로의 상황에 저희가 도움을 많이 받아야겠습니다."

성준의 의도는 제대로 안 먹힌 것 같았다. 성준은 정 대위를 힐끗 쳐다보고 속으로 투덜거렸다.

'정부와 연관돼서 좋은 꼴을 본적이 없는데 큰일이네.'

성준은 군 입대 이후로 정부와 군대하고 악연이었다. 다 성준의 감각 활성화 때문이었다.

"혹시 새로운 소식 있나요?"

성준은 이 기회에 뭔가 새로운 소식이 있는지 물어보았다.

"올라가면 아시겠지만 몇 가지 있습니다. 여러분들이 몬스터홀에 내려가신 앞뒤로 시간이 얼마 없던 귀환자가 전 세계적으로 다시 몬스터홀로 내려갔습니다. 시간을 못 맞춘 사람들이 꽤 많이 죽은 것 같습니다. 많은 나라에서 귀환자들을 군인들과 같이 보냈습니다만 현재까지 귀환한 팀은 공식적으로는 7팀입니다. 그것도 적은 숫자만이 복귀했습니다."

"이런, 너무 많이 죽었네요."

"그래서 여러분이, 특히 몬스터와 여러 번의 전투를 경험한 성준 씨가 중요합니다. 다행히 정 대위와 부대원들이 많이 살아 있고 여러분이 있어서 한국은 그나마 형편이 나쁘지 않은 상태입니다."

성준은 계속되는 조 단장의 이야기에 고개를 흔들었다.

"그럼 더 필요하신 내용이 있으신가요."

"다 되었습니다. 고생하셨습니다. 가서서 됩니다."

성준과 보람은 고개를 숙여 인사하고 귀환자 일행이 있는 층으로 올라갔다.

"정 대위가 보기에는 성준 씨는 어때요?"

"반사 신경과 대응 능력이 탁월합니다. 새로운 상황에 대한 판단력도 높습니다."

"흠, 과연."

조 단장은 고개를 끄덕였다.

"그런데 방금도 그렇지만 정부 쪽을 상당히 껄끄러워하는 것 같은데……."

"아, 예전에 군대에서 크게 당했거든요."

"네?"

"뭐, 흔한 이야기입니다. 소말리아 파병 부대 중 하나에 있었는데 부대가 잘못된 정보를 가지고 비밀 작전을 하다가 전멸했거든요. 전멸한 부대에서 몇 개월 만에 혼자 살아서 대사관까지 돌아왔었죠."

조 단장은 이야기를 계속했다.

"그전에 정부에서 부대 자체를 서류에서 없애 버리고 단순 군복무 중 사망으로 부대원들을 분산 사망시켰죠. 그 부대 파병 책임자가 라인이 대단했거든요. 파벌 전체가 나서서 뭉개 버렸죠. 그런데 죽었어야 할 부대원이 떡하니 살아 돌아왔으니 다들 기겁했죠."

조 단장은 목이 말라 물을 한 잔 마셨다.

"다들 달려들어서 달래고 협박해서 겨우 비밀을 지켰죠. 거의 죽었다가 살았다는 식으로 의가사 제대시켰죠. 멀쩡한 몸으로… 제대하고 나중에 신문에 투고하려고 해서 시범 케이스로 아버지 회사를 부도내고 죽이지 않은 게 어디냐고 협박해서 조용하게 시켰죠."

"어이가 없군요. 그런데 어떻게 그렇게 자세히 알고 계시나요?"

"그 당시 우리 쪽 라인이었어요. 작업 대부분을 우리 라인에서 했어요. 뭐 지금이야 정권도 바뀌고 그 책임자가 라인도 바꾸어 타서 애매하지만요."

"정말 군대나 정부라면 치를 떨겠네요."

"그래서 큰일이에요. 다니는 회사에서 착하고 순하게 말 잘 듣는 회사원이었다고 해서 기대가 가득이었는데 던전에 들어가서 성격이 변했다는 이야기들 듣고 상심이 커요. 본 성격이 나온 것 같은데 이제 협박하면 들이받을 것 같은 분위기던데요. 부드러운 방법을 찾아 봐야겠어요."

"그럼 다른 사람들은……."

"호영들은 구역을 다시 넘겨주면 될 것 같은데요. 참, 길성태 씨나 다른 사람들은 쓸모없는 것 맞죠?"

"네. 이쪽 사회에서는 모르겠지만 던전 안에서는 나머지 사람은 쓸모가 없습니다. 여자 둘 정도가 좋은 움직임을 보였지만 부대원들을 활용하는 편이 더 좋습니다."

"알겠습니다. 다른 사람은 다음에 살아남으면 다시 이야기하지요."

"네, 알겠습니다."

"지금 국가 위기 상황이에요. 비밀이지만 위에서는 전시 상황 이상으로 보고 있어요. 만약 이대로 계속 진행된다면 우리 세대 안에 한국, 아니 세계가 산업혁명 이전으로 돌아간다는 분석이에요. 도시에 구멍이 숭숭 뚫리니… 그전에 사회가 쑥밭이 되겠지요. 어떻게 하든지 던전의 정보를 모아 몬스터홀이 생성되는 것을 막을 방법을 찾아야 해요."

두 사람은 계속 심각한 이야기를 이어 나갔다.

남은 사람의 대화를 듣지 못한 성준은 숙제를 마친 개운한 기분으로 자신의 병실로 돌아갔다. 샤워부터 할 생각이었다. 보람도 같은 생각인지 인사를 하고 자신의 병실로 들어갔다.

샤워를 마친 성준은 우선 사람들과 인사하기 위해 휴게실로 갔다.

"와~ 박수!"

짝짝짝!

휴게실에 도착하니 호영과 하은 등의 사람이 있었고 성준의 등장에 환호성과 박수를 쳤다. 다들 엄청 반가워했다. 길 팀장이나 전 회사 직원들도 상당히 반가워했다.

어쨌든 죽었다고 생각했던 사람이 살아 돌아오니까 기뻤던 모양이었다.

보람도 잠시 뒤에 등장해서 박수를 받고 간만에 모두 모여서 이야기꽃을 피웠다. 나중은 어떻게 될지는 모르지만 이 순간은 모두 하나가 되어 즐거워했다.

저녁이 돼서 병실의 침대에 앉아 손목을 확인했다.

ㄹ
ㅁ
ㅁㄹ

쇠뇌가 마크가 돼서 나타나자 신기했다. 던전에서 손에 들고 있는 무기는 마크가 돼서 저장되는 것 같았다. 쇠뇌을 꺼내 보았다. 검은 연기가 손에서 피어나더니 현대적인 디자인의 쇠뇌가 등장했다.

ㄹ
ㅁ
ㅁㅣ

숫자가 하나 줄었다. 어차피 한 시간에 1씩 깎이므로 좀 더 구경을 하고 다시 연기로 사라지게 했다.

그리고 능력 마크를 뚫어지게 보았다. 시험을 해보고 싶은데 너무 숫자의 소모가 심했다. 그래서 우선 병실을 보고 살짝 감각을 활성화해 보았다.

―황량한 병실.
―거울 구석에 빛 반사 이상함.

이전의 방식으로 발동되었다.

'감시 카메라군.'

바로 감각을 끄고 손목을 확인했다.

ㄹ

ㅁ

ㅁㅣ

성준은 고개를 갸웃거리고 다시 이번에는 손목에 시선을
두고 감각을 활성화시켰다.

—검투사 정보.

—영기 레벨 2.

—영기 성장치 0.

—영기 88.

—영기분석 레벨 1, 고속이동 레벨 1.

—영기화된 미합중국 군용 쇠뇌, 영기화된 발렌 제국 제식
장검.

—영기보석 전기 레벨 1.

"이건 뭐야?"

성준은 깜짝 놀라 바로 활성화를 멈췄다. 그리고 정신을 차

리고 하나씩 체크해 보았다.

"우선 보통 물건을 보면 옛날 방식으로 적용되고 점수, 아니 영기가 안 깎이고 던전과 연관된 것은 새로운 방식으로 적용되고 영기가 깎이는구만."

활성화하면서 알아낸 사실을 정리했다.

'능력은 이걸로 우선 오케이. 문제는 이 검투사 정보인데… 무슨 게임 같은 방식으로 생각하면 될 것 같은데? 숫자는 게임과 비교하면 대충 알겠고. 내 능력이 변해서 생긴 게 영기분석이고 신 나게 벽에 박치기 하는 능력은 고속이동이다 그거지.'

"영기보석은 구슬을 이야기하는 것 같은데… 에잇, 남자는 못 먹어도 고다."

성준은 몸을 돌려 감시 카메라를 피해서 바로 구슬을 연기로 만들었다. 그리고 영기분석 능력을 사용했다.

―영기보석 전기 레벨 1.

―레벨 1 영기 성장치 100 진입자를 레벨 2 전기 능력 검투사로 만듦.

―레벨 1 진입자와 레벨 2 검투사의 영기 성장치를 증가시킴.

―적용 방법: 먹기.

영기가 86가 되었다. 하지만 성준은 그 내용이 더 중요했다.

"흠, 이걸 내가 먹으면 지금 0인 영기 성장치를 올려준다는 말이잖아!"

성준의 머리에 전구가 번쩍 켜졌다.

"이건 돈이 된다! 싸움 못 하는 사람한테 팔 수 있어! 던전 가기 싫은 사람의 시간도 늘려줄 수 있고, 초능력을 원하는 사람한테도 팔 수 있어!"

하늘에서 천사가 내려와서 돈을 뿌리는 환상이 보였다.

"아악! 늑대 것도 더 찾아볼 걸."

성준은 아쉬워서 머리를 쥐어뜯었다.

*　　　*　　　*

"늦었습니다."

"괜찮아요. 정시예요. 앉아요, 조 단장."

"예, 원장님."

조우역 단장이 식은땀을 흘리며 자리에 앉자 국가정보원장은 주위를 둘러보았다. 이곳에는 국정원의 한 회의실로 조우역 단장을 제외하고는 국정원 차장과 기조실장, 그리고 국정원장 등 국정원의 최고 직책들이 앉아 있었다.

"그럼 회의를 시작하지."

국정원장의 말에 의해 회의가 시작되었다.

"우선 현재까지 전세계 몬스터홀 실종 인원은 8,000명 정도입니다. 한국도 200명이 넘었습니다. 그리고 살아서 돌아오는 확률은 5% 밑입니다."

기조실장의 발표가 계속되었다.

"분석관에 의하면 던전의 정보를 국민들에게 배포하고 준비하게 한다면 최대 20%까지 생존율을 올릴 수 있다고 합니다."

"그래도 10명 중 8명이 죽는다는 말 아닌가? 심한데."

"총을 포함한 화기가 작동을 안 하는 것이 치명적입니다. 칼과 같은 냉병기로 초능력 괴물과 싸우는 상황입니다. 20%도 던전 안에서 인간이 강화되어서 가능한 확률입니다."

"참, 던전에서 돌아온 사람들. 귀환자라고 한다던가? 그 사람들은 조사가 끝났나?"

국정원장의 질문에 기조실장의 시선은 조우혁 단장에게 향했고 조 단장은 바로 대답했다.

"현재의 의학 기술로는 육체적으로 아무 이상이 없습니다. 바이러스, 병균, 방사선 등도 아무 문제가 없습니다. 하지만 귀환자 자신의 눈에만 보인다는 팔목의 숫자라든가 전 세계 어떤 언어나 문자도 이해한다든가 무기 등을 만들어내는 능력에 대해서는 전혀 파악이 안 됩니다."

"결론은 모르겠다는 것 아닌가."

"예. 그리고 정신적인 면으로 넘어가면 몇몇 여자는 가벼운 PTSD를 앓고 있습니다. 그렇지만 던전에서 그들이 겪은 내용으로는 오히려 모두 엄청나게 정신이 강화된 상황이었습니다. 전쟁터에 던져 놔도 이겨낼 수 있는 정신력입니다. 이

부분도 전문가들이 이해를 못 하고 있습니다."

"이것도 모르겠다라… 그럼 몬스터홀은 어떤가? 생성 방식이라든가 사람들을 홀리는 방식이나 이동시키는 방법이나."

이번에는 국내 담당인 1차장이 대답했다.

"다들 출현한 지 얼마 안 돼서 파악이 안 된다고 합니다. 몇몇 개인적인 의견으로 현대 과학으로는 파악이 불가능할 것이라고 이야기를 했습니다."

"역시 모르겠다고. 해외는?"

해외 1차장이 대답했다.

"미국도 저희에게 문의해 오는 상황이고 뒷선의 이야기로는 전혀 파악을 못 하고 있다는 정보를 얻었습니다. 다른 나라도 비슷한 상황입니다. 아! 그리고 10명 이상의 귀환 팀이 존재한다는 것이 노출되었습니다. 현재 작업 중입니다만 위쪽으로 압력이 갈 것 같습니다."

"자네는 질문의 답을 나쁜 소식으로 주는군."

"죄송합니다."

"그건 내 선에서 막아보는 것으로 하고… 미국 쪽은 귀환자들을 어떻게 할 생각이지?"

"얼마 전까지 병실에 격리했지만 이번에 격리에서 주요 인원 감시로 단계를 하강했습니다. 더 이상 무엇을 알아낼 방법도 없고 계속 귀환자가 늘어나는 상황에서 의미가 없다고 생각한 모양입니다."

"조 단장은 우리 쪽 귀환자들을 어떻게 하는 게 좋을 것 같나?"

"지금 있는 병원의 한 층을 통째로 사용해서 총 100명은 수용이 가능합니다. 아직 여유가 많고 전국의 모든 몬스터홀로 반나절 만에 갈 수 있기 때문에 계속 수용하는 편이 좋다고 생각됩니다. 스트레스 해소 차원으로 몬스터홀 재진입 시간이 많이 남아 있는 사람은 감시하에 외출을 허용하는 것도 괜찮을 것 같습니다."

"다른 의견이 있는 사람 있나?"

국정원장의 말에 모두 찬성하는지 대답이 없었다.

"그럼 그 문제는 담당자인 조 단장이 처리하게."

"네."

"자, 그럼 다음 안건으로 특수부대원들을 몬스터홀에 투입하는 방법에 대해……."

그날의 회의는 계속되었다.

＊　　　＊　　　＊

다음 날, 성준이 아침 식사를 하고 한숨 자고 있는데 귀환자 전체를 휴게실로 소환하는 방송이 있었다. 성준은 피곤한 몸을 이끌고 휴게실로 향했다.

"안녕하세요!"

휴게실에서 처음 보는 교복을 입은 여고생 세 명이 불안한 얼굴로 성준에게 인사했다.

"어? 누군가요?"

그때 여학생들 옆에 서 있던 하은이 여학생들을 소개했다.

"어제 몬스터홀에서 돌아온 귀환자들이에요. 대구에서 어제 저녁에 여기 도착했어요. 다들 여태 자고 내가 아침에 만나서 여기 상황을 이야기해 주었어요."

"나한테 한 것처럼?"

"호호, 뭐 그렇죠."

성준은 여학생들을 보고 인사했다.

"고생했어요. 우선 마음 놓고 푹 쉬어요."

"그래. 이제 저기 자리에 앉아서 기다려. 곧 정부 쪽 사람이 나올 모양이야."

하은은 여학생들을 자리로 보냈다.

"어떻게 여학생들만 돌아왔지?"

성준은 신기해서 여학생들을 봤다.

"학교 운동장에 오후 늦게 몬스터홀이 발생했대요. 학교에 운동부만 남았었는데 그들이 쓸려 들어갔나 봐요. 저 아이들은 양궁부인데 그나마 손에 양궁을 들고 들어가는 바람에 제일 후방에서 지원했대요. 다른 아이들은 모두 앞으로 나서서 몬스터들과 싸우다 죽고 후방에서 지원한 저 아이들 3명만 살아남았대요."

"희생이라… 아이들이라 순수했던 모양이군."

"네. 아직 학생들이라 가능한 거죠."

성준의 말에 하은은 씁쓸하게 대답했다.

모두가 모인 휴게실은 어느 정도 북적거렸다. 성준과 같이 했던 귀환자들, 여학생들, 그리고 처음 보는 몇 명의 사람들. 그들도 다른 몬스터홀에서 복귀한 귀환자라고 했다.

군인들은 보이지 않았다. 다른 곳에 있는 모양이었다.

잠시 뒤 조 단장이 등장했다.

"모두 모이라고 해서 죄송합니다. 몇 가지 안내해 드릴 것이 있어서 모이라고 말씀드렸습니다. 우선 오늘부터 외출을 허용하겠습니다. 당일 몬스터홀에 진입하지 않는 사람들은 저녁 6시까지 외출을 허용하겠습니다."

"오우!"

사람들은 모두 반가워했다. 다들 갇혀 있다는 느낌에 많이 힘들었던 것이었다.

"단, 외출은 수도권 한정입니다. 지방분들은 죄송합니다. 그리고 모두에게 드린 핸드폰에 위치 추적 어플리케이션을 까는 것을 양해해 주시기 바랍니다. 위급 상황에 대비한 것입니다."

조 단장은 말을 이었다.

"방송 등으로 자신을 홍보하는 일은 자제하시기 바랍니다. 현재 몬스터홀 정보는 정리되지 않은 상태입니다. 잘못된 정보로 사람들이 위험해질 수 있습니다. 제재가 갈수 있습니다."

목이 아픈지 조 단장은 침을 삼켰다.

"그리고 구로 몬스터홀 귀환자의 3차 진입은 3일 후입니다. 집에 다녀오실 분들은 오늘과 내일 외박 가능하고요. 대신 외출과는 다르게 방문처를 확인해야 합니다. 대구 계원 고등학교 몬스터홀 귀환자는 2차 진입이 4일 후입니다. 그 전날까지 외박 가능합니다. 이상입니다."

조 단장이 이야기를 마치고 돌아가자 성준이 하은에게 물어봤다.

"귀환자 팀이 한 팀 더 있지 않았어?"

하은은 고개를 좌우로 흔들면서 말했다.

"아직 2차 진입해서 못 돌아 왔어요. 우리랑 같은 날 재진입했으니 4일째예요."

"아직 가능성은 있군."

"기대해 봐야죠."

"그럼 집에 가볼까."

"네! 저녁 때 봐요."

하은과 인사를 하고 성준은 병실에 가서 옷을 갈아입었다. 9일 만에 집에 돌아가는 것이었다.

병원을 나오는 것은 간단했다. 입구에서 간단하게 이름만 기록하고 나가면 되는 것이다.

성준은 차를 빌려주겠다는 정부 쪽 사람의 말을 거절하고 천천히 걸어서 버스 정류장으로 갔다.

성준은 감각을 활성화했다.

—정류장 1명 가슴 권총 케이스 형태.

—반대편 자동차 신문 읽는 운전자 귀에 특이한 형태의 이어폰.

'역시 정부에서 그냥 밖에 보낼 리는 없지.'

성준은 어제 부모님과 동생에게 무사히 돌아왔다고 전화해 놓은 상태였다. 우선 집에 돌아가서 부모님과 식사나 하고 병원으로 돌아올 예정이었다.

성준은 버스를 타고 집으로 향했다. 세상은 의외로 평안했다. 인터넷과 방송, 신문은 이리저리 난리였지만 사람들이 실제로 느끼는 느낌은 다른 모양이었다.

"하긴. 그때도 몬스터홀로 방송에서는 난리였는데 우리 팀도 아무 생각 없이 회식하다가 진입했지."

성준은 씁쓸한 표정을 지었다. 사람은 직접 체감하지 않으면 안 되는 모양이었다. 옆에서 연예인 이야기를 하는 사람들의 말을 들으면서 자신은 좀 다른 세상 사람 같다고 생각했다.

집에서는 부모님께서 정말 반갑게 맞이해 주셨다. 성준의 부모님은 고생했다면서 한 상 가득하게 음식을 차려주어서 성준은 간만에 맛있게 먹었다.

그리고 성준은 잠시 부모님과 이야기를 나누다가 방에 들어와 잠깐 잠이 들었다.

*　　*　　*

여의도 공원 가운데에는 수직으로 검은 구멍이 깊게 파여져 있었다. 그곳에서 50미터 이상 떨어진 곳에 크게 바리케이드가 쳐져 있었고 군인들이 총을 들고 경계를 섰다.

첫날 이후로는 아무 반응이 없자 얼마 전부터 바리케이드 밖으로는 통행 제한을 해제해서 공원을 이용할 수 있게 했다. 전보다는 사람 수가 반밖에는 안 되었지만 오히려 궁금해하는 사람이 기웃거리기도 했다.

민혜지 아나운서는 몬스터홀 바리케이드 앞에서 전화로 진한 후배인 지연에게 투덜거리고 있었다.

"왜 내가 여기 와서 이러고 있는 줄 모르겠다. 보도국 생방송 특별기획은 좋다 이거야. 그래서 여기는 따로 촬영하고 난 스튜디오에서 진행하면 되잖아."

―현장감 때문이라잖아요.

"이 기획은 예능국 소관이 아니라 보도국이잖아. 현장감은 무슨."

―그래도 방송국 제일 미녀 아나운서가 몬스터홀에서 리포팅하면 시청률은 최고일걸요?

"내가 요즘은 아나운서인지 MC인지 모르겠다. 프리로 나설까나?"

―보도국 뒤집어질 일 있어요? 농담이라도 하지 말아요.

"아, 시간 되었다. 수고해라."

—네, 수고하세요!

"민혜지 아나운서, 시작 5분 전이에요."

"네, 알겠어요."

민혜지 아나운서는 카메라가 세팅되어 있는 정면에 서서 대본을 다시 꺼내서 확인했다.

카메라에는 민혜지 아나운서와 바리케이드 그리고 그 뒤로 구멍이 뚫려 있는 땅이 한 화면에 잡혔다.

몬스터홀 내부의 제일 안쪽 바닥은 6일부터 점점 문양이 흐려졌다. 지금은 문양이 보였다 안보였다 하고 있었다.

"자, 카운트 들어갑니다. 10, 9, 8……."

"뭐야? 저거!"

"맙소사!"

카운트를 세다가 말고 다들 놀라서 혜지 뒤쪽을 바라보았다. 혜지가 고개를 돌리자 놀라운 광경이 눈앞에 보였다.

몬스터홀에서 하늘로 검은색의 연기가 수직으로 가득 뿜어져 나오고 있었다. 마치 지옥의 불구덩이에서 연기가 가득 뿜어져 나오는 것 같았다.

혜지는 놀라 들고 있던 마이크를 떨어뜨렸다.

"특종이야! 카메라 돌고 있지? 혜지야 마이크 들어!"

오 팀장의 눈에서는 불꽃이 번쩍였다. 혜지도 마이크를 들어서 카메라를 바라봤다.

"큐!"

"여기는 여의도 공원 몬스터홀 앞입니다. 방금 전부터 몬스터홀에서 검은 연기가 뿜어져 나오고 있습니다. 이 대단한 광경은… 세상에."

말을 이어가던 혜지는 카메라가 점점 위로 올라가는 것을 보고 뒤를 돌아보았다가 말문이 막혔다.

검은 연기는 하늘로 올라가더니 지상에서 500미터 정도 되는 곳에서 점점 수평으로 퍼지기 시작했다. 점차로 낮은 구름이 만들어지는 모양이었다. 그런데 구름의 모양이 점점 특정한 모양으로 바뀌기 시작했다. 반투명한 검은색의 반구형 모양을 이룬 검은 연기는 안쪽에 알 수 없는 문양이 자리 잡고 있었다.

어느새 하늘에는 지름이 거의 1㎞ 정도로 보이는 거대한 원형 문양이 떠 있었다.

연기가 멈췄다. 다들 멍하니 하늘을 바라보았다.

잠시 뒤, 하늘에서 지상으로 검은색 장막이 내려졌다.

*   *   *

성준은 갑자기 머릿속으로 날카로운 감각이 느껴져서 잠에서 깨어났다. 어리둥절했다. 뭔가 안 좋은 느낌이 계속 들었다. 성준은 어쩔 수 없이 자리에서 일어나 거실로 나왔다. 작은 부엌 겸 거실을 보니 더욱 울적한 느낌이었다.

부모님께서는 TV를 보는 중이셨다.

"무슨 방송 보는 중이셨어요?"

성준의 말에 어머니는 텔레비전을 가리키며 성준에게 말했다.

"저게 뭐 다냐?"

성준은 텔레비전 화면을 주시했다.

텔레비전에는 동생 지연이 승준에게 잘난 척하며 친하다고 이야기하던 아나운서가 화면에 보였다. 그런데 그 뒤로 뭔가 검은색 연기가 위로 솟구쳐 올라가고 있었다. 화면 오른쪽 상단에는 생방송 마크와 '특별기획, 몬스터홀 이대로 방치해도 되는가?' 라는 문구가 있었다.

"CG예요? 실감나네요."

[···앞 입니다. 방금 전부터 몬스터홀에서 검은 연기가 뿜어져 나오고 있습니다. 이 대단한 광경은··· 세상에.]

아나운서의 멘트와 더불어 카메라가 아나운서의 머리 위를 지나 연기를 따라 하늘을 비추었다. 하늘에는 연기가 모여서 무엇인가 만들고 있었다.

"여의도 공원 몬스터홀이라고 하더라. 저거 위험한 것 아니냐!"

"설마 지연이가 지금 여의도 방송국에 있나요?"

"그··· 그래."

성준은 텔레비전을 보면서 급하게 동생에게 전화를 했다. 전화는 통화 중이었다.

"제발, 좀!"

성준은 전화를 끊고 다시 재발신을 눌렀다. 화면에서는 검은색의 원형 문양이 그려지고 있었다.

핸드폰에서 남자 아이돌 그룹 노래가 나오기 시작했다.

"제발 좀 받아라."

딸깍.

—여보세요.

바로 그때였다. TV화면이 검게 변하고 핸드폰이 끊어졌다. 성준은 핸드폰을 노려보고 나서 바로 감각을 활성화했다.

—전원이 꺼져 있어. 음성 사서함으로 연결 되며…….

"어머니, 지연이에게 계속 연락 좀 해주세요. 안 되면 방송국 다른 사람한테요."

성준은 어머니께 부탁하고 바로 핸드폰에 있는 국정원의 조 단장 번호로 전화하면서 채널을 계속 바꾸었다.

다행히 이번에는 바로 전화를 받았다. 성준은 바로 본론을 이야기했다.

"방금 텔레비전에서 여의도 공원에 있는 몬스터을 비추다 사고가 나면서 방송이 끊어졌습니다. 화면으로 여의도 공원 하늘에 거대한 원형진이 떠 있는 것이 보였어요."

성준은 계속 이야기했다.

"그리고 국영방송에서 일하는 제 동생과 연락이 안 되고요. 여의도에 있는 지상파 2개 관련 채널이 모두 안 나오고 있습니다."

성준은 조 단장에게 추가로 부탁했다.

"바빠지실 텐데 하나만 부탁하겠습니다. 지금 여의도 근처로 갈 텐데 제집 밖에 있는 직원 분한테 저에게 협조를 좀 해주도록 연락 부탁드립니다. 어차피 현장 경험자가 필요할 것 아닙니까? 부탁하겠습니다."

잠시 핸드폰에서 말이 없었다. 잠시 뒤 조 단장의 말소리가 들렸다.

―제 쪽에서 확인 후 바로 조치를 취해드리겠습니다.

성준이 폭풍우처럼 핸드폰에 말을 쏟아놓고 부모님을 바라보니 부모님이 걱정스럽게 성준을 바라보았다. 성준이 능력을 사용한 것을 알아차린 것이었다.

"괜찮겠냐? 안 쓰기로 작정한 것 아니냐?"

성준의 비밀을 알고 있던 가족은 성준을 항상 안쓰럽게 생각하고 있었다.

"던전에서부터 쓰기 시작했어요. 그런 것에 연연하지 않으려고 해요. 동생부터 구해야지요."

"그래라. 그래야 내 아들이지."

성준의 어머니는 자신감이 넘치는 성준의 모습에 눈가의 눈물을 슬그머니 닦았다.

"지연이를 데려오겠습니다."

"조심해라."

아버지가 성준을 바라보며 말씀하셨다.

성준은 바로 집 밖으로 나가 아파트 23층 복도에 서서 여의도 쪽을 바라봤다.

산의 위쪽으로 작게 검은색 원반이 떠 있었다. 바로 능력을 사용했다.

—영기 투영진 2레벨.

—진의 아래쪽으로 영기 지역을 선포한다.

—영기를 모아 1레벨과 2레벨 몬스터를 생성한다.

—XXXX를 XXXX로 전환한다.

—약점: XXXX의 XXXX를 제거한다.

—내용을 이해하기에 능력이 부족합니다.

"제길 말도 안 되는 놈이잖아. 완전 침략용이네."

성준은 바로 엘리베이터를 타고 내려갔다. 능력으로도 알 수 없는 내용이 있었지만 지금 상황에서 그 내용을 붙잡고 고민하기에는 시간이 없었다.

성준은 일 층으로 내려가 야외 주차장에서 감각을 활성화해 목표를 찾은 후, 출입문이 잘 보이는 곳에 주차된 차의 창문을 두드렸다.

차에 있던 두 명은 깜짝 놀랐다. 한 명은 마시던 커피를 조금 흘렸다. 둘은 서로를 바라보더니 잠시 뒤 성준이 서 있는 보조석의 창을 내렸다.

"아직 전화 안 왔나 보네요."

"네?"

어리둥절한 두 명에게 때에 맞추어 전화가 왔다. 진동음이 들렸다.

"받아보세요."

성준의 말에 조심스럽게 보조석에 있는 사람이 전화를 받았다.

"네… 네… 네. 알겠습니다."

전화를 끊고 그 사람은 성준에게 말했다.

"성준 씨가 여의도까지 이동하는데 전적으로 지원하라는 연락입니다."

"같이 타도 되겠습니까?"

"네. 타세요."

성준은 차에 올라타서 말했다.

"우선 미사리 조정 경기장으로 이동해 주세요. 좀 있으면 대혼란이 일어나서 교통이 마비될 거예요. 조정 경기장에 모터보트가 있는 것으로 알고 있으니까, 그것을 이용하고 문제가 생기면 잠실에서 다른 것으로 갈아타죠."

차는 천천히 주차장을 빠져나가기 시작했다.

"두 분도 아셔야 하니까 상황을 설명해 드릴게요."

성준은 주차장을 빠져나올 동안 두 명에게 핸드폰으로 했던 이야기를 다시 했다.

"밟겠습니다."

성준의 이야기를 들은 운전자는 길에 접어든 후 신호를 무시하고 달리기 시작했다.

*　　　*　　　*

성준의 감시요원에게 전화를 한 후 조 단장은 정말 바빠졌다.

우선 상부에 상황을 보고하고 주변에 상황을 전파했다. 귀환자들을 병원으로 소집하고 정 대위에게 연락해서 군대에 상황을 전파했다.

겨우 모든 전파를 마치자 바로 국정원에서 연락이 와 이번 사건의 국정원 담당자로 임명되었다. 바로 정신이 없어지기 시작했다.

조 단장은 전자기기가 가득 차 있는 승합차를 타고 움직이기 시작했다.

"당장 수방사가 움직일 수 없어요. 분초를 다투는 상황이에요. 몬스터홀 대비 부대를 지금 써먹어야 돼요. 알아요! 정보가 부족한 것은 나도 알아요! 우선 근처에 보내 놓자고요. 방송에 나왔다니까요. 사람들이 모두 튀어나와 피난한다고 난리 칠 것이 뻔하지 않아요? 적어도 영등포 쪽 사람들은 다 움직일 거예요."

겨우 핸드폰을 끄자마자 다시 사방으로 연락했다.

"어떻게 됐어? 안쪽으로 연락되는 것 있어? 없다고? 그럼 연락 안 되는 범위는 어느 정도야. 1㎞ 정도고 하늘에 떠 있는 문양하고 같은 범위? 안 좋은 소리잖아!"

수화기 반대편에서 변명하기 시작했지만 조 단장은 무시하고 다른 곳에 연락했다.

"여의도를 절대 못 들어가게 해야 합니다. 모든 교통 인원 통제를 해야 돼요. 경찰 인력이 부족하다는 이야기는 항상 하는 이야기 아닙니까? 전경, 형사, 공무원 다 동원해야 되요. 아니, 공무원은 제가 연락할게요."

조 단장이 경찰과의 전화를 끊자 바로 성준에게 배치한 부하들에게서 전화가 왔다.

"뭐? 1번 감시 대상자가 미사리로 갔어? 배로 움직인다고? 제길, 좋은 생각이다. 모든 선착장에 전화해서 배를 징발해. 여의도로 병력 이동에는 이게 최고다. …2번 감시 대상자하고 3번 감시 대상자 여의도로 데리고 와. 끌고 오든 모셔 오든 여의도까지만 데리고 와!"

이번에는 방송국 차례였다. 조 단장은 방송국을 담당하는 요원에게 소리쳤다.

"안 나오는 모든 방송을 지역방송이나 케이블로 대체하게 요청해! 성인 방송이라도 틀어. 사람들 밖으로 안 나오게 해! 지금 모두 쏟아져 나오면 사람에 깔려서 다 죽어. 인터넷 다 틀어막아. 연예계 사건 이용하든지 방법을 찾아. 노친네들 뒤치다꺼리용으로 쓰는 것보다 이런 데 쓰는 게 더 좋아."

그가 전화를 끊고 한숨을 쉬자 또다시 전화벨이 울렸다. 전화를 받는 조 단장이 긴장했다. 윗선이었다.

"지금 대대급 부대가 여의도 근처까지 접근하고 있습니다. 부대명은 육군에서 비밀로 하고 있습니다. 외부 작전은 그 부대가 할 예정입니다. 내부 쪽은 우선 정 대위 팀과 귀환자 쪽 지원자가 준비하고 있습니다. 투입이 가능한 상황이면 보고하겠습니다."

그는 전화를 끊고 한숨을 내쉬었다. 목이 갑갑한지 넥타이를 조금 풀었다. 그리고 그에게 다시 전화가 왔다.

"뭐야? 여당의원들하고 야당의원들 태반이 연락이 안 돼? 국회의사당은 범위에 없잖아. 의원회관이 범위 안에 있어? 잘됐다! 샘통이다! 그동안 날 고생시킨 인간들 생각하면 속이 후련하네. 아무튼, 이 이야기 난 못들은 거다."

조 단장은 목이 갑갑한지 넥타이를 풀었다.

"아, 말년에 이게 무슨 고생이야. 성격이 다 나오네. 은퇴 준비하려고 실장님 말씀을 믿고 보직 받은 게 피해가 커."

조 단장의 말에 전자 장비를 다루고 있던 부하가 이야기했다.

"뭐, 몬스터홀에서 살아 돌아온 사람들 힐링해 주라는 아름다운 실장님의 말씀이 있으셨죠."

"실장님 말씀을 믿은 내 잘못이야. 나에게도 힐링이 필요해."

팀원들이 조 단장과 함께 투덜거리는 사이에 운전을 하던 요원이 말했다.

"예상대로 도로가 주차장이 되기 시작했답니다. 뚝섬 유원지 선착장으로 가겠습니다."

차는 막힌 도로를 우회해서 한강으로 달려갔다.

*   *   *

성준은 공권력의 위엄을 여실히 느꼈다. 미사리에 도착하자 바로 관리실장을 협박해서, 아니 협력을 받아 모터보트를 탈 수 있었다.

감시했던 인원 중 한 명이 운전대를 잡고 여의도로 향했다. 성준은 뒷자리에 앉아서 앞자리에 앉아 있는 사람들 모르게 구슬을 꺼내서 확인했다.

—영기보석 전기 레벨 1.

—레벨 1 영기 성장치 100 진입자를 레벨 2 전기능력 검투사로 만듦.

—레벨 1 진입자와 레벨 2 검투사의 영기 성장치를 증가시킴.

—적용 방법: 먹기.

성준은 구슬을 바로 먹었다. 당연히 지금이 먹어야 할 때였다.

성준의 몸속에서 어떤 기운이 목에서부터 온몸으로 퍼져 나가는 것이 느껴졌다. 잠시 뒤 성준은 손을 꽉 쥐어 힘을 가늠한 후 손목을 살펴봤다.

ㄹ
ㄹㄱ
66+ㄹㄱ

영기 능력치가 올랐다. 하지만 영기는 능력을 사용해서 더 떨어진 모양이었다.

성준은 하늘에서 암울하게 피어오르는 검은 문양을 향해 나아가면서 마음을 계속 가다듬고 있었다.

성준이 여의도 선착장에 도착했을 때는 주위가 그야말로 난리였다. 옆에 보이는 원효대교와 마포대교는 주차장인 상태였고 유람선 선착장에도 차가 진입하려고 서로 밀어붙여서 정말로 전쟁터처럼 보였다.

성준의 확인한 정보가 확실하다면 저 문양 아래쪽은 모든 전자기기가 안 될 것이 분명했다. 당연히 지하철도 움직이지 않을 것이다.

'사람들은 지하철이 안 되는 여의도를 탈출할 방법으로 차나 배를 생각했겠군.'

성준의 생각대로였다. 하지만 배로 탈출하려고 했던 사람들은 어디선가 나타난 군인들과 경찰의 제지에 모두 성공하지 못했다.

지금 선착장은 배로 속속 도착하는 군인과 사람으로 붐비기 시작했다. 군인들은 한 명씩 모이자마자 어떤 말도 없이 천막과 장비를 선착장 주차장에 설치하기 시작했다. 하늘에서 헬리콥터가 강 쪽에서 날아와 장비를 계속 내려놓았다.

성준은 바로 저 안으로 뛰어들어 동생을 구하고 싶었다. 하지만 다른 사람의 정보와 도움 없이 진행하는 것은 정보를 구할 수 없었던 던전 안에서나 하는 행동이었지 밖에서는 그런 식으로 행동할 필요가 없었다.

잠시 뒤에 정 대위가 군인들과 함께 선착장 주차장에 나타났다. 정 대위는 성준과 악수를 한 후에 말했다.

"우선 조 단장에게 기본적인 이야기는 들었습니다. 조 단장이 합류한 후에 정보를 취합하고 진입 가능 여부를 확인할 예정입니다."

성준은 고개를 끄덕였다. 기다림은 길지 않았다. 금방 유람선 한 척이 도착하자 그곳에서 승합차를 타고 조 단장이 나타났다.

"성준 씨 덕분에 일 처리가 빨랐습니다. 감사합니다."

"제 가족 때문에 서둘렀습니다."

조 단장은 고개를 끄덕이며 말했다.

"오면서 정보를 최대한 수집했습니다. 처음 발생한 지 3시간 정도 지났군요. 우선 알고 있는 내용을 이야기해 드리겠습니다."

조 단장은 승합차에 기대어 말을 이었다. 승합차 안에서도 뭔가가 바쁜 모양이었다.

"안쪽과 바깥쪽은 특별히 구별되지 않는데 그 경계에 접근하면 무언가가 느껴진다고 합니다. 안쪽은 지금 완전히 던전과 동일한 상황입니다. 안쪽에서는 몬스터가 다니면서 사람들을 죽이고 있습니다."

조 단장은 안쪽을 바라보며 말했다.

"안쪽 사람들은 바깥쪽으로 빠져나오면 일정 시간 뒤에 죽는다고 합니다. 숫자가 0이 돼서 죽는 사람과 동일한 증상이라고 합니다. 그래서인지 몬스터도 밖으로 나오지 않습니다."

조 단장은 다시 성준 쪽을 바라보았다.

"현재 경찰들이 요소요소에 최대한 가까이 접근해서 스피커로 경계 밖으로 나오지 말라고 이야기하고 있습니다. 그리고 경찰 몇 명이 용기를 내서 안쪽으로 들어가 총을 쏴 봤지만 총알이 발사되지 않았다고 합니다. 그 경찰들도 밖으로 나오지 못했습니다."

이야기를 듣는 와중에 어리둥절한 호영과 재식이 도착했다. 옆에서 다른 사람이 따로 설명해 주는 것 같았다.

"지금 서울을 비롯한 몬스터홀이 있는 다른 도시에서 대혼란이 발생하고 있습니다. 빨리 없애는 방법을 찾거나 규칙을 찾지 못하면 몬스터홀에서 벗어나기 위한 대이동이 시작될 것입니다."

조 단장은 한마디 더 이야기했다.

"그리고 마지막으로 다른 나라에서도 이 현상이 발생하기 시작했답니다."

정 대위가 이야기를 듣고 어디론가 전화를 했다. 잠시 뒤에 통화를 마치고 정 대위가 말했다.

"작전을 진행하라는 명령이 떨어졌습니다."

"네. 그럼 우선 한 팀으로 묶어서……."

"저는 단독 작전을 할 수 있게 해주시기 바랍니다."

"네? 단독 작전은 안 됩니다."

정 대위가 고개를 흔들었다. 그런 정 대위를 달래듯 조 단장이 말했다.

"성준 씨의 동생이 안에 있습니다. 그래서 성준 씨가 나서서 사건을 전파하기 시작했지요. 작전을 둘로 나누는 것이 어떻겠습니까? 정 대위 팀과 성준 씨로. 성준 씨는 단독으로 빠르게 움직이는 것으로 하죠. 연락은 외각에 배치된 경찰을 통하면 될 것 같군요."

정 대위가 잠시 생각하더니 수긍했다.

"감사합니다."

성준은 감사 인사를 했다.

호영과 재식에게 몇 가지 약속을 한 모양이었다. 두 명은 정 대위 팀에 참여한다고 했다. 정 대위 팀은 정 대위와 호영과 재식, 그리고 임 하사와 다른 처음 보는 몇 명의 군인으로 구성되어 있었다.

성준은 이곳 부대원에게 방검복과 화살을 받았다. 그리고 정 대위 팀과 갈라서서 경계를 향하기 시작했다.

"지연아, 기다려라! 오빠가 간다."

제8장

구출

MONSTER
HOLE

성준은 헬멧과 반탄 고글, 마스크까지 풀세팅 복장을 입고 한강 공원을 뛰고 있었다. 옆에는 성준의 감시역을 했던 요원들이 같이 뛰었다.

출발하기 전에 조 단장이 성준에게 몇 가지 요청을 했다.

"민간인이 이런 위험한 작전을 수행하는 것이 언론에 노출되면 나중에 정치적으로 문제가 될 수 있어요. 특공대라는 식으로 둘러댈 수 있으니 얼굴을 노출시키지 말아주세요."

조 단장은 작전 목표에 대해 말했다.

"목표는 세 가지입니다. 내부 상항 파악과 몬스터에게서 유력 인사 보호. 이건 성준 씨가 알아서 하시고요. 그리고 저위에 있는 놈을 제거할 수 있는 방법을 찾는 겁니다."

성준이 지금 달리고 있는 길도 많이 막혔다. 길이 막히자 차에서 내린 사람들이 우선 몸이라도 피하고자 성준의 반대 방향으로 걷거나 달리고 있었다.

옆쪽에 보이는 차도에서도 차들은 멈추어 있었다. 서 있는 차에서 사람들이 내려 나루터로, 아니면 하늘에 보이는 문양의 반대로 가기 위해 움직이고 있었다.

성준은 공원을 벗어나기 전에 핸드폰으로 지도를 확인했다.

이곳은 아직 경계 밖이라 핸드폰을 사용할 수 있었다. 방송국은 조 단장이 이야기한 경계의 남서쪽 끝에 있었고 본인은 경계의 북동쪽 밖에 있었다.

"중앙을 가로지르는 게 제일 가깝지만 몬스터홀 근방에서 무슨 일이 일어나고 있을지 모르니 경계 밖으로 삥 돌아가야겠다."

성준이 길을 확인하고 다시 움직이려고 할 때, 요원들이 성준을 불렀다.

"저쪽에 대여 자전거가 있습니다."

"좋은 생각입니다."

성준은 바로 연기로 장검을 만들어서 자전거의 자물쇠를 끊었다. 세 대의 자전거 자물쇠를 끊고 한 대에 올라타며 성준은 요원에게 말했다.

"먼저 가보겠습니다. 따라오세요."

성준은 바로 자전거에 올라타서 남쪽으로 페달을 밟았다.

그가 떠나가는 모습을 보면서 요원들이 말했다.

"으억, 힘들다. 이번 일 끝나면 감시 대상 절대로 바꾼다."

"어차피 감시 대상한테 잠복한 것 들켜서 이번일 끝나면 감봉에 교육일걸?"

"젠장!"

요원들은 기둥에 적혀 있는 자전거 대여점 전화번호를 핸드폰으로 찍었다. 나중에 영수증 처리해야 했다. 그들은 자전거에 올라타서 성준을 쫓기 위해 필사적으로 달렸다. 성준은 점점 멀어져 갔다.

차도는 주차장이 되었다. 자전거 도로를 달리는 성준의 자전거는 점점 빨라졌다. 좀 전에 올린 체력으로 인해 경륜 선수급 속도가 나오고 있었다.

성준의 앞쪽으로 각종 장애물이 등장했다. 성준은 짧게 끊어 감각을 활성화하면서 자전거의 페달을 밟았다.

―10m 전방 옥외 간판.

―20m 전방 골목길에서 사람들 발소리. 1초 후 정면 도착 예상.

―15m 앞에서 멈추어진 차 사이를 비집고 인도로 뛰어들려는 자동차.

"제길, 이 미친!"

성준은 앞쪽의 차도에서 인도로 뛰어드는 자동차를 보고 소리쳤다. 성준을 덮치는 자동차를 피해 담벼락 쪽으로 자전거를 붙였다.

성준은 자동차와 담벼락 사이에 자전거가 끼이는 순간 감각을 활성화시키고 고속이동 능력을 사용해서 양발로 담벼락과 자동차 보닛을 박찼다.

자전거는 자동차 보닛 위를 뛰어 넘었다!

"으악!"

성준은 자전거와 함께 자동차를 지나 떨어지며 소리쳤다.

쾅!

자전거는 담벼락을 긁으면서 바닥에 착지했다. 다행히 넘어지지 않고 비틀거리다가 다시 달릴 수 있었다. 성준은 페달을 밟지 못하고 새하얘진 얼굴로 양다리를 꼬옥 모으고 딱 굳어 있었다.

"으윽!"

겨우 숨이 쉬어지자 성준은 다시 달리기 시작했다. 영기는 54가 남아 있었다. 담벼락을 들이받은 자동차에서 운전자가 비틀거리면서 나오고 있었다.

성준은 잠시 뒤에 드디어 여의도 남쪽 끝 여의동로에 들어설 수 있었다.

여의동로로 진입하는 사거리는 경찰이 나서서 자동차를 차단하고 있었고 사람들은 차에서 내려 남쪽 방향인 대림으로 넘어가고 있었다.

성준이 자전거로 여의동로 서쪽에 진입하자 경찰은 성준의 복장을 보더니 바로 통과시켜 주었다. 성준은 벚꽃 길을 자전거로 달렸다. 벚꽃 축제가 끝난 지 얼마 안 돼서 벚꽃과 새잎이 함께 나 있는 아름다운 길이었다.

하지만 성준은 물론, 길에서 이동하는 그 어떤 사람도 아름다움을 생각할 여지는 눈곱만큼도 없었다.

드디어 방송사 건물이 보였다.

이제 조 단장이 말한 경계에 거의 다 온 것 같았다.

자동차가 서 있는 저 앞쪽으로 차들이 엉겨서 사고가 나 있었다. 차 속에는 사람들이 목을 붙잡고 죽어 있는 모습이 보였고 근처 인도에도 목을 붙잡고 죽어 있는 시체의 모습이 보였다.

광고판 뒤쪽에 경찰이 숨어서 확성기를 잡고 목이 아프도록 외치고 있었다.

"경계 밖으로 도망 나오지 마세요! 바로 숨 막혀 죽습니다. 몬스터를 피해 숨어 있으세요. 곧 구해드리겠습니다!"

경찰은 침을 삼키고 다시 이야기했다.

"경계에 가까이 가면 이질감이 느껴집니다. 그럼 뒤로 물러나세요. 움직였다가 숨이 막히면 바로 되돌아가세요. 숨이 막히더라도 되돌아가면 살 수 있습니다!"

확성기를 끄고 경찰이 무전기를 들고 소리쳤다.

"여기 온다는 인간은 언제 오는 거야! 오버!"

성준은 자전거에서 내려 확성기를 들고 있는 경찰에게 다가갔다.

"앗! 당신이군."

성준을 확인한 경찰은 무전기에다 소리쳤다.

"이야기했던 사람 도착했다. 오버."

"예?"

성준이 얼떨떨해 있을 때 핸드폰에서 벨소리가 울렸다. 성준은 전화를 받았다.

─성준 씨? 조 단장입니다. 그 자리에서 5분 만 대기해 주세요. 성준 씨가 너무 빨라서 지원팀이 자리를 잡지 못했습니다.

"예? 지원팀이요? 어차피 안쪽으로 안 들어올 거잖아요. 먼저 들어갈게요."

─잠시만요. 성준……!

성준은 전화를 끄고 옆의 화단에 올려놓았다. 어차피 들어가면 망가져서 쓸모없었다.

"연락도 안 되는데 지원팀은 무슨……."

성준은 바로 고글을 손으로 한 번 문질러서 시야를 확보하고 영기로 쇠뇌를 만들어냈다. 그리고 마술처럼 물건을 만들어내는 모습에 놀라는 경찰을 뒤로 한 채 경계 안쪽으로 뛰어들었다.

경계를 넘어서자 성준은 몸의 감각이 묘하게 달라진 것을 느꼈다. 성준은 손목을 확인해 보았다.

ㄹ

ㄹ|

ㅂㅂ

영기가 계속 증가했다.

89, 90 …121.

'어라, 100을 넘어갔네? 아, 밖에서 2레벨이 되어서 알 수
가 없었구나. 아무튼 던전이랑 같은 상태인가 보네.'

성준은 쇠뇌를 쥐고 자동차 도로 가운데에서 주위를 둘러
보았다. 중간중간에 멈추어진 자동차는 문이 열린 채로 운전
자가 없이 버려져 있었다.

뒤쪽에서 성준을 향해 소리치는 경찰의 목소리가 어디 멀
리서 들려오는 소리처럼 들렸다.

성준은 조심스럽게 도로를 지나갔다. 주위에는 아무것도
없었다. 길을 지나다니는 사람도, 몬스터도 없었다. 무엇이
끌려간 핏자국만이 보였다.

"사람들이야 숨어 있다 치고, 몬스터들은 어디 있지? 그러
고 보니 시체도 안 보이네."

방송국 앞 도로에 섰다. 드디어 사람들을 발견할 수가 있었
다. 방송국 창문으로 사람들이 고개를 쏙 내밀고 손을 흔들고
있었다. 다들 울먹이는 표정에 얼굴이 눈물범벅이었다. 무서
워서 소리는 못 내는 모양이었다.

성준은 방송국 정문으로 진입했다. 로비는 그야말로 엉망

이었다. 사방에 피와 살점이 뿌려져 있었다.

잠시 뒤에 기둥과 안내석 뒤, 그리고 통로 쪽에서 각각 몬스터가 등장했다. 몬스터는 2미터 정도 되는 키에 긴 꼬리가 있었다.

몬스터는 두 다리로 걸으면서 몸 앞에 딱 붙어진 작은 앞발에 윤기 나는 보랏빛 털을 찰랑거렸다. 새를 닮은 부리로는 울음소리를 내면서 성준에게 다가왔다.

"새 닮은 공룡이냐, 공룡 닮은 새냐."

성준은 능력을 사용해 보았다.

—제2식 조합 키메라.

—1등급.

—조류와 파충류를 합성.

—특이 능력을 각성하지 못해 대량생산.

—강점: 눈의 반응이 빠르다.

—약점: 조류를 합성했으나 날지 못한다.

'그럼 날개 없이 날 생각이었냐!'

세 마리의 몬스터는 정면에 한 마리가 서고 좌우로 한 마리씩 성준을 포위하면서 다가왔다.

"캬악! 캬악!"

성준은 우선 정면의 몬스터에게 쇠뇌를 사용해 보았다.

슈욱!

쇠뇌에서 날려진 화살은 정확하게 몬스터의 머리로 날아갔다. 몬스터는 머리를 움직여 화살을 피했다.

"피해?"

성준은 깜짝 놀랐다. 그때 양옆의 몬스터가 그를 향해 점프했다.

성준은 고속이동으로 앞으로 튀어나갔다. 앞의 몬스터가 고개를 돌려 피하자 성준과 몬스터의 몸이 그대로 충돌했다.

성준을 향해 점프한 두 몬스터는 공중에서 서로 부딪쳐 밑으로 떨어졌다.

"이 닭대가리들이! 이놈들 약점은 날지 못하는 것이 아니라 머리가 나쁜 거잖아!"

성준은 부딪쳐서 정신을 못 차리는 몬스터 위에서 몸을 일으켜 세우고 장검을 놈의 목에 내려찍었다. 그리고 나머지 몬스터에게 달려갔다.

나머지 놈들도 어렵지 않았다. 성준이 몬스터의 측면으로 이동해서 공격하자 몬스터들은 머리를 움찔하며 피했지만 몸은 움직이지 않았다. 성준의 공격이 그대로 적중했다.

그렇게 죽은 세 마리는 연기로 변했다. 그런데 이곳의 검은 연기는 성준에게 흡수되는 것이 아니라 위쪽으로 올라갔다.

성준은 손목을 보았다.

ㄹ

ㄹㅣ

ㅣㄹㅣ

역시 숫자가 올라가지 않았다. 성준은 인상을 썼다. 하지만 그래 봤자 모르는 내용이었다. 더 생각하기를 포기하고 수색을 계속하기로 했다. 로비의 상황으로 봐서는 몬스터 한두 마리 정도가 아닌 것 같았다.

지연이 기상캐스터이므로 성준은 우선 보도국에 가보기로 했다. 그곳에 없으면 그 근처의 사람에게 물어보면 될 것 같았다. 안내도를 보니 보도국은 3층으로 적혀 있었다.

"엘리베이터는 당연히 안 될 테니 계단으로 가야겠군."

성준은 비상계단에 연결된 비상문을 살짝 열어보았다. 안쪽이 깜깜했다. 성준은 문을 자동으로 닫게 해주는 도어클로저를 검으로 망가뜨렸다. 그리고 문을 활짝 열어 빛이 들어오게 했다.

"꺄아아악~!"

위쪽에서 무슨 비명이 들렸다. 그리고 그 비명은 점점 멀어졌다.

"빛을 싫어하는 몬스터가 있었던 모양이군."

성진은 2층에 올라가서 문을 살짝 열어보고 복도에 이상이 없자 다시 비상문을 망가뜨려 안 닫히게 했다. 그리고 성준은 3층으로 올라갔다.

3층 문도 특별한 이상은 없어 보였다. 살짝 열어보았다. 텅 빈 복도가 보였다. 성준은 조심스럽게 비상문 밖으로 나왔다. 살금살금 한 걸음씩 걸어가는데 문에서 남자의 자그마한 소리가 들렸다.

"내가 널 얼마나 사랑하는데 그러니. 이제 우리 모두 죽게 됐으니 여기서 마지막으로 사랑을 나누자!"

'이건 웬 병신?'

성준은 어이가 없었다. 문을 쥐었던 손이 미끄러졌다. 상대 여자도 어이가 없었던 모양이었다.

"미쳤어요? 과장님, 정신 차려요. 난 과장님이 싫어요. 저리 꺼져요. 죽더라도 소리 지를 거예요!"

지연의 목소리였다. 성준의 머리에서 쇼트가 나갔다.

꽝!

성준이 문을 박차고 들어갔다.

방은 작은 회의실인 모양인데 구석에 지연이 쪼그리고 앉아 울고 있었고 그 앞에서 웬 중년 아저씨가 지연을 덮치려 하고 있었다.

"구해주러 오셨군요!"

소리에 고개를 돌린 남자는 성준의 복장을 보고 얼굴이 환해지면서 성준에게 다가왔다. 성준은 그대로 주먹으로 남자의 얼굴을 후려 갈겼다.

남자는 벽으로 날아갔다.

"널 죽이러 왔다!"

성준이 이를 갈면서 말했다.

"나한테 왜!"

벽에 부딪쳐 쓰러지면서 그는 이해가 안 된다는 듯이 말했다.

성준은 검을 꺼내 들고 남자에게 다가가면서 말했다.

"내가 지연이 오빠다!"

       *   *   *

지연이 혜지와 통화할 때까지는 평상시와 다를 것이 없는 평범한 날이었다. 실제로는 지연의 오빠가 몬스터홀에 빠져서 생활이 엉망이 된 부분이 있었지만 무사히 돌아온 이후, 그럭저럭 원래대로 돌아왔다.

지연은 전화를 끊고 다시 대본을 들고 수정하기 시작했다. 오늘은 날씨가 화창해서 멘트를 밝게 해야 하는데 쉽지 않았다.

"역시 난 애교가 부족한가?"

지연은 자신의 자리에 앉아서 혼잣말을 중얼거리면서 대본을 수정하고 있었다. 어느 순간 창밖이 어두워졌다 밝아지더니 갑자기 보도국 전체의 전등이 꺼졌다.

"어?"

"불 켜요."

"으악! 기사 작성 중이었는데!"

"노트북으로 안 했어?"

"충전 중이었지."

"바보."

모두 소란스럽게 움직이는 사이에 안쪽에 있던 보도국 선배 한 분이 심각한 얼굴로 일어서서 모두에게 말했다.

"이상한데. 비상발전기도 작동을 안 하다니. 모두 나가서 확인해 봐."

그 말에 모두 심각한 표정으로 움직이기 시작했다.

"전화가 안 돼요!"

"핸드폰도 안 켜져요."

다들 황당해하고 있는데 한 기자가 농담 삼아 이야기했다.

"어디 핵 터졌나?"

"너 죽을래? 어디서 그런 소리를."

"정 기자님 그렇게 안 봤는데."

정 기자는 가루가 되도록 욕먹었다.

지연은 오빠가 어제 전화로 한 이야기가 생각났다. 던전을 다시 들어갔다가 나온 지연의 오빠는 지연에게 비밀이라고 하며 던전 안의 이야기를 간단하게 해주었다.

지연은 벌떡 일어나 취재를 나간 선배의 책상을 뒤지기 시작했다.

"지연 씨, 뭐 하는 거예요?"

옆에 앉은 선배가 놀라서 지연을 보고 말했다. 다른 사람들도 지연의 행동에 놀라서 그녀를 바라보았다.

"찾았다."

지연은 서랍에서 케이크 폭죽을 꺼냈다. 선배가 혼자 생일 잔치한다고 케이크를 사고 폭죽을 놔두었던 것이 생각이 났었다.

지연은 바로 폭죽 하나를 터트렸다.

모두 놀라 귀를 막거나 뒤로 물러섰다. 폭죽은 터지지 않았다. 다시 한 번 했지만 다른 폭죽도 터지지 않았다.

고참 남자 아나운서가 지연을 지그시 보며 말했다.

"지연 씨, 지금 이 상황에 대해서 뭔가 알고 있는 거지?"

지연은 아차 했다. 성준이 비밀로 하라고 했는데 너무 나선 것 같았다. 하지만 지금 상황에서는 어쩔 수 없었다. 어차피 이곳이 던전처럼 변했다면 다들 알게 되는 건 시간문제였다.

"제가 지인한테 들은 이야기인데요, 귀환자 쪽에서 흘러나온 이야기래요. 던전이 전기가 안 되는 것은 다들 알잖아요? 그런데 추가로 화약도 터지지 않는데요."

"지인이 누군지는 나중에 이야기하자."

그 아나운서는 지연에게 말을 남기고 보도국 전체에 소리쳤다.

"던전 안의 상황하고 비슷한 것 같답니다. 정보들 좀 모아보세요."

기자들이 그 이야기를 듣고 전화기와 핸드폰을 번쩍 들었다가 작동 안 되는 것이 생각나 바로 책상 위에 던지고 사방으로 뛰쳐나갔다.

"창밖으로 하늘을 봐요! 이상한 게 머리 위에 떠 있어요!"

한 기자가 밖을 살피다가 위를 보더니 놀란 목소리로 외쳤다.

사람들이 우르르 창문으로 달려갔다. 한 기자가 하늘을 보더니 이야기했다.

"정말 던전 바닥에 있는 놈하고 비슷하네."

모두 놀라서 이야기하다가 몇 가지로 정리가 됐다.

첫째, 문양 밖으로 달아나야 한다.

둘째, 문양 중심부에 가서 확인해야 한다.

셋째, 가만히 기다리고 있어야 한다.

몇몇 남자 기자가 나섰다. 다들 사회부 기자들이었다. 그들은 바로 조를 나누어 2명은 안쪽으로 들어가 보고 한 명은 바깥쪽으로 나가 보기로 했다.

결론적으로 안쪽으로 가보기로 한 기자들은 돌아오지 못했다. 그리고 바깥쪽으로 나가던 기자는 샛강 생태공원 쪽으로 가다가 목을 잡고 쓰러져서 다시는 안 일어났다. 사람들은 창문으로 그 광경을 보고 말았다.

사람들은 로비에 모여 대책을 이야기하고 있었다. 그때 건물로 몬스터가 뛰어들어 왔다. 로비에 모여 있던 젊은 직원들이 수수깡처럼 쓰러졌다. 놀라서 사방으로 달아나면서 많은 사람이 몬스터에게 죽임을 당했다.

지연도 사람들과 함께 달아나다가 3층으로 올라왔다. 그리고 3층으로 피한 사람들이 몬스터에게 먹히는 사이에 지연과 다른 기자 한 명은 겨우 반대편 계단 바로 앞의 작은 회의실에 숨은 것이다.

지연과 같이 숨게 된 사람은 보도국 기자 중 지연에게 성희롱에 가깝게 치근대던 이혼남이었는데, 지금도 지연을 끝까지 따라와서 같은 숨은 것이었다.

밖에서는 몬스터가 지나가는 소리가 가끔씩 들리는 상황에서 둘 다 벌벌 떨었다. 그런데 한참 뒤에 이혼남이 점점 다가와서 한다는 소리가 사랑하니 지금 같이 자야 한다는 소리였다.

지연이 놀라서 미쳤냐고 말하는데 문을 박차고 특공대 복장을 하고 있는 사람이 등장한 것이다. 거기다가 그 사람은 지연에게 겁을 주던 남자를 날려 버렸다.

지연의 눈에 하트가 생기려고 하는데 하는 말이 친오빠란다.

지연은 속으로 실망했다. 백마 탄 기사가 등장했는데 오빠란다. 지연은 오빠가 듬직하기는 해도 친.오.빠.는 나쁜 것이다.

성준은 벽에 기대에 앉아 있는 남자에게 다가가 그의 머리 위로 칼을 들어 올린 후 힘차게 내려찍었다.

퍽! 퍽! 퍽!

성준이 사방으로 칼을 내려칠 때마다 찰진 소리가 방안을 울렸다. 성질 같아서는 날로 찍어버리고 싶었지만 동생 앞에서 살인을 할 수는 없었다.

"살, 살려줘요~"

대충 속도를 올려 볼까 생각하고 있는데 뒤에서 동생이 막는다.

"오빠, 됐어. 그만하면 돼."

"왜? 이제 시작인데."

성진은 의아해서 동생을 바라보면서 때렸다.

"이 사건 정리되면 바로 고소할거야. 너무 많이 때리면 고소하기 힘들어."

"엥? 고소하면 회사 다니기 힘들잖아."

"괜찮아. 아는 언니 프리하고 싶어 하니까 같이 이야기해서 프리로 다니면 돼. 빚도 거의 갚았는데 먹고살 길 없을까 봐?"

"그래? 그렇게 해라."

성준은 지연의 말에 시원하게 때리는 것을 멈추었다. 그런데 이미 남자는 떡이 되도록 맞은 상태였다.

"크으윽. 고소할 거다."

"그러셔. 댁은 날 고소하고 지연이는 댁을 고소하고. 그럼 되지 뭐."

그 정도 고소는 간에 기별도 안 갔다. 소말리아에서 몇 달 동안 죽기 직전까지 고생하고 빚더미에 눌려 몇 년이나 호구로 고생했다. 그리고 앞으로도 던전에서 계속할 고생에 비하면 이런 고소는 고생도 아니었다.

"거기다 난 감옥에나 들어갈 수 있을지 모르겠다. 감옥에 집어넣으면 판사는 살인하는 건데."

"정말 그렇겠다. 중간중간 나왔다 들어가는 것도 웃길 텐데."

지연도 성준의 말에 고개를 끄덕였다. 남자는 두 사람이 무슨 소리를 하는지 몰랐다. 성준은 그런 남자에게 한마디 했다.

"그럼 몸조리하고 있어요. 난 동생과 갈 테니."

"에!"

성준은 남자를 놔두고 동생을 데리고 바로 회의실 밖으로 나갔다. 성준은 회의실 안쪽에서 뭔가 살려달라는 듯한 소리가 들린 것 같지만 바람 소리려니 했다.

"그렇게 그냥 놔두어도 돼?"

"너를 경계 밖으로 빼낼 수 없으니까 여기 건물에 있는 몬스터는 다 잡아야 해. 몬스터가 없는 안전지대를 만들어야지. 그럼 나랑 다니는 것이 더 위험할 수 있어."

"정말 그런 이유?"

"미쳤냐. 내가 저런 인간을 데리고 다니게. 알아서 살라고 해."

성준은 주위를 살피며 지연에게 물었다.

"너가 안에 숨을 때 밖에 몬스터 없었어?"

"아니, 있었는데? 저 반대편에 사람들 공격하고 있는 것을 보고 도망쳐서 숨은 거야. 그 뒤에 복도를 돌아다니는 소리를 들었는데."

성준은 머리가 쭈뼛 서서 그 자리에서 멈추었다. 바로 칼을 꺼내고 감각을 활성화하면서 동시에 영기분석을 썼다.

―주위에서 빛이 흐리게 들어옴. 어두움.

—벽 사방에 날카롭게 잘린 자국.

—바닥 사방에 피 흔적, 끌린 흔적.

—전방 먼지에 의한 빛 산란 방식이 평범하지 않음.

—간파 성공. 투명화보다 영기분석 쪽이 능력이 더 높음. 바로 앞에 영기를 이용한 투명화 파악됨. 접근 중.

"숨어 있었냐!"

성준은 전방을 향해 허공에다가 힘차게 칼질을 했다.

"끼아아아악!"

허공에서 녹색 피가 칼을 그은 방향으로 짝 뿜어져 나왔다. 그리고 고음의 비명 소리가 들렸다. 허공에 녹색 선이 생겼다가 선이 뒤로 물러서더니 흐려졌다.

"뒤로 물러서!"

성준은 지연에게 소리치고는 칼에서 쇠뇌로 무기를 바꾸었다. 그리고 능력으로 파악한 위치로 화살을 발사했다.

푸악!

화살은 허공에 꽂히고 바로 피가 뿜어져 나왔다. 잠시 뒤, 허공에서 검은 연기가 흘러나와 하늘로 올라갔다.

"결국 어떻게 생긴지도 모르고 죽였네."

성준은 화살을 주우면서 중얼거렸다. 뒤에서 지연이 다가왔다.

"오빠 능력은 아무리 봐도 사기야. 어디 가서도 절대 안 죽을 거야."

"던전에 가서 여러 번 죽을 뻔했어. 능력이 강화 안 되었으면 절대로 죽었어."

"와! 강화도 됐어?"

성준은 지연에게 주의를 주었다.

"아무리 육체적으로 강하고 특별한 힘이 있어도 사회에서는 돈이나 권력에게 안 돼. 최대한 숨겨서 나중에 뒤통수쳐야지. 안 그럼 전처럼 크게 당해."

"그럼 지금은 뒤통수칠 만한 상황이 된 거야?"

"그래. 몬스터홀이 생기고 세상은 점점 더 변하고 있어. 얼마 안 있으면 우리 가족에게 그 고통을 안겨준 그놈들에게 다 지옥을 보여줄 수 있을 거야."

"역시! 뒤끝 작렬 우리 오빠."

"내가 무슨 마음으로 몇 년이나 호구 노릇을 하고 있었는데."

"오빠는 우리 가족 없었으면 그 자리에서 난동 피우다 총 맞아 죽었을걸."

"그래, 고맙다 항상."

지연은 피식 웃으면서 성준의 등등 툭툭 쳤다. 성준은 주위를 살피며 지연에게 이야기했다.

"어디 들어가서 상황 좀 듣자."

성준과 지연은 옆의 작은 방에 들어가 소파에 마주보고 앉아 이야기를 나누었다.

"우선 낮부터 지낸 이야기 좀 해봐."

지연은 성준에게 최대한 객관적으로 여태까지의 보고 들

은 내용을 이야기했다. 그 내용을 들은 성준은 굉장히 심각한 표정으로 지연을 바라보고 있었다.

"내가 말한 내용에 무슨 큰 문제가 있어?"

성준은 지연의 말에 대답도 않고 능력이 파악한 지연의 정보에 집중하고 있었다.

―정신적인 피로가 보임.

―오른팔 근육의 모양이 피로가 심해보임.

―XXX 사람의 XX 반응과 조금씩 XXX XX.

―예비 진입자.

―외부 영기로 시간을 들여 지구인을 진입자로 전환 중.

―현재 전환률 30%.

감각의 활성화에서 들어오는 정보가 누락되기 시작했고 영기분석이 자연스럽게 발동해서 정보를 습득해 버렸다.

성준은 내용을 보고 하늘에 떠 있는 투영진의 정보를 다시 생각해 냈다.

―영기 투영진 2레벨.

―진의 아래쪽으로 영기 지역을 선포한다.

―영기를 모아 1레벨과 2레벨 몬스터를 생성한다.

―XXXX를 XXXX로 전환한다.

―약점: XXXX의 XXXX를 제거한다.

―내용을 이해하기에 능력이 부족합니다.

'제길. 못 보았던 전환 내용이 바로 이거였군. 시간 안에 약점에 적혀 있는 것을 제거해야지 원래대로 돌아오는 건가?'

천천히 움직일 생각을 하던 성준은 마음이 급해졌다.

"아무래도 서둘러야 할 것 같다."

"뭔가 나쁜 기운을 읽었구나."

지연은 성준의 능력을 그런 식으로 이해하고 있었다.

"우선 너와 만났으니까 바깥쪽에 있는 사람하고 이야기를 해봐야겠다. 가자. 너는 경계 안쪽에 있는 차에 들어가 있든가 하면 될 거야."

그렇게 이야기하고 성준과 지연은 방을 나섰다. 성준은 이 건물을 안전지대로 하는 것은 포기했다. 방도 많고 시간이 너무 오래 걸렸다. 조 단장과 연락해서 장소를 찾아봐야겠다고 생각했다.

둘은 성준이 올라온 계단을 통해 로비로 내려왔다. 지연은 피범벅인 로비를 지나면서 성준의 등만 바라보고 걸어갔다. 성준과 지연이 로비 중앙으로 나왔을 때, 반대편 비상계단 쪽에서 큰 소리가 들렸다.

"여기다! 여기 먹이가 있다!"

아까 성준이 검으로 두들기던 남자의 목소리였다. 성준이 긴장해서 바라보자 비상문이 덜컥 열리더니 아까 그 남자의 등이 보였다.

그리고 그는 무엇인가에 맞아서 비상문에서 튕겨 나왔다.

"으악!"

비명을 지르며 튕겨 나온 그는 성준과 지연의 앞으로 굴러 왔다.

"하하하. 쿨럭. 다 죽어버리자고. 나만 놔두고 가버렸지? 어차피 살아나가도 강간 미수로 인생 종칠 텐데. 너희들도 다 죽어버려!"

그는 피를 몇 번 뿜더니 바로 숨이 멎었다.

"세상에."

지연은 죽어버린 남자를 보고 입을 가렸다. 하지만 성준은 그 남자가 튕겨 나온 비상문을 바라봤다.

비상문 앞에는 아까 로비에서 본 놈과 비슷하게 생겼지만 1.5배 정도 더 크고 앞 다리에 날개가 달려 있는 몬스터가 서 있었다.

"엘리트인가?"

바로 능력을 사용했다.

―제2식 조합 키메라 각성 버전.

―1등급.

―조류와 파충류를 합성.

―특이 능력 각성: 활공.

―강점: 반사 신경이 좋다.

―약점: 조류를 합성했으나 활공밖에는 못 한다.

'죽어도 나는 걸 만들고 싶었나 보군.'

성준은 접근해 오는 몬스터의 배에 화살을 쏘았다. 몬스터는 다리를 슬쩍 굴려 화살을 피했다.

'이놈은 진짜배기인가.'

성준은 바로 검으로 바꾸어서 들고 전투에 대비했다.

"빨리 밖으로 달아나! 내가 처리할 테니."

지연은 밖으로 달려 나갔다. 지연이 움직이는 모습을 본 엘리트 몬스터는 지연을 향해 움직였다.

"넌 내 상대야!"

성준은 몬스터의 앞을 막고 검을 휘둘렀다. 몬스터는 검을 피해 부리로 성준을 찍었다.

'빠르잖아.'

성준은 뒤로 굴러서 피했고 몬스터의 계속되는 공격에 뒤로 계속 물러났다. 너무 빠른 몬스터의 공격에 능력을 사용해서 계속 피할 수밖에 없었고 영기는 계속 줄어들었다.

성준은 자신과 싸우는 몬스터의 뒤쪽으로 지연이 정문 밖으로 나가는 것을 보았다.

"좋아. 이판사판이다."

성준은 몬스터와 조금 떨어진 순간 검을 휘둘러 몬스터의 시야를 검 쪽으로 돌렸다. 그리고 검을 앞으로 향하고 고속이동을 사용해서 양발로 땅을 있는 힘껏 박찼다.

쾅!

성준의 발이 땅을 박차는 순간 폭음이 생겼다. 순식간에 몬스터 앞에 도착한 성준은 칼로 몬스터를 찌르고 한데 엉켜 정문을 향하여 튕겨져 나갔다.

쨍그랑!

정문 유리창이 깨지는 소리와 함께 그 둘은 밖으로 튕겨져 나와 계단을 지나 땅을 향하여 떨어졌다.

"이대로 땅에 박혀라!"

성준은 몬스터 위에서 칼로 몬스터를 찍어 누르면서 떨어져 내렸다.

그때였다. 몬스터의 날개에서 빛이 나더니 공중에서 쭉 앞으로 미끄러져 나갔다. 그러면서 핑그르르 돌아 성준과 몬스터의 위치가 뒤바뀌어 버렸다.

그리고 성준은 등으로 땅에 떨어졌다. 쓰러져 있는 성준의 앞으로 옆구리에 칼이 꽂혀 있는 몬스터가 사뿐히 착지했다.

"제길, 반전의 한 수였냐! 이쪽은 올인이었는데."

영기를 다 소모한 성준은 이를 갈며 말했다.

"캬우우욱~!"

몬스터는 기쁨에 괴성을 질렀다. 그리고 머리가 터져 나갔다.

"엥?"

몬스터는 천천히 옆으로 쓰러졌다. 멀리서 은은한 총소리가 들렸다. 성준은 어리둥절하면서 소리가 난 쪽으로 고개를 돌려 감각을 활성화했다.

—700미터 밖 건물 옥상에서 빛이 반사됨.

—빛 반사 위치와 몬스터의 쓰러진 위치로 파악. 저격.

"하하! 안에서 화약이 안 되면 밖에서 쏘면 된다는 건가? 멋진 지원팀이네."

성준은 넘어진 몸을 일으켜 세웠다. 방검복의 등 부분이 다 망가진 것 같았다. 성준은 하늘로 올라가는 연기를 보고 고개를 내리다가 바닥에 떨어져 있는 구슬을 보았다. 구슬은 파란색의 투명한 구슬이었다.

'오옷, 잘됐다. 이건 남아 있네.'

바로 능력을 사용해 분석해 보았다.

—영기합성보석. 활공 레벨 1.

—레벨 1 영기 성장치 100 진입자를 레벨 2 활공 능력 검투사로 만듦.

—키메라 합성 기법으로 제작: 레벨 2 검투사의 능력 하나와 합성할 수 있음.

—레벨 1 진입자와 레벨 2 검투사의 영기 성장치를 증가시킴.

—적용 방법: 먹기.

"합성이라. 이걸 먹으면 적의 정보를 분석하면서 공중에

뜨는 것은 설마 아니겠지."

성준은 우선 보석을 주머니에 챙겼다.

"오빠, 괜찮아?"

계단참에서 내려오다 성준과 몬스터의 싸움에 굳어버린 지연은 몬스터가 사라진 다음에야 정신을 차리고 성준에게 다가왔다.

"이렇게 위험한 싸움을 계속한 거야? 오빠도 전혀 안전한 게 아니잖아? 방금도 죽을 뻔했잖아!"

지연은 성준이 당하는 모습에 충격을 받았는지 성준에게 말을 쏟아냈다.

"괜찮아. 괜찮아. 이렇게 당한 것은 처음이야. 던전은 아까 안 보이는 놈 상대하는 것처럼 쉬운 놈밖에 없어. 이렇게 센 놈은 없어."

성준은 지연에게 가벼운 목소리로 거짓말을 했다.

"이렇게까지 위험할 줄은 몰랐어. 그래도 어느 정도는 안심하고 있었는데……."

"그리고 던전에서는 모두들 같이 다니니까 훨씬 안전해."

성준의 거짓말은 더욱 유창해졌다.

성준은 저격병이 있는 쪽을 향하여 손을 흔들고 아까 경찰이 있던 장소를 봤다. 그곳에는 아까의 경찰과 형준을 열심히 따라오던 요원 둘이 있었다. 요원들은 성준을 보더니 자신들 쪽으로 오라고 외치면서 손짓했다. 역시 말소리는 거리에 비해 훨씬 작게 들렸다.

성준은 지연과 함께 요원들 쪽으로 가다 중간에 아무도 없는 고급 차에 지연이를 앉혔다.

"여기서 차문 닫고 기다리고 있어. 나하고 저 사람들이 주시하고 있을 테니까 걱정하지 말고."

"걱정하지 마. 오랜만에 고급 차에 앉아서 느긋하게 쉬고 있을게."

지연은 걱정하지 말라며 손을 흔들고 문을 닫았다.

성준은 능력을 사용해서 주위를 살핀 후 요원들이 기다리고 있는 곳으로 걸어갔다.

성준은 시체들과 사고 난 차량들을 지나서 요원들을 만났다.

"기다렸습니다. 조 단장님이 통화를 기다리십니다."

성준은 아까 올려놓은 핸드폰을 찾아봤다.

"핸드폰 여기 있어요. 돌아오면 드리려고 제가 가지고 있었습니다."

옆에 서 있던 경찰이 많이 공손해진 모습으로 성준에게 핸드폰을 전해주었다. 요원들이 뭔가 이야기한 모양이었다.

성준이 핸드폰으로 전화를 걸자 바로 조 단장의 목소리가 들렸다.

―지원팀은 도움이 많이 되었지요?

조 단장은 생색내기는 최고인 사람인 것 같았다.

"네. 도움이 됐습니다."

―내부 상황 좀 알려주시겠어요? 정 대위 쪽은 인원이 많아서 그런지 이동 속도가 느려서 이제야 목표 건물에 진입한

모양이에요.

"목표 건물이라면 어디죠?"

—여당 당사지요. VIP 지시라서요. 아, 이건 비밀입니다.

"뭐, 상관없고요. 어쨌든 지금 안쪽은 던전과 비슷해요. 아래 숫자도 던전처럼 다 채워지고요. 그런데 몬스터를 죽이면 검은 연기가 흡수되는 것이 아니라 하늘로 올라가요. 숫자도 증가하지 않고요."

—같으면서도 다르네요.

"그런데 이건 좀 애매한데 내부에 있는 사람들이 조금씩 변하는 것 같아요. 팔에 숫자는 없다고 하는데 동생이 몬스터나 시체를 봐도 상당히 침착한 것 같아요."

성준은 자신의 능력을 숨기면서 어떻게든 정보를 전달하기 위해 노력했다.

—흠. 그건 좀 성준 씨 말대로 애매하네요. 알겠습니다. 고려해 보도록 하죠.

"그리고 지원팀을 좀 더 활용하는 방법을 써야겠어요. 입구가 저격팀의 시야에 있는 건물을 정해서 그 건물의 모든 몬스터를 청소한 후에 안전지대로 삼으면 어떻겠습니까? 저와 정 대위가 계속 수색하기에는 인원이 부족한데요."

—오! 좋은 생각입니다. 바로 부대장께 전달하도록 하겠습니다.

"그래서 우선 여기 남쪽은 방송국 공연장 건물을 안전지대로 하죠. 입구가 남쪽으로 나 있어서 저격팀 시야에 유리합니다. 측면에 있는 작은 비상구만 막으면 될 것 같습니다. 안쪽은 제가 청소하겠습니다."

—예. 잠시만 대기해 주세요.

성준은 우선 지연을 안전한 곳에 보호하고 빨리 저 위의 문양을 없애야 했다. 성준은 지연을 다시 바라봤다. 지연은 피곤했었는지 차 안에서 꾸벅꾸벅 졸고 있었다.

잠시 뒤 전화벨이 울렸다.

—부대장님이 동의하셔서 전체적으로 3곳에 피난지를 만들기로 했습니다. 남쪽은 방송국 공연장으로 하고요. 서쪽은 여당 당사, 그리고 저희 동북쪽에는 민간 방송사 건물로 정했습니다. 성진 씨는 공연장 건물을 청소하고 저희 쪽 지원을 부탁드리겠습니다.

"서쪽은 저격팀 시야가 나오나요? 건물 구조도 안 좋을 것 같은데요."

—뭐, 정치적인 이유죠. 정 대위가 갔으니 연락이 오면 조율하면 될 것입니다.

"그리고 공연장 건물의 몬스터를 제거하는 동안 제 동생을 요원들이 있는 대로의 차에 있게 할 테니 보호를 부탁합니다."

—알겠습니다. 바로 전달하도록 하겠습니다.

성준은 핸드폰을 끄고 요원들에게 핸드폰을 전달하면서 요청했다.

"제가 공연장의 몬스터를 제거하는 동안 두 분도 동생을 좀 지켜봐 주세요."

"알겠습니다."

요원들은 흔쾌히 허락했다. 성준은 몸을 돌려 지연에게로 걸어갔다.

남아 있는 요원들은 머리를 맞대고 쑥덕거렸다.

"어떻게 지켜봐 주지? 몬스터야 저격팀이 감시할 테고 달아나야 할 때 소리치고 몸짓으로 알려야 하나."

"방금도 졸던데 차라리 차에 돌을 던지지, 뭐."

"돌을 모아야겠다."

'차라리 저격하는 사람이 사람 없는 곳으로 총을 쏘는 게 좋지 않나?'

두 명의 말을 옆에서 들은 경찰은 고개를 갸우뚱했다.

차에 도착한 성준은 지연을 깨워서 상황을 이야기했다.

"그래? 공연장에서 무슨 콘서트 리허설 중이었는데 그 사람들 괜찮았나 모르겠다."

"설마, 여자 아이돌 그룹!"

성준은 피로가 풀리고 힘이 절로 나는 것 같았다.

"글세. 오픈 음악회였나 국악 연주회였나. 잘 기억이 안 나네."

"아… 네……."

성준은 내 인생이 뭐 그렇지 하면서 투덜거렸다. 그는 지연에게 조심하라고 하면서 저격팀이 지원하지 못하는 상황이 오면 공연장으로 달려오라고 이야기했다.

성준은 지연이 손을 흔들어 주는 것을 뒤로 하고 공연장으로 향했다.

'아이돌이 여기 없는 게 더 좋지 뭐.'

성준은 자신의 생각에 고개를 끄덕이면서 공연장 입구로 들어섰다.

입구에 들어서면서 성준은 사람들을 구조하는 것을 별로 기대하지 않았다. 공연장은 완전히 오픈된 공간이었다. 몬스터에게 살아남기 힘들 것 같았다. 그의 생각을 뒷받침하듯 로비는 많은 핏자국과 찢어진 옷가지나 손가락 같은 시체의 작은 조각들이 흩어져 있었다.

'그래도 제대로 된 시체는 없네? 그 많은 시체를 다 먹을 리도 없고. 전부 가져간 것인가?'

성준은 이상하게 생각하면서 긴장하기 시작했다. 주변을 살펴보았다. 로비에는 아무 인기척을 발견할 수 없었다.

'2층으로 갈까, 1층으로 갈까? 위부터 올라가자.'

성준은 2층 로비로 올라갔다. 2층에도 피의 흔적뿐 아무 것도 없었다. 성준은 더욱 긴장하면서 2층 객석으로 들어갔다.

공연장은 끈적거리는 실로 가득했다. 성준은 주위를 둘러보았다. 벽과 객석에는 사람만 한 거미를 닮은 몬스터가 돌아다니고 있었다. 그리고 아래쪽 무대에는 고치처럼 보이는 것이 바닥에도 있고 공중에도 실에 매달려 떠 있었다.

'분위기가 안 좋은데.'

성준은 슬그머니 뒷걸음질을 시작했다. 그렇지만 몇 걸음

못 가서 바로 옆 객석에서 돌아다니던 몬스터에게 들켰다. 몬스터는 거미처럼 8개의 다리를 가진 몬스터인데, 거미와는 다르게 등에 투명한 날개가 달려 있었다.

성준은 능력을 사용해 몬스터를 분석했다.

─제4식 조합 키메라 버전.
─1등급.
─날개 달린 곤충류와 거미 계열을 합성.
─강점: 날 수 있다.
─약점: 입으로 분출하는 실에 날개가 걸려 잘 안 날려고 함.

"오, 축하! 드디어 성공했구나."

성준은 몬스터를 합성한 그 누군가에게 축하를 보냈다. 몬스터는 성준을 발견하고 객석의 의자를 넘어 다니면서 접근했다.

성준은 준비한 쇠뇌를 접근하는 몬스터에게 쏘았다. 화살은 몬스터의 옆구리에 정확하게 맞았다. 하지만 몬스터는 옆구리의 화살을 무시하고 그에게 달려들었다.

성준은 의자 위를 넘어 덤벼드는 몬스터의 아래로 뛰어들었다. 몬스터는 속도를 이기지 못해 그를 뛰어넘었다. 그때 성준은 칼을 꺼내 들고 바로 몬스터의 아랫배를 찔렀다.

칼과 쇠뇌를 계속 넣고 빼고 하니 실력이 좋아져서 전투 중에 실시간으로 교환할 수 있게 되었다.

"꾸르르르륵."

몬스터는 비명을 지르면서 바닥을 굴렀다. 성준은 더 많은 놈이 몰려올까 봐 쇠뇌를 들고 바로 화살을 재어 몬스터에게 쏘았다. 몬스터는 반투명한 날개를 푸득거리다가 바로 바닥의 실에 엉겨 움직이지 못하고 화살에 맞아 숨을 멈추었다.

성준은 화살을 회수하고 칼을 소환 해제한 다음에 주위를 둘러보았다. 2층에 있던 모든 몬스터가 그를 향해서 다가왔다.

'제길, 8마리나 되네. 후퇴다.'

냉큼 몸을 돌려 출입구로 뛰었다.

성준은 몬스터들이 오기 전에 출입구 안쪽을 지나 로비를 등지고 섰다. 그리고 쇠뇌에 화살을 걸고 기다렸다.

'이 쇠뇌는 연발이 안 되나. 연발만 되면 최고인데.'

출입구로 몬스터가 나타나기 시작했다. 출입구의 폭이 좁아서 두 마리 이상은 나란히 설 수가 없었다. 성준은 앞쪽에 있는 몬스터의 머리에 화살을 쏘고 그 옆의 몬스터에게 접근해 장검을 내려쳤다. 몬스터의 머리가 반으로 잘려 나갔다.

쓰러지는 몬스터의 위로 뒤의 몬스터가 앞의 몬스터를 타고 넘어서 성준에게 접근했다. 성준은 뒤로 뒷걸음질 치며 다시 화살을 장전했다.

성준의 앞에는 화살에 맞아 쓰러진 한 마리, 그 옆으로 칼에 머리가 반으로 갈라진 한 마리가 쓰러져 있었고 그 위로 몬스터 두 마리가 넘어오고 있었다.

"제길, 예의를 지켜야지. 어딜 넘어다녀!"

성준은 바로 앞까지 온 몬스터의 머리에 쇠뇌를 대고 화살을 날린 후, 옆에서 물려고 덤비는 몬스터의 입에 칼을 쑤셔 넣었다. 그리고 칼을 양손으로 잡고 위쪽으로 뽑아 올렸다. 몬스터의 등이 터져 나가며 칼이 빠져나왔다.

성준은 후다닥 뒤로 후퇴해 로비를 지나 2층 계단참에 섰다. 좁아지는 계단참에서 상대할 생각이었다.

몬스터가 모두 밖으로 쏟아져 나왔다. 성준이 자세를 잡자 모든 몬스터가 날개를 털더니 하늘로 솟구쳤다.

"이런. 거미줄이 없는 곳에서는 나는 거냐!"

성준은 아래로 뛰어 내려가면서 다시 쇠뇌에 화살을 장전했다. 그리고 1층에 내려와 바로 머리 위에 있는 놈에게 발사했다.

몬스터는 날개를 움직여 화살을 피해냈다.

'이런 놈들은 저격도 못할 텐데.'

성준은 어쩔 수 없이 다시 1층 공연장 출입문 안으로 뛰어들었다. 몬스터들도 1층 바닥에 내려서서 성준을 따라 공연장 출입문으로 따라 들어갔다.

퍽! 퍽! 퍽!

출입문 안쪽에서 뭔가 때려잡는 소리가 들리더니 몬스터 한 마리가 밖으로 굴러 나왔다. 잠시 뒤 성준이 출입문을 통해 로비로 나와 몬스터의 배에 칼을 박았다.

"에고고. 죽겠다. 그나마 쫓아 들어와서 살았네."

성준은 칼에 기대어 헐떡였다. 잠시 숨을 가다듬은 성준은 팔다리를 풀더니 다시 1층 출입문을 노려보고 안으로 진입했다.

'1층은 몇 마리 안 되기를.'

승준이 1층 객석으로 들어와서 보니 1층에는 거미가 보이지 않았다. 단지 무대 위의 고치들만 보였다.

"어라, 1층에는 왜 없지? 너무 없으니 오히려 이상한데."

성준은 주위를 잘 살피면서 무대로 접근했다.

샤~ 샤~ 샤~

성준이 무대 가까이 가자 무대 위쪽에서 무슨 소리가 들렸다. 성준이 위쪽을 쳐다보자 거의 3미터 정도 되는 몬스터가 얇은 실을 타고 내려오고 있었다.

"하는 꼴을 보니 분명 엘리트 몬스터겠군."

성준은 습관적으로 몬스터의 정보를 확인했다.

―제4식 조합 키메라 각성 버전.

―1등급.

―날개 달린 곤충류와 거미 계열을 합성.

―특이 능력 각성: 마비 침.

―강점: 입으로 마비 침이 묻은 실을 쏘아 적을 마비시킴.

―약점: 몸이 무거워 오래 못 난다.

'이거 상성이 안 좋은데. 사방으로 마비 거미줄을 쏘면 피

하기가 힘들잖아. 도망갔다가 방패라도 준비해야겠다.'

성준은 슬금슬금 뒤로 물러서는데 엘리트 몬스터의 움직임에 실에 매달려 있던 고치 하나가 툭 바닥에 떨어졌다. 떨어진 충격 때문인지 실이 풀려 고치 안쪽의 모습이 보였다.

고치 안에는 긴 머리카락을 가진 여자아이의 얼굴이 보였다. 요즘 잘 나가는 아이돌 그룹의 리더였다.

'아. 도망도 못 가겠네.'

도망갈 준비를 하던 성준은 한탄하면서 쇠뇌를 잡고 자세를 취했다.

"군인을 위하여!"

성준은 몬스터가 아래로 내려오는 중에 우선 땅에 떨어진 고치의 정보를 확인했다.

─먹이 보존용 고치.
─깨끗한 실로 만들어 내부 음식물을 일정 시간 이상 보존.
─마취 성분이 없으므로 수시로 음식물을 마취시켜야 함.

"마취 액을 마구 쓸 수는 없나 보군."

성준이 고치를 확인하는 와중에 실을 타고 내려오던 몬스터는 바닥에 도착했다.

옆으로 3미터 정도의 덩치에 거미처럼 생긴 모습은 그야말로 징그러웠다.

성준은 슬슬 옆으로 움직이면서 간격을 잡았다.

쓰스스스스~

수십 개의 눈으로 덮인 얼굴에 날카로운 어금니가 달린 입을 가진 몬스터는 잠깐 고치로 향했다가 다시 성준을 바라봤다. 그리고 입에서 실을 풀어냈다.

치지지지직!

성준은 깜짝 놀라 옆으로 몸을 날렸다. 바닥을 덮고 있는 끈적끈적한 실을 온몸이 묻힌 채로 성준이 일어났다.

"쿠쿠쿠쿠쿠."

몬스터가 온몸을 흔들며 소리를 질렀다. 묘하게 놀리는 분위기라 성준은 쏘아낸 실을 능력으로 파악해 보았다.

─키메라가 뿜어낸 실.
─매우 찐득거린다.
─피부에 닿으면 잘 안 떨어진다.

"제길, 놀린 거냐."

성준은 몬스터를 향해 달려갔다.

치지지지직!

몬스터가 다시 입에서 실을 뿜어냈다. 성준은 바로 능력을 사용했다.

─키메라가 뿜어낸 마비 실.

—피부에 닿으면 일정 시간 마비된다.

"이런."

성준은 너무 접근했던 관계로 고속이동을 사용해서 뒤로 뛰었다.

팡!

성준은 5미터 이상을 뒤로 이동하더니 바닥의 실에 미끄러져 구르고 말았다.

"으악. 역시 상성이 너무 안 좋아."

성준은 일어나 다시 몬스터에게 달려갔다. 몬스터가 실을 뿜었다.

이번에는 일반적인 실이었다. 능력으로 확인한 성준은 칼로 실을 가르면서 몬스터에게 접근했다.

"받아라!"

성준은 실에 엉긴 칼을 몬스터의 몸에 내려쳤다. 칼이 퉁 소리를 내면서 튕겨져 나왔다.

'제길, 날이 실에 엉겼어.'

칼은 몽둥이만 못한 상황이었다. 몬스터는 뒤로 물러서며 실을 쏘아냈고 성준은 옆으로 굴러 피했다.

그 뒤에는 계속 악순환이었다.

실의 종류는 구별할 수 있었지만 마비 실이든 일반 실이든 맞으면 안 된다는 건 똑같았다. 거기다가 능력을 너무 사용해서 영기가 바닥이 보이기 시작했다. 이미 고속이동은 사용 불능이었다.

"미치겠네. 방패가 하나만 있었으면."

성준의 눈에 바닥의 뭔가가 보였다. 외면했다.

"한 번만 가려주면 되는데."

성준의 눈에 바닥에 떨어진 무엇이 보였다. 외면했다.

"실만 막으면 돼서 튼튼하지 않아도 되는데."

성준의 눈에 바닥에 떨어진 고치가 보였다. 성준은 외면한 채 주위를 계속 둘러보았지만 방패로 쓸 만한 것은 보이지 않았다.

"아, 아무것도 없나!"

고치 주위에서 몬스터의 공격을 피하느라 숨을 헉헉거리며 방패로 쓸 만한 것을 찾았다.

"헉헉헉!"

결국 성준은 영기를 다 소모하고 고치를 두 손으로 집어 들었다.

"내가 꼭 팬클럽에 가입하고 콘서트에도 가줄게! 미안!"

성준은 잠자는 예쁜 소녀의 얼굴을 보며 약속하고 그대로 고치를 들고 몬스터에게 돌격했다.

몬스터는 고치를 들고 오는 성준을 보자 우왕좌왕하더니 결국 마비 실을 앞으로 쏘아 댔다.

실은 고치에 엉겨 붙었고 성준은 고치를 옆으로 던지며 칼을 꺼내 몬스터의 배를 찔렀다.

"쿠와와왁!"

몬스터는 고통의 비명을 지르면서 날개를 흔들었다. 그러자 몬스터에 매달린 성준은 공중으로 떠오르다가 무게로 인해 앞으로 미끄러져 갔다.

"제길, 놓칠 줄 아냐!"

성준은 칼에 한 손으로 매달린 채 석궁을 생성해 몬스터의 턱 밑에 대고 발사했다. 화살은 약한 턱 밑을 뚫고 들어갔다.

"컥!"

몬스터의 눈에서 빛이 사라지고 요란하게 움직이던 투명한 날개는 그대로 멈추었다. 성준의 앞에 2층 객석의 보호대가 보였다.

"젠장!"

성준은 칼을 사라지게 했다. 그리고 밑으로 떨어졌다.

쾅!

성준이 필사적으로 낙법을 써서 구르는 와중에 거대한 소리가 울렸다. 몬스터가 2층의 객석에 충돌한 것이었다. 성준이 위를 올려보자 몬스터는 성준을 향해 떨어졌다.

쾅!

몬스터가 성준을 덮친 뒤에 실 부스러기가 사방에 날렸다. 잠시 뒤에 객석과 객석 사이에서 성준이 기어서 나오기 시작했다.

이리저리 비비적거리며 성준이 겨우 빠져나오자 위에 있던 몬스터가 연기가 돼서 사라졌다.

"하.하.하."

성준은 그대로 엎드려서 땅에 머리를 처박고 헛웃음을 지었다.

주위에 날리던 모든 실이 검은 연기가 되어서 사라져 갔다. 실이 사라지자 실에 매달려 있던 고치가 바닥에 떨어졌다. 그리고 고치마저도 모두 검은 연기가 되어서 사라졌다. 고치가 사라진 곳에는 사람들이 쓰러져 있었다.

"에고고. 힘들다."

성준은 비실비실 몸을 일으켰다. 그리고 떨어진 구슬을 찾았다. 하지만 구슬은 보이지 않았다. 허탈해진 성준은 한숨을 쉬었다.

성준은 온갖 인상을 찡그리면서 무대 쪽으로 다가가 사람들을 확인했다.

"모두 다 잠든 상태구만. 잘됐네. 아는 사람이 없어야 해."

성준은 아래 객석 옆 통로에 누워 있는 소녀를 힐끔 보고 속으로 다짐했다.

잠시 뒤, 사람들을 한곳에 모아서 눕히고 지하 분장실과 소품실에 이상이 없는 것을 확인한 성준은 다시 위로 올라왔다. 측면의 비상구로 가보니 잠겨 있는 상태로 그 앞에 물건이 산처럼 쌓여 있었다.

'이걸 몬스터들이 못 들어오게 막았다고 고마워해야 하나, 아니면 불법을 저질렀다고 신고해야 하나?'

성준은 다른 출입구가 없는 것을 확인하고 다시 무대 위로 올라갔다.

"40명이 넘는 것 같은데? 다행이네. 그래도 많이 살아 있어 줘서."

성준은 마지막으로 사람들을 확인하고 공연장 밖으로 나갔다. 남아 있는 사람들 사이에서 한 소녀의 손끝이 까딱 움직였다.

성준은 밖으로 나와 저격팀이 있는 방향을 향해 손을 크게 흔들었다. 이제 이곳은 안전지대가 되는 것이다.

성준은 아픈 허리를 두드리면서 지연이 있는 차에 다가갔다. 지연은 걱정했는지 성준이 다가오자 백미러로 보고 바로 차에서 내렸다. 지연은 성준의 어깨를 툭툭 털어주면서 말았다.

"수고했어."

"그래."

성준은 안의 상황을 지연에게 말했다.

"에, 정말? 다행이다. 많이 살았구나."

"그래. 먹이로 저장해 놓아서 오히려 다행이야. 좀 있으면 깨어날 것 같으니까, 우선 저 밖의 사람들에게 상황을 이야기하고 둘이 같이 들어가자."

"응."

성준은 지연이 차에 들어가는 것을 보고 요원들에게 갔다.

"수고하셨습니다."

"네, 고맙습니다."

서로에게 가볍게 인사하고 성준은 핸드폰을 받아서 전화

했다.

"안쪽에 몬스터들을 다 처리했습니다. 그리고 몬스터가 먹이로 쓰려고 사람들을 많이 잠재워 놓아서 40명 이상 구할 수 있었습니다."

—오, 다행입니다. 정말 대단한데요! 정 대위한테서도 연락이 왔습니다. 여당 쪽 국회위원도 많이들 살아남았답니다. 야당 쪽도 확인하기 위해 움직인다고 하는군요.

전화기에서 중간에 작게 '아쉽게도'라고 들렸던 것 같았다.

그리고 안전 지역의 식량 운반 문제는 조 단장 쪽에서 방법이 있다고 걱정하지 말라고 했다.

"그럼 남쪽과 동쪽이 준비된 건가요?"

—네. 서쪽도 방법이 있을 것 같은데 성준 씨가 좀 도와줘야겠습니다. 이쪽에 고립된 인원이 꽤 눈에 띄어서요. 따로 수당도 드리겠습니다.

"알겠습니다. 수당은 당연하고요."

—네.

"그리고 내부 상황도 알아 볼 겸 중앙의 여의도 공원 옆 도로를 관통해서 북으로 가보겠습니다. 지원 부탁합니다."

—알겠습니다.

성준은 본인이 할 말만 하고 전화를 끊었다.

성준은 요원들에게 상황을 설명하고 지연에게 갔다. 요원들은 서로 눈치를 보며 우물거렸다.

"우리는 대기인가? 설마 다시 이동하라고 하진 않겠지?"

"한 명 대기에 한 명 선착장으로 따라서 이동."

"제길. 결정은 가위바위보!"

"오케이."

둘은 숙명의 가위바위보를 시작했다.

성준은 지연과 함께 공연장으로 들어갔다. 그리고 무대에 올라 사람들의 몸을 손으로 흔들고 볼을 쳐서 깨우기 시작했다.

"어머! 미라클걸이다. 오픈 음악회에 참여했나 보네."

사람들을 깨우러 돌아다니다가 지연이 소녀들을 보고 기뻐했다.

"오빠, 걸그룹 중에서 제일 좋아했잖아. 그래서 나도 알고 지냈는데… 근데 어째 외면한다?"

"아, 빨리 움직여야지."

성준은 말을 돌리고 다른 사람을 열심히 깨웠다.

그렇게 사람들이 정신을 차리기 시작했고 지연이 그들에게 상황을 설명했다.

성준이 옆에서 특공대 장비를 하고 서 있는 게 이야기에 상당한 신빙성을 준 모양이었다. 사람들이 모두 수긍하고 이곳에서 대기하기로 했다.

"음식은 경계 밖에서 준비해 보내준다고 합니다. 저격팀 덕분에 안전은 문제가 없으니까 한 명씩 번갈아 입구에서 망만 보면 됩니다."

모두 준비가 되자 성준은 지연에게 작게 이야기하고 출발했다.

"무조건 네 안전이 우선이야. 문제가 생기면 저격팀이 있는 경계 외각에 있어. 벽 같은 것으로 막혀 있지 않은 공간에 있어. 사람들 이끌고 다니지 말고."

"응, 걱정 마."

성준은 로비로 나왔다.

"저, 지연 언니 오빠!"

성준은 뒤를 돌아보았다. 눈앞이 번쩍였다.

성준의 앞에는 미라클걸의 리더인 소녀가 주먹을 내지른 채 서 있었다.

"분명히 약속했어요. 팬클럽 가입한다고. 지연 언니한테 확인할 거예요!"

소녀는 뒤를 돌아 뛰어 들어갔다. 다 들은 모양이었다.

성준은 잠시 생각하더니 어깨를 으쓱거리고 몸을 돌려 밖으로 걸어 나갔다. 다리에 힘이 실리고 있었다.

『몬스터홀』 2권에 계속…

생텀

이영균 판타지 장편 소설

FUSION FANTASTIC STORY

취재 현장에서 맞닥뜨린 녹색 괴물.
그리고 무혁은 한 번 죽었다.

죽음에서 깨어난 무혁에게 다가온 것은 숨겨졌던 이세계, 생텀의 존재였다!

현대에 스며든 악신 투르칸의 잔인한 손길.
생텀에서 온 성녀 후보 로미와 도멜 남작을 도우며
무혁의 삶은 점차 비일상에 접어드는데……

이계와의 통로는 과연 우연인 것인가? 생텀(Sanctum)의 진정한 의미를 찾아라!

Book Publishing CHUNGEORAM

유행이 아닌 자유추구
WWW.chungeoram.com

The Record of Dragon's Return

재중 귀환록

푸른 하늘 장편 소설
FUSION FANTASTIC STORY

『현중 귀환록』, 『바벨의 탑』의
푸른 하늘 신작!
이계를 평정한 위대한 영웅이 돌아왔다!

어느 날 갑자기 찾아온 부모님의 죽음.
그리고 여동생과의 생이별.
모든 것을 감당하기에 재중은 너무 어렸다.
삶에 지쳐 모든 것을 포기할 때, 이계에서 찾아온 유혹.

"여동생을 찾을 힘을 주겠어요.
…대신 나를 도와주세요."

자랑스러운 오빠가 되기 위해!
행복한 삶을 위해!

위대한 영웅의
평범한(?) 현대 적응이 시작된다!

무경 新무협 판타지 소설

FANTASTIC ORIENTAL HEROES

暗帝歸還錄

암제귀환록

마흔에 이르기도 전에 얻은 위명.
암제(暗帝).

무림맹의 충실한 칼날이었던 사내.
그가 무림맹 최후의 날에
모든 것을 후회하며 무릎을 꿇었다.

"만약 그때로 돌아갈 수 있다면……."

사내의 눈이 형용할 수 없는 빛을 토했다.

"혈교는 밤을 두려워하게 될 것이다!"

Book Publishing CHUNGEORAM

유행이 아닌 자유추구 –
WWW.chungeoram.com

『월풍』, 『신궁전설』의 작가 전혁이 전하는
유쾌, 상쾌, 통쾌 스토리, 『왕후장상』!

문서 위조계의 기린아 기무결.
사기 쳐서 잘 먹고 잘살던 그에게 날벼락이 떨어졌다.
바로 녹슨 칼에서 나온 오천만 냥짜리 보물지도!

기무결에게 내려진 숙제,
오천만 냥을 찾아라!

그러나 꼬인 행보 끝 도착한 곳은 동창의 감옥이었으니…….

"으아악! 이게 뭐야!! 무림맹이 왜 여기 있는 거야!"

천하제일거부를 향한 기무결의
끝없는 도전이 시작된다!

Book Publishing CHUNGEORAM

 유행이 아닌 자유추구 -
WWW.chungeoram.com

용마검전

FANTASY FRONTIER SPIRIT

김재한 판타지 장편 소설

「폭염의 용제」, 「성운을 먹는 자」의 작가 김재한!
또다시 새로운 신화를 완성하다!

『용마검전』

사악한 용마족의 왕 아테인을 쓰러뜨리고
용마전쟁을 끝낸 용사 아젤!

그러나 그 대가로 받은 것은 죽음에 이르는 저주,
아젤은 저주를 풀기 위해 기나긴 잠에 빠져든다.

그로부터 220년 후……

긴 잠에서 깨어난 아젤이 본 것은
인간과 용마족이 더불어 살아가는 새로운 세상이었다.

Book Publishing CHUNGEORAM

WWW.chungeoram.com